grafit

Die finnische Originalausgabe »Tappajan näköinen mies« erschien 2002 bei
Gummerus Kustannus Oy, Helsinki, Finnland
Copyright © 2002 by Matti Rönkä

Die Übersetzung wurde von dem Informationszentrum für
finnische Literatur, Helsinki, gefördert.

Taschenbuchausgabe
Copyright © der deutschen Erstausgabe 2007 by GRAFIT Verlag GmbH
Chemnitzer Str. 31, D-44139 Dortmund
Internet: http://www.grafit.de
E-Mail: info@grafit.de
Alle Rechte vorbehalten.
Umschlagfoto: Adrian Hoffmann
Druck und Bindearbeiten: CPI – Clausen & Bosse, Leck
ISBN 978-3-89425-560-2
1. 2. 3. 4. 5. / 2010 2009 2008

Matti Rönkä

Der Grenzgänger

Kriminalroman

Aus dem Finnischen von
Gabriele Schrey-Vasara

Matti Rönkä wurde 1959 in der finnischen Provinz Karelien geboren. Er studierte Sozialwissenschaften an der Universität Helsinki und absolvierte anschließend eine Ausbildung zum Journalisten. Heute lebt er mit seiner Frau und drei Kindern in Helsinki, wo er als Nachrichtensprecher beim finnischen Fernsehen tätig ist.

Der Grenzgänger ist der erste Roman um den Privatdetektiv Viktor Kärppä und wurde in Finnland auf Anhieb ein sensationeller Erfolg. Das Buch wurde mit dem finnischen Krimipreis 2006 sowie dem ›Deutschen Krimi Preis 2008‹ ausgezeichnet und belegte den zweiten Platz der ›Krimi-Welt-Bestenliste‹ des Jahres 2007.

HELSINKI, STADTTEIL PAKILA

Die Frau stand vor dem Spiegel und sagte ihren Namen:
»Sirje.«

Sie übertrieb die Mundbewegung, als spräche sie mit einem Gehörlosen, strich noch einmal mit dem Fettstift über
die Lippen und setzte ihre Mundgymnastik fort.

Sie war dunkelhaarig und fast schön. Die Männer überleg-
ten bei ihrem Anblick, ob sie sie als Mädchen oder als Frau
bezeichnen sollten, dabei war sie bereits in dem Alter, in
dem Frauen *Du und dein Heim* abonnierten.

Sirje bürstete ihre halblangen, glatten Haare, was nicht
nötig gewesen wäre, gab sich nach dem hundertsten Bürs-
tenstrich zufrieden und verbarg die Haare unter einem dünnen grünen Kopftuch. Sie knöpfte den Mantel bis oben zu,
verlagerte das Gewicht schaukelnd von den Zehenspitzen
auf die Stiefelabsätze und wieder auf die Zehenspitzen und
knipste im gleichen Takt den Verschluss ihrer Umhängeta-
sche auf und zu.

Dann seufzte sie, leicht und ohne Klage, streifte die Le-
derhandschuhe Finger für Finger über die Hände und ging.
An der Tür blieb sie noch einmal stehen und sah in den
Spiegel, nur dorthin, an keine andere Stelle des vertrauten
Hauses, speicherte auch den Geruch nicht im Gedächtnis,
lauschte nicht auf das leise Ticken der Standuhr im Wohnzimmer oder das Surren des Kühlschranks in der Küche.

Nein, sie lächelte nur ihrem Spiegelbild zu, leicht verschmitzt, als dächte sie an einen ganz privaten Witz oder einen kleinen heimlichen Genuss.

Sie drückte die Tür sorgfältig zu, ließ das Schloss einrasten, registrierte den Unterschied zwischen der zentralgeheizten Luft im Haus und der aggressiven feuchten Kälte draußen und ging mit knirschenden Schritten über die verschneite Einfahrt auf die Straße.

KESÄLAHTI, SÜDOSTFINNLAND

Juras Job war simpel. Er sollte Wache halten, weiter nichts. Das hatte Karpow ihm aufgetragen und Jura hatte es versprochen. Es war fast zu einfach. Sogar einer wie Jura hätte sich eine anspruchsvollere Aufgabe gewünscht.

Von einer Baustelle hatte man einen Container in die Industriehalle gebracht, der als Büro diente. Dort sollte Jura sitzen – nur dasitzen, Tee aus der Thermoskanne trinken und Brot, Fleischkonserven und Schokolade essen.

»Rauchen kannst du auch, Glimmstängel sind ja genug da, aber brenn mir nicht die Bude ab«, hatte Karpow gegrinst. Ein komischer Boss. Mitunter redete er wie ein Wasserfall auf Finnisch – das Jura natürlich nicht verstand –, aber auch auf Russisch machte er unverständliche Witze, lachte zu viel und über die seltsamsten Dinge. Überhaupt, wie sollte so eine Halle abbrennen, nichts als Blech und Beton.

»Wenn irgendwas passiert, rufst du einfach an, Jura. Aber vergiss nicht: Du musst wach bleiben, in der Nacht, am Tag und am Abend.«

Karpow hatte immer wieder mit derselben Leier angefangen, bis Jura es nicht mehr hören konnte.

»Ja, ja, mach ich, klar ...«

Natürlich war Jura eingeschlafen. Und als er aufwachte, wusste er, dass etwas schiefgelaufen war, und zwar gewaltig. Eisige Luft strich über seine schlafwarme Haut.

Die Tür zur Halle ist offen, schloss Jura, obwohl sein Gehirn nur langsam in Gang kam, wie das Getriebe eines schneebedeckten Lasters, das gewaltsam zum Leben erweckt wurde und Rädchen für Rädchen das zähflüssige Öl geschmeidiger machte. War Öl ein amorpher Stoff? Jura staunte über diesen Gedanken, der einer seiner letzten sein sollte, wunderte sich, dass er ein solches Wort kannte.

Selbst als kleiner Junge hatte Jura nicht davon geträumt, Kosmonaut zu werden oder Lehrer oder wenigstens Lokführer oder ein erfolgreicher Gangster. Die anderen waren immer ein wenig flinker und stärker und schlauer als er, das wusste Jura. Er war zufrieden, wenn er sich regelmäßig den Bauch vollschlagen und den Kopf zudröhnen konnte, ab und zu mit einer Frau zusammen war und nachts eine Matratze und eine Decke in einem halbwegs warmen Zimmer hatte. In den letzten Jahren hatte Karpow sich um ihn gekümmert, es war ihm nicht schlecht gegangen und große Zukunftsträume hatte er nicht.

Aber er hatte immerhin geglaubt, älter zu werden als sechsundzwanzig. Damit sah es jetzt schlecht aus, sehr schlecht.

Einen Meter vor ihm stand ein Mann, ein großer Mann in einem blauen Adidas-Trainingsanzug, mit einer Strickmütze auf dem Kopf und ausgestrecktem Arm. Und in der Hand, fünfzig Zentimeter von Juras Stirn entfernt, hielt er eine schwarze Pistole.

TALLINN, ESTLAND

Der Raum war sauber, geräumig und hell erleuchtet, und es war kaum noch zu erkennen, dass er einmal als Lager oder Werkstatt gedient hatte. Man hatte die Wände verputzt, geschliffen und weiß gestrichen, die grauen Stahlregale waren stabil und der saubere Betonboden neigte sich gleichmäßig zum Abfluss.

An den Resopaltischen arbeiteten fünf Männer und eine Frau, alle in weißen Kitteln. Sie wogen weißes Pulver in Plastikbeutel ab, die sie verschweißten und einzeln in Alufolie wickelten. Sie arbeiteten wie am Fließband, lautlos und effektiv.

In der Mitte des Raumes ging ein Mann in übertrieben straffer Haltung auf und ab und erteilte Anweisungen und Befehle. »Legt die Handyschachteln da drüben hin, Jungs, macht das Päckchen mal sauber und seid *verdammt* vorsichtig mit dem Pulver.«

Der Mann war weder jung noch groß, auch seine Stimme war nicht besonders laut, aber das Befehlen lag ihm im Blut.

Und seine Angestellten gehorchten ihm willig. Sie wussten, dass ihr Chef vernünftig, klug und gerissen war. Außerdem hatten sie ihm bisher noch immer vertrauen können, eine Seltenheit in der Branche. Die Meisten zweigten etwas ab, betrogen ihre Geschäftspartner, viele gingen unnötige und verrückte Risiken ein und nicht wenige konsumierten einen Teil der Ware selbst.

Aber nicht der Boss. Er hatte mit Frauen gehandelt, mit Edelmetallen, Waffen, Pässen und Visa. Aber es war immer reine Geschäftstätigkeit gewesen, Business, und die Ware war nur zum Verkauf bestimmt, wie er immer wieder betonte. Für den persönlichen Bedarf hatte er seine eigene Frau, seine eigene Waffe und seine eigenen Papiere. Drogen hatte er nie angerührt und er wäre gar nicht auf die Idee gekommen, das verwunderlich zu finden.

Manchmal seufzte er insgeheim. Geld rauben oder Dinge, die gebraucht wurden, das war eine klare Sache. Der Handel mit peitschenden Frauen, mit muskelbildenden Hormonen und mit Drogen, die die Leute um den Verstand brachten, war dagegen eigentlich nicht nach seinem Geschmack. Allerdings floss dabei ordentlich Geld in die Kasse, viel mehr als bei einem kleinen Raubüberfall.

Transport, Verpackung und Lagerung, die gesamte Logistik von Afghanistan nach Russland, weiter nach Tallinn und von dort nach Finnland, die ganze gut geschmierte Kette lief zügig und reibungslos von einem Rad zum nächsten. Das Opium von den Mohnfeldern wurde zu reinem, gutem Heroin veredelt. Der kleine, straffe Mann war stolz auf sein Unternehmen.

SORTAVALA, RUSSISCH-KARELIEN

Anna Kornostajewa prüfte mit dem Finger die Blumenerde und gab der Geranie Wasser. Sie sprach leise vor sich hin und tadelte sich, als sie es merkte: Der Mund ist nur zum Essen da. Doch sie lächelte dabei. Außer den Blumen und den Fotos hörte ja niemand ihr Selbstgespräch, keine Katze und kein Hund, nicht einmal eine Maus, denn zum Glück hatte sie keine Mäuse in ihrem alten Haus.

Sie zog die Vorhänge gerade und strich die faltenlosen Stickdeckchen glatt, überlegte, ob sie die Teppiche ausklopfen sollte, obwohl sie wusste, dass sie staubfrei waren. Aber ich muss doch putzen, dachte Anna Kornostajewa, das Leben muss eine Regelmäßigkeit haben, einen Rhythmus, an dem man sich festhalten kann.

Aus dem großen Topf auf dem Herd, den sie nie ausgehen ließ, nahm sie heißes Wasser, schöpfte aus dem Eimer kaltes dazu, feuchtete das zum Putzlappen degradierte, fadenscheinige Leinenhandtuch an und begann, unsichtbaren Staub von den Fotos zu wischen.

»Niilo, Nikolai, mein Kolja«, sagte sie zärtlich zu dem Bild ihres Mannes. »Warum drängst du dich in meine Träume, tu das nicht«, tadelte sie ihn sanft und stellte das Foto auf die Kommode zurück. Der Mann auf dem Bild hatte eine gerade Nase und klare Gesichtszüge, auch ohne Retusche. Und die Augen, an seine Augen würde sie sich immer erinnern, selbst wenn sie das Foto nicht hätte. Augen wie ein unschuldiges Waldtier.

Dieselben schwermütigen Augen waren auch auf den Fotos ihrer Söhne zu erkennen, die ebenfalls bei der Armee aufgenommen worden waren. Der glänzende Schirm der Uniformmütze, der steife, dicke Stoff der Uniform, über Jahrzehnte immer derselbe. Auf der Brust Verdienstorden und Leistungsabzeichen – beim Vater am meisten –, und das tiefe, feierliche Rot des Sterns auf den Medaillen war selbst auf den Schwarz-Weiß-Fotos zu erahnen.

Anna Kornostajewa beklagte sich nicht. In ihrem Alter hatte sie sich längst ans Alleinsein gewöhnt, fühlte sich sogar wohl dabei, auch wenn sie bisweilen ein seltsamer Schmerz in der Brust oder ein Schwindelanfall erschreckte. Aber jetzt war sie irritiert und unruhig und wusste nicht warum.

Gewöhnlich waren es ja die Jungen, die anriefen und sich Sorgen machten. »Hack doch das Brennholz nicht selbst und steig um Himmels willen nicht auf die Leiter, warum nimmst du nicht die Elektroöfen zum Heizen?« Sie gaben ihr Ratschläge und Anweisungen wie einem Kind. Natürlich meinten sie es nur gut, aber ein vernünftiger Mensch, der die Kriegszeit erlebt hatte und alles, was danach kam, konnte ihre Worte nicht ernst nehmen. Anna musste lächeln.

Hoffentlich ist den Jungen nichts zugestoßen, dachte sie plötzlich besorgt. Aber Aleksej wird in Moskau wohl zurechtkommen, er hat eine gute Frau, Arbeit hat er auch und sein Sohn ist schon so groß. Und Viktor hat von klein auf selbst für sich gesorgt. Sicher, Finnland ist ein fremdes Land, aber dort wollte Viktor hin und er hat es geschafft und beteuert immer, alles sei bestens.

Mach dir keine unnötigen Sorgen, ermahnte Anna sich. Es ist sinnlos, im Frühjahr über den Herbstregen zu weinen. Und wenn du die Milch verschüttest, gibt die Kuh morgen neue ... Ein Sprichwort nach dem anderen kam ihr in den Sinn, bis sie den Gedankenfaden abschnitt und sich mit lauter Stimme zur Ordnung rief: Mach dich nicht verrückt, Annuschka.

Sie begann, Viktors Preise abzuwischen: glänzende kleine Pokale, Löffel und runde Medaillen an Bändern. Der linke Arm tat ihr weh. Habe ich falsch gelegen oder Zug abgekriegt?, überlegte Anna Kornostajewa.

EINS

Ich sah den Mann schon von Weitem. Er kam mit langen Schritten schnurstracks auf mein Büro zu, wie ein Orientierungsläufer, dessen nächste Markierungsstelle sich auf meinem Schreibtisch befand. Ich nahm die Füße vom Tisch, kniff die Augen zusammen und versuchte, der dunklen Gestalt zu folgen.

Der Marktplatz von Hakaniemi lag hell im Gegenlicht, von der Sonne überbelichtet. Der Anblick erinnerte an verblasste Fotos im Familienalbum: »Hier sind wir auf einem Markt in Agadir.«

Viele meiner Auftraggeber zögern an der Ecke des Marktplatzes oder in dem schmalen Park dahinter – Sand, ein paar Bänke und ein Baum –, bevor sie mein Büro betreten. Sie tragen Pelzmützen und dunkle Mäntel und sie brauchen Hilfe beim Ausfüllen ihrer Anträge auf Einbürgerung und Wohngeld. Ich helfe ihnen.

Oder es handelt sich um finnische Bauarbeiter oder Lkw-Fahrer oder Kühlmaschinenmonteure, deren fünfzehn Jahre jüngere Ehefrauen von ihrem Backsteinkäfig in Järvenpää die Nase voll haben. Irina oder Natascha schnappt sich die Kinder und fährt zu ihren Verwandten im Kreis Werchojansk. Ich spüre die Ausreißerinnen auf.

Einige meiner Auftraggeber fahren großspurig im Mercedes oder BMW vor. Sie lassen ihren Wagen mit laufendem

Motor im Halteverbot stehen, drinnen sitzen Mädchen in Lederröcken und passen auf die Plüschwürfel am Rückspiegel auf. Diese Klienten sind Geschäftsmänner, deren Produktionsmittel verhaftet, ausgewiesen oder in die Klinik gebracht worden sind. Sie brauchen einen Kurier oder einen vertrauenswürdigen Mann als Bürgen bei ihren Transaktionen. Ich habe ein ehrliches Gesicht.

Aber dieser Kunde war anders. Für weitere Spekulationen blieb mir keine Zeit, denn er kam bereits die zwei Stufen von der Straße hoch und betrat, ohne zu klopfen, mein Büro.

»Viktor Kärppä …«

Der Satz blieb unvollständig und ohne Fragezeichen wie ein Haiku in der trockenen Luft hängen.

»Der bin ich.«

Ich nickte und bemühte mich, sachlich und respektabel zu wirken. Der Mann war ordentlich, aber langweilig gekleidet: dunkelgraue Hose mit Bügelfalten, schwarze Halbschuhe von der Art, die man ›vernünftig‹ nennt, und eine grüne Öljacke, die sicher noch nie unter Seewind zu leiden gehabt hatte. Er nahm Schirmmütze und Handschuhe in die eine Hand und lehnte seine Aktentasche an den Stuhl. Ein durch und durch trockener Typ. Reserveoffizier? Aber von welcher Armee? Ein Unternehmer im Urlaub? Ein Vertreter des Unternehmerverbandes oder ein Inspektor von der städtischen Behörde?

Ich entschied mich für die optimistische Vermutung, dass er ein Klient war. Mit der Obrigkeit versuchte ich, möglichst wenig in Berührung zu kommen. Die einzige Behörde, mit der ich zu tun hatte, war die Polizei, und ein normaler Polizist kam niemals allein. Für einen Agenten der staatlichen Sicherheitspolizei war er zu alt, außerdem war auf der Straße kein betont unauffälliger VW Golf zu sehen.

»Aarne Larsson«, stellte er sich vor. »Ich habe gehört, dass Sie Aufträge verschiedenster Art erledigen.«

Auch seine Stimme war trocken. Sie knirschte wie verharschter Schnee unter den Skiern. Was er sagte, kam der Wirklichkeit so nah, dass ich auf eine Präzisierung verzichtete.

»Ich habe ein Problem ..., eine missliche Situation ..., also, offen gesagt, meine Frau ist verschwunden.«

Larsson ließ den Blick durch mein Büro wandern. Er entdeckte den Wälzer *Finnische Geschichte von den Anfängen bis heute* und die roten Rücken von Band V und VI der Reihe *Stufen des Wissens* in meinem Regal. Zu dumm, dass ich gerade den ersten Band der Saarikoski-Biografie in die Stadtbibliothek zurückgebracht hatte. Wie gebildet hätte ich gewirkt, wenn dieses Buch auf meinem Tisch gelegen hätte!

»Vielleicht können Sie mir helfen ... durch Ihre Kontakte. Meine Frau ist nämlich gebürtige Estin. Sie ist erst Anfang der Neunziger nach Finnland gekommen«, erklärte er mit leisem Zögern, aber ohne nach Worten suchen zu müssen. »Wenn ich recht verstehe, verfügen Sie über ein großes Kontaktnetz unter den Immigranten aus dem Gebiet der ehemaligen Sowjetunion«, fügte er hinzu und fixierte mich mit seinen grauen Augen. Ich wusste nicht, ob sein Urteil als Lob oder Tadel aufzufassen war, also sagte ich nichts dazu.

Larsson saß auf dem besseren meiner beiden Besucherstühle. Die Wintersonne schien auf den Linoleumfußboden und ließ die Flecken aufblühen, die sich jedem Reinigungsversuch widersetzt hatten. Ich hatte meinem Vormieter, dem Ortsverein einer Gewerkschaft, den Schreibtisch und die Aktenschränke abgekauft, als ich gemerkt hatte, dass sie dauerhafte Vertiefungen in den Fußbodenbelag gedrückt hatten. Als Dreingabe hatte ich weitere büroarchäologische

Relikte bekommen. Hunderte von Gewerkschaftsmitgliedern hatten den Fußboden zwischen Tür und Schreibtisch abgewetzt und untilgbare schwarze Streifen hinterlassen.

Ich gab mir Mühe, Larssons starrem Blick standzuhalten, und schwieg. Der chinesische Wecker auf meinem Schreibtisch tickte. Der Radiosprecher verlas mit eintöniger Stimme den Seewetterbericht. Als er bei Gotska Sandö angekommen war, begann ich zu sprechen.

»Vielleicht machen wir es so: Sie geben mir ein paar grundlegende Fakten, und dann sehen wir, ob ich Ihnen helfen kann. Natürlich wird alles, was Sie mir sagen, vertraulich behandelt. Ich verwende diese Informationen in keinem anderen Zusammenhang, selbst wenn ich den Auftrag nicht annehmen kann«, betete ich mein übliches Sprüchlein herunter und schlug den Notizblock auf.

»Ich habe eine Aufstellung über die Ereignisse und Hintergründe mitgebracht«, fiel mir Larsson ins Wort, der offenbar im Voraus dafür gesorgt hatte, dass er Herr der Lage blieb. Er ließ den Verschluss seines Aktenkoffers aufschnappen und reichte mir einen sauber bedruckten Bogen in einer Klarsichthülle.

»Ich denke, hier finden Sie alle nötigen Fakten«, meinte er und holte seine Brille hervor.

Ich las das Papier Zeile für Zeile aufmerksam durch. Larsson war kein Beamter, sondern besaß ein Antiquariat in der Stenbäckinkatu im Stadtteil Töölö. »Nicht weit vom früheren Hauptsitz des Finnischen Sportbundes … ach ja, das war wohl vor Ihrer Zeit …«

»Ich gehe dort manchmal schwimmen«, warf ich ein.

»Ich habe mich auf Geschichtsbücher spezialisiert, auf Literatur über politische Bewegungen. Ich verkaufe also kaum fiktive Prosa oder sonstige schöngeistige Literatur«, fuhr

Larsson unbeirrt fort, ergänzte die Angaben auf dem Papier, als hätte er mir an der Netzhaut abgelesen, bei welcher Zeile ich gerade war. Er sprach nicht direkt spöttisch oder herablassend, aber es war klar, dass er Fakten höher schätzte als Fiktion.

Anhand der Geburtsdaten errechnete ich, dass Larsson um die sechzig und seine verschwundene Frau Sirje, deren Namen ich nun zum ersten Mal sah, fünfunddreißig war. Die beiden waren seit sechs Jahren verheiratet und hatten keine Kinder. Larsson war schon einmal verheiratet gewesen. Seine Exfrau und der gemeinsame Sohn, ein Gymnasiast, wohnten in Lahti.

Auch seine Privatadresse hatte Larsson gewissenhaft notiert. Ich klapperte die Helsinkier Straßennamen ab, die ich im Gedächtnis gespeichert hatte, und kam zu dem Schluss, dass er im Stadtteil Pakila wohnte, und zwar offenbar in einem Einfamilienhaus, denn hinter der Hausnummer stand weder ein Buchstabe für den Treppenaufgang noch eine Wohnungsnummer. Auf der Liste waren noch ein Sommerhaus in Asikkala sowie einige Verwandte und Geschäftspartner vermerkt. Alles in allem hatte Larsson mir praktisch eine Reinschrift der Notizen überreicht, die ich mir hatte machen wollen.

Jetzt bückte er sich und holte einen weißen Briefumschlag aus der Tasche, dem er ein Foto entnahm. Zum ersten Mal wirkte er ein wenig verlegen. »Das ist Sirje, meine Frau. Das Bild habe ich im letzten Sommer aufgenommen ...«

Ich nahm das Foto. Eine dunkelhaarige Frau blickte direkt in die Kamera, der Wind hatte ihr die Haare ins Gesicht geweht und sie war gerade dabei, sie zurückzuschieben. Den Mund hatte sie zu einem halben Lächeln verzogen. Im Hintergrund sah man das Meer, Uferfelsen und Brandungswellen. Sirjes Gesicht wirkte sympathisch, ihre Augen waren dunkel und ihr Blick kam irgendwie von schräg unten, eher demütig als selbstbewusst oder hart.

Etwas längst Vergangenes überrumpelte mich, drängte sich durch meine Konzentration und füllte meinen Kopf mit scharfen, klaren Sinneswahrnehmungen. Der mit Kiefernnadeln übersäte Pfad auf der Ladoga-Insel, der graue Ufersand, die nackten Füße eines Mädchens – all das stand so frisch und deutlich vor mir, als wären diese Eindrücke gerade aus der Tiefkühltruhe der Wahrnehmungen und Gefühle geholt worden. Ich gab mir Mühe, die Erinnerungen auszuschalten, bevor sie noch präziser wurden, miteinander verschmolzen und die Koordinaten in meinem Gedächtnis fanden, sodass die Sehnsucht mich überwältigte. Energisch befahl ich mir, zu Sirjes Bild und zu Aarne Larsson zurückzukehren.

»Eine attraktive Frau.«

Larsson überraschte mich, indem er verlegenen Stolz erkennen ließ. Ich legte das Foto auf den Schreibtisch und las seine Aufstellung noch einmal durch.

»Wann ist Ihre Frau verschwunden, beziehungsweise, wann haben Sie es bemerkt? Gab es in dem Zusammenhang irgendeinen besonderen Vorfall? Mit der Polizei haben Sie sich wohl schon in Verbindung gesetzt?«

»Sirje ist am sechsten Januar verschwunden. Ich war im Geschäft. Sie ist irgendwann im Laufe des Tages aus dem Haus gegangen, ohne mir Bescheid zu sagen oder eine Nachricht zu hinterlassen. Sie hat auch nichts weiter mitgenommen. Ich habe den ganzen Abend gewartet, dann habe ich bei unseren Bekannten nachgefragt, bei ihren Eltern in Tallinn angerufen und zu guter Letzt bin ich zur Polizei gegangen. Sirje ist nirgendwo gesehen worden. Hotels, Grenzübergänge, Schiffe, Flughafen – nichts, keine Spur.«

Larsson sprach, als hätte er seine Aussage einstudiert. Er saß ruhig und hoch aufgerichtet da, nur seine Stimme wirkte gebeugt.

»Die Polizei hat die Ermittlungen eingestellt. Ich war dort und habe verlangt, dass weitergesucht wird, aber die Beamten haben nur abfällig gelächelt. Sie gaben mir zu verstehen, dass ein estnisches Flittchen sie nicht weiter interessiert. Das haben sie zwar nicht ausdrücklich gesagt, aber so war es gemeint.« Larssons Stimme wurde härter. »Sollen die Gangster ihre Probleme unter sich ausmachen, meint die Polizei. Aber ich weiß, dass Sirje nicht in krumme Geschäfte verwickelt ist. Deshalb bin ich hier. Ich möchte, dass Sie Sirje finden.«

Er sah, dass ich auf die Personalangaben zu seiner Frau starrte. Beim ersten Mal hatte ich darüber hinweggelesen. Nun verstand ich die Reaktion der Polizei.

»Ja. Sirjes Mädchenname ist Lillepuu. Ihr Bruder ist Jaak Lillepuu«, bestätigte Larsson.

ZWEI

Gennadi Ryschkow wedelte mit Sirjes Foto und schüttelte den Kopf.

»Jaak Lillepuus Schwester? Nie gesehen. Aber ich beschäftige ja keine Estinnen und kenne auch sonst keine. Im Helsinkier Nachtleben ist mir die hier jedenfalls nicht begegnet.«

Ich nahm ihm das Foto ab und steckte es in die Mappe. Ryschkow zündete sich eine Zigarette an. Die Asche klopfte er sorgfältig in den runden, kupferfarbenen Aschenbecher mit der eingestanzten Bierreklame, den ich von den Gewerkschaftsleuten geerbt hatte. Dabei schaukelte das goldene Kettchen an seinem Arm im Takt. Weiteren Goldglanz lieferten ein Eckzahn, zwei Ringe und die Armbanduhr.

»Aber vögelbar wäre die durchaus. Wenn es unbedingt sein müsste, könnte ich sie beglücken«, verkündete Ryschkow. »Abgesehen davon, dass ich Lillepuus Schwester nicht mal mit dem kleinen Finger anrühren würde.«

»Red nicht so unanständig über meine Klientin. Außerdem bist du fett geworden, Genja. Was das Vögeln angeht, hast du entweder ein gutes Gedächtnis oder eine lebhafte Fantasie. Oder nimmst du Proben von deiner Handelsware? Umsonst macht es doch keine mit dir«, frotzelte ich, als wäre Ryschkow mein großer Bruder und nicht mein Arbeitgeber.

Er rauchte schweigend weiter, dann stand er auf und reckte sich wie eine Katze mit hundert Kilo Lebendgewicht. Nur das Schnurren fehlte. Sein Kugelbauch hing über den Gürtel; Ryschkow war einer der Männer, die in jungen Jahren essen können, was sie wollen, aber im mittleren Alter einen Bauch ansetzen, auch wenn sie sonst schlank bleiben.

Er trat dicht an mich heran und sah mich aus seinen tiefen schwarzen Augen an, die immer gleichmäßig dunkel blieben. Ich erschrak. Hatte ich seinen Sinn für Humor falsch eingeschätzt? Bei ihm wusste man nie genau, in welcher Laune er gerade war, denn sein Gesicht war immer wie versteinert, und auch seine Stimme verriet nichts.

»Wenn ich keine mehr gratis kriege, gebe ich das Ficken auf«, brummte er, drückte die Zigarette aus und zog seinen sauberen Wildledermantel gerade. Er gähnte. Bartstoppeln bildeten einen dunklen Schatten auf seinem Kinn. Frisch und munter hatte ich ihn nie erlebt.

Ich erledigte häufig Aufträge für Ryschkow. Ich fuhr für ihn Pkws von Helsinki nach Wyborg und St. Petersburg, holte Frauen nach Finnland, mietete Wohnungen und kaufte Waren im Namen seiner Firmen. Er zahlte pünktlich und hatte auch in allem anderen immer Wort gehalten. Aber ich wurde nicht recht schlau aus ihm und brachte es nicht fertig, ihm zu vertrauen.

Das heißt, eigentlich klingt ›vertrauen‹ zu feierlich. Auch ein Betrüger kann vertrauenswürdig sein, wenn man ihn kennenlernt und weiß, in welchen Dingen er betrügt. Über Ryschkow wusste ich nur, dass er aus Moskau kam. Er sprach nicht über seine Eltern, seine Geschwister oder sein Zuhause, erzählte weder von der Schule noch von der Armee. Ich hatte versucht, ihn auszufragen, doch Ryschkow schwieg. Er gab keinerlei Erklärungen ab. Und ich wusste nicht einmal, was er von meiner Neugier hielt oder von mir selbst. Auch jetzt hatte ich das Gefühl, dass er über Sirje Lillepuus Verschwinden nachdachte und irgendwelche Schlüsse daraus zog.

»Seit zwanzig Jahren unverändert. Mein Gewicht«, fügte er hinzu, als ich ihn verständnislos ansah. Er gab mir zum Abschied die Hand und sagte, er wolle in sein Restaurant in der Innenstadt gehen und dann zum Grenzübergang Vaalimaa und weiter nach St. Petersburg fahren. Ich fragte nicht, was er dort zu tun hatte.

An der Tür blieb er noch einmal stehen und drehte sich zu mir um. Er spielte mit seinen Autoschlüsseln, ließ sie zwischen den Fingern hindurchgleiten. Der Mercedesstern hing an einer langen Goldkette wie ein Kreuz an der Betschnur.

»Hör zu, du Bauernjunge, sei verdammt vorsichtig. Ich hatte mal Differenzen mit Jaak Lillepuu. Die sind inzwischen begraben. Aber das war damals eine schlimme Sache, eine sehr schlimme Sache. Lillepuu ist ein anderes Kaliber als die karelischen Zuhälter und Taschendiebe, mit denen du dich abgibst.«

Ich konnte mich nicht erinnern, dass Ryschkow mich je zuvor gewarnt hatte.

DREI

Ich drehte das Schild an der Tür um und schloss mein Büro
ab. Wenn ich nicht da war, forderte das Schild eventuelle
Besucher auf, mich anzurufen, und nannte meine Handynummer. Ich ging quer über den Marktplatz und stieg die
Treppen zur Metro hinunter.

Ryschkow hatte mir einen kleinen Job aufgedrängt. Er
wirkte harmlos, machte mich aber vielleicht gerade deshalb
nervös. Ich sollte eine Tasche bei der Gepäckaufbewahrung
abholen und in den Stadtteil Töölö bringen. Die Frage, weshalb Ryschkow das nicht selbst erledigte, hatte ich mir ver-
kniffen.

Ich fuhr zum Hauptbahnhof, wich Betrunkenen und jungen Somaliern aus und nahm die Rolltreppe zur Bahnhofs-
halle. Zwischen den Kiosken lungerten ein paar junge Burschen herum. Sie sahen mich eine halbe Sekunde länger an
als nötig, zogen schuldbewusst die Köpfe ein und ich begriff, dass ich mindestens drei von ihnen kannte, Jungen aus
Ingermanland.

Ihre Angehörigen hatten mir ihr Leid geklagt. Sie hatten
die Jungen in Verdacht, Handys und Brieftaschen zu klauen,
sich zu prügeln und mit Drogen zu handeln.

Ich sah, dass die Burschen zu modische Schlabberhosen,
zu angesagte Anoraks und zu teure, klobige Schuhe trugen
und zu kleine Handys hatten. Alles war zu luxuriös im Ver-

hältnis zu dem, was ich über Jobs, Löhne und Sozialhilfe ihrer Eltern wusste.

Ich hatte bisher versucht, mich aus dem ganzen Schlamassel herauszuhalten, und fing auch jetzt nicht an, den Sozialarbeiter zu spielen. Ich sah durch die Jungen hindurch, nickte ihnen nicht zu, hob auch nicht die Hand. Stattdessen ging ich geradewegs zur Gepäckaufbewahrung, gab Ryschkows Coupon ab und bekam eine schwarze Tasche ausgehändigt. An der Seite stand *Diadora*. Ich warf die Tasche über die Schulter und ging zwischen dem Kaufhaus Sokos und der Hauptpost hindurch zur Straßenbahnhaltestelle.

Dort musste ich fast zehn Minuten warten, und ich versuchte, den Eindruck zu erwecken, nichts als ein mittelgroßer, normal gekleideter Mann mit einer ganz gewöhnlichen Sporttasche zu sein. Als die Straßenbahn endlich kam, löste ich einen Fahrschein. Mit einer Streifenkarte wäre die Fahrt billiger gewesen, aber ich wollte keine unnötigen Hinweise auf meine Unternehmungen mit mir herumtragen. Ich suchte mir einen Stehplatz ganz hinten. Als wir an der Sporthalle vorbeifuhren, wurde die nächste Haltestelle angekündigt: »Sallinkatu – Salligatan«. Dort stieg ich aus.

In der Seitentasche meines Gepäckstücks lag ein Schlüssel, mit dem ich durch ein Eisengitter in den Innenhof und von dort ins Treppenhaus gelangte. Ich stieg eine halbe Etage hoch und blieb stehen. Im Treppenhaus war es still, dämmrig und heiß. Ich wartete drei Minuten und dann noch einmal drei. Niemand war mir ins Haus gefolgt. Mit dem Aufzug fuhr ich in den sechsten Stock und ging über die Treppe in den fünften Stock hinunter. Auf dem Namensschild stand *Kyllönen,* darunter befand sich ein Klebestreifen mit der Aufschrift *KEINE REKLAMESENDUNGEN.* Ich klingelte, aber niemand öffnete. Das war auch nicht vorgesehen.

Leise schloss ich auf. Das Einzimmerappartement war klein und unbewohnt, aber möbliert. Ich warf einen Blick ins Bad und in den Kühlschrank: Beide waren leer und warm.

Ich legte die Tasche auf die Bettcouch und den Schlüssel auf die Spüle in der Kochnische. Was in der Tasche war, wusste ich nicht, wollte es auch gar nicht wissen. Sie konnte Hormonpräparate für den Vertrieb in Fitnessstudios enthalten, rote Dessous und Dildos, gefälschte Pässe, so gut wie alles. Ryschkow hatte mir beim Leben seiner Mutter geschworen, dass es sich weder um Drogen noch um Leichenteile handelte, und das genügte mir. Ich war durchaus bereit, harmloseren Stoff durch die Stadt zu tragen.

Beim Klingelton meines Handys fuhr ich zusammen. Auf dem Display stand *Ruuskanen ruft an* – ein Autohändler an der Umgehungsstraße. Er hatte einen russischen Käufer für einen steuerfreien Mercedes und brauchte jemanden, der dolmetschte und die Papiere ausfüllte. Sobald wir einen Termin vereinbart hatten, beendete ich das Gespräch. Dann sah ich mich noch einmal in der Wohnung um, vergewisserte mich mit einem Blick durch den Türspion, dass das Treppenhaus leer war, und ging.

Ich nahm nicht denselben Weg zurück, sondern ging zur Urheilukatu und von dort in Richtung Innenstadt. Auf dem ehemaligen Sportplatz wurde ein neues Fußballstadion hochgezogen. Ich blieb stehen und sah mir die Baustelle an. Am Bauzaun hatte sich ein Grüppchen von Rentnern versammelt, die über die Leistungen der Bauarbeiter herzogen.

Ich ging weiter zur Sporthalle. Der Pförtner mit dem Umfang eines Sumo-Ringers lümmelte sich faul in seiner Loge und nickte bloß, als ich sagte, dass ich nur kurz mit meinem Kumpel reden und dafür keine zehn Mark Eintritt bezahlen wolle. Ich bereute sofort, dass ich mich mit einer langatmigen Erklärung blamiert hatte, statt unverfroren hineinzugehen und nur zu reden, wenn ich gefragt wurde.

Auf dem Volleyballfeld schien ein endloses Spiel im Gang zu sein, unter dem Basketballkorb tricksten zwei Junioren virtuelle Gegner aus und auf der Empore schwitzten Tischtennisspieler und Boxer. Die Sporthalle versetzte mich immer in Hochstimmung. Schon das Gebäude selbst mit seinen Geräuschen und Gerüchen verhieß die Euphorie, die auf körperliche Anstrengung folgt, so wie der Anblick eines Alkoholgeschäfts dem Trinker seinen Rausch verspricht. Und außerdem fühlte ich mich hier an die Trainingshallen der Sporthochschule in Leningrad erinnert. Sonnenlicht, das den Frühling ankündete, fiel durch die hohen Fenster, die weißen Wände verstärkten die Helligkeit, am anderen Ende der weiten Fläche bewegten sich Turnerinnen im Takt einer nicht hörbaren Musik und das dumpfe Stampfen der Kraftgeräte rollte durch die Halle, prallte gegen die Wände und wurde mit neuer Kraft zurückgeworfen.

Anatoli Stepaschin lag auf der Bank und stemmte Gewichte. Ich blieb schweigend neben ihm stehen und wartete. Schließlich stand Anatoli auf, trocknete sich das Gesicht und hängte sich das Handtuch um den Hals. Er schüttelte mir wortlos die Hand und trank Wasser aus seiner Sportflasche. Ich ging ein Stück beiseite, Stepaschin folgte mir. Ein tätowierter Mann im Sporttrikot legte sich auf die Bank und begann zu stemmen.

»Du quasselst ja wie ein Wasserfall«, lächelte ich. Stepaschin war ein Stück kleiner als ich, ich konnte ihm auf den Scheitel gucken. Die schwarzen Haare ragten auf wie die Stacheln eines Igels. Er schwieg weiterhin und sah mich ernst an.

»Spaß beiseite, ich brauche ein paar Informationen. Wie gut kennst du Jaak Lillepuu? Und vor allem: Weißt du etwas über seine Schwester Sirje Lillepuu? Etwas über dreißig, keine krummen Geschäfte, verheiratet mit einem Finnen namens Larsson.«

Ich redete leise auf Russisch, bemühte mich aber, die Namen sorgfältig auszusprechen. Stepaschin trank noch einen Schluck Wasser und sah den Turnerinnen zu. Seine Schultern machten die Bewegung unwillkürlich mit, als eins der Mädchen beim Salto zu viel Schwung nahm und auf den Knien landete.

Ich kannte Anatoli seit meiner Zeit in Leningrad. Er war ein ganz ordentlicher Turner gewesen, hatte sogar die Sporthochschule abgeschlossen und war danach mit einem Zirkus durchs Land getingelt, von Minsk bis Ulan Bator, von Kischinew bis Omsk. Mit Akrobaten, Zauberern, Tellerjongleuren, Bären und Hunden war er kreuz und quer durch die Sowjetunion getourt und hatte als Grundpfeiler einer Menschenpyramide in der Manege gestanden, mit geschminktem Gesicht, obwohl er bei seiner Trauermiene keine Clownsbemalung gebraucht hätte.

In Finnland hatte er nahezu richtige Arbeit gefunden. Er stellte in Ryschkows Fitnesszentrum Trainingspläne auf und gab Schauspielern Sport- und Akrobatikunterricht. Anatoli war in Tallinn geboren, wo er zur russischen Minderheit gehört hatte. Während des Studiums hatte er sich geweigert, Estnisch oder Finnisch zu sprechen. Aber drei Jahre in Finnland hatten seine Einstellung geändert. Ich wusste, dass er die Esten in Helsinki kannte.

»Jaak Lillepuu ist ein schlechter Mensch«, sagte Anatoli eindringlich. Er sah mir in die Augen und wiederholte, diesmal auf Finnisch: »Ein sehr schlechter Mensch!«

Er wechselte wieder zum Russischen über: »Seine Schwester kenne ich nicht. Ich habe sie nur einmal gesehen, und ich glaube, sie hat mit Jaaks Geschäften nichts zu tun. Aber der Sohn der eigenen Mutter ist und bleibt der Sohn der eigenen Mutter. Jaak ist allerdings früh eigene Wege gegangen. Er war schon in der Sowjetzeit im Gefängnis.«

Ich zeigte ihm Sirjes Foto.

»Ja, das ist die Frau ... Aber wie gesagt, ich weiß so gut wie nichts über sie. Warum fragst du nach ihr?«

»Sie ist ihrem Mann weggelaufen. Ich versuche, sie zu finden.«

»Na, ich kann mich mal umhören. Aber erwarte nicht zu viel. Ich muss sehr vorsichtig sein.«

Ich dankte ihm, verließ die Sporthalle und ging zur Straßenbahnhaltestelle. Selbst wenn ich von Anatoli Stepaschin keine konkreten Informationen bekommen würde, war nun in der Stadt bekannt, dass ich nach Sirje Larsson suchte – oder nach Sirje Lillepuu.

In der Nacht hatte ich einen Traum:

Ich war zu Hause in Sortavala, es war Nachmittag. Ich stand vor dem Radio. Das polierte Holz glänzte, auf der Frontscheibe leuchteten Punkte und Ortsnamen, die Röhren und Scheiben strahlten Wärme aus und einen Geruch, den kein anderes Gerät in unserem Haus erzeugte. Die Sonne zeichnete ein Muster auf den Flickenteppich und in der Luft tanzte Staub. Mutter saß im Schaukelstuhl, ein Buch auf dem Schoß. Ich war gerade aus der Schule gekommen, das wusste ich, der Ranzen lag auf dem Boden und ich hatte das Halstuch der Jungen Pioniere um. Vater kam herein. Er trug eine grünliche Uniform, meine Finger erinnerten sich an die Formen der Abzeichen und an den festen Stoff der Jacke, an die Zigaretten-

schachtel in der Tasche. Diesmal durfte ich nicht auf seinen Schoß, so ein großer Junge, auch seine Offiziersmütze nahm er nicht ab. Stattdessen befahl er Mutter mitzukommen, er kommandierte mit einer Stimme, an die ich mich nicht erinnerte. »Nein, Vater, nicht!«, rief ich und erschrak. Tote können doch keine Befehle erteilen, überlegte ich. Da drehte Mutter sich um und sah mich an. Sie trug eine schwarze Brille, wie die Blinden in alten Kinofilmen.

Ich erwachte und starrte an die Decke – malerweiß, F 157, immer wieder sagte ich den Farbcode des Baumarktes auf, bis ich mich endlich wieder beruhigt hatte und begriff, wo ich war. Die roten Ziffern des Radioweckers zeigten 04:55. Hatte der Zeitungsbote mich geweckt? Es war noch dunkel, Hakaniemi summte, die Stadt wurde allmählich wach. Ich drehte mich auf die Seite, zog das Kissen über den Kopf und redete mir gut zu: »Du darfst noch drei Stunden schlafen, du darfst noch drei Stunden schlafen.«

Ich wusste, dass ich wieder eingeschlafen war, schrak aber erneut auf, diesmal hellwach. Ich dachte an die Traumbilder, an Mutter mit der schwarzen Brille, und wünschte mir, nicht allein schlafen zu müssen.

VIER

Ich wollte Larsson bitten, mir Sirjes Sachen ansehen zu dürfen. Die Telefonnummer seines Geschäfts fand ich in den Unterlagen, die er mir gegeben hatte. Er meldete sich sofort: »Töölö-Antiquariat, Larsson.« Wir verabredeten uns für sechs Uhr abends.

Um zehn vor sechs suchte ich Larssons Haus auf der Dollar-Pakila-Seite. Die andere Hälfte des Stadtteils, die als ärmlicher galt, hieß Rubel-Pakila. Ich sah kaum einen Unterschied, in meinen Augen war das ganze Gebiet eine typische finnische Mittelstandssiedlung. Nach dem Krieg gebaute Holzhäuser mit Satteldach, die später durch Anbauten vergrößert worden waren, üppige Gärten, dazwischen einige eigenwillige Backsteinkreationen und auf zu enge Grundstücke gezwängte Reihenhäuser.

Die Zufahrt zu Larssons Haus führte von der Straßenecke auf einen kleinen Hof. Ich war mit dem Wagen vom Büro hergefahren, einem braunen Volvo 240, der mehr als zehn Jahre auf dem Buckel hatte – die Art von Auto, die brave Opas fahren, mit der Oma im Pelzmantel auf dem Beifahrersitz.

Mir genügte es, dass der Wagen zuverlässig und unauffällig war. Ich hatte ihn bei *Top-Auto Ruuskanen* gekauft und Ruuskanen hatte den nachträglich eingebauten Turbomotor gepriesen: »Der zischt ab wie ein Hecht in seichtem Wasser.«

Ich war kein Angler, erriet aber, dass Ruuskanen sagen wollte, der Wagen habe eine gute Beschleunigung. Ich hatte gebührend an dem Volvo herumgemäkelt, um den Preis gefeilscht, in den Handel eingeschlagen und zum Schluss noch an die TÜV-Spezialisten in Petrozawodsk erinnert, die mit ihren Schraubenziehern nicht in der Karosserie stocherten, sondern in den tragenden Strukturen des Autohändlers. Ruuskanen hatte mir versichert, er sei sich über die Bedeutung einer umfassenden Garantie im Klaren. Und bisher war ich mit dem Wagen tatsächlich zufrieden.

Ich fuhr durch das offene Tor direkt auf den Hof und parkte vor der Treppe, obwohl ich sah, dass der Weg und die Reifenspuren weiter um das Haus herumführten. Vermutlich befand sich die Garage im Kellergeschoss an der Hangseite. Die Zufahrt und die Fußwege waren sorgfältig vom Schnee freigeschaufelt, in exakten Winkeln wie aus dem Geometriebuch. Larsson hatte meinen Wagen offenbar gehört, denn er erwartete mich an der Tür.

Jedes Haus, jede Wohnung hat einen spezifischen Geruch. Larssons Haus roch kühl, die Duftmischung enthielt einen Spritzer Zitrone vom Bohnerwachs oder Waschmittel, eine Spur Pfeifentabak und eine winzige Note, die vom Lack neuer Möbel oder von der Silikonabdichtung eines frisch renovierten Badezimmers stammen mochte. Ich prägte sie mir ein. Glaubte ich etwa, Sirje anhand des Geruchs aufstöbern zu können?

Larsson führte mich rasch durch das Haus, versprach, mir zu helfen, wenn nötig, und ließ mich dann im Wohnzimmer allein. Er sagte, er wolle im Bastelraum im Keller weiterarbeiten. Ich versicherte ihm, ich würde mich gründlich umsehen, ohne sein Vertrauen zu missbrauchen.

Mit dem Wohnzimmer war ich rasch fertig. Dem Aussehen nach unbequeme Sitzgelegenheiten, die ich dem gustavianischen Stil zuordnete, zwei kleine Tische, auf dem einen ein Schachbrett, auf dem anderen eine Zigarettendose mit ausgetrockneten Marlboros, ein Aschenbecher, leere Vasen. An der Wand hingen freudlose Gemälde, kalte finnische Landschaften und zwei welke Blumenstilllleben. Ich klappte den Klavierdeckel hoch und spielte einhändig das alte Zeitzeichen von Radio Moskau.

»Kein Blatt regt sich im Wald ...« Larssons Stimme schreckte mich auf. Er war unbemerkt aus dem Keller zurückgekommen und stand an der Wohnzimmertür. »Der Komponist war übrigens einer von Stalins Bluthunden. Das Klavier ist ein wenig verstimmt.«

»Kann sein. Ich weiß es nicht. Ich meine, ich weiß nicht viel über Tichon Chrennikow, aber das Klavier ist ganz in Ordnung«, sagte ich unverbindlich, doch Larsson war bereits auf dem Rückweg in den Keller, seine Aktentasche in der Hand.

Außer dem Wohnzimmer und dem Flur befand sich im Erdgeschoss die Küche, eine blitzblanke Mischung aus altmodischer Geräumigkeit, Kacheln, Schränken und modernen Küchengeräten. Unmittelbar dahinter gab es noch ein kleines Zimmer, das ursprünglich vielleicht für ein Hausmädchen vorgesehen gewesen war. Es hatte ein eigenes kleines Bad und einen separaten Eingang. Der Raum war als Gästezimmer eingerichtet, doch als ich die Tagesdecke anhob, sah ich, dass das Bett nicht bezogen war. Die Wandschränke waren leer bis auf einen Stapel Illustrierte. Ich sah mir die Adressaufkleber an: Die Abonnentin war Sirje Larsson. Die Schrankbretter waren säuberlich mit glänzendem, gelb geblümtem Schrankpapier bezogen. Im Bad drehte ich den Hahn auf. Er röchelte eine Weile und spuckte dann

rostbraunes Wasser aus. Offenbar gab es in diesem Haus
selten Übernachtungsgäste.

Im Wohnzimmer hatte ich noch eine zweite holzgetäfelte
Tür gesehen. Als ich sie öffnete, verriet mir der Geruch, dass
sich dahinter Aarne Larssons Arbeitszimmer befand. Alle
Wände waren von Bücherregalen bedeckt. Mitten im Raum
stand ein solider alter Schreibtisch, auf dem sich ein normaler PC, eine Schreibunterlage und eine Schreibschale befanden. Neben einem modernen Bürostuhl standen schwarze
Lederpantoffeln. Im Zimmer herrschte Dämmerlicht, denn
das Fenster lag nach Osten. Die Umgebung, die man vom
Fenster aus sah, wirkte schläfrig und ordentlich wie ein
Sonntagnachmittag in einer Kleinstadt. Man hätte sich Ehe-
paare dazudenken können, die im Partnerlook spazieren
gingen, und Fenster, an denen die Vorhänge zugezogen
waren, damit die Sonne nicht störte, wenn man sich einen
Fernsehfilm oder Formel 1 ansah.

Ich starrte jedoch an die Decke. Unter den weißen Deckenplatten hing ein an der Nabe befestigter zweiflügliger
Flugzeugpropeller. Er war aus schön gemasertem Holz zu-
sammengeklebt, glänzte dunkelbraun, und in der Mitte befand sich ein sauberes, schmuckloses Symbol: ein blaues
Hakenkreuz in weißem Kreis.

Ich bin ein Zögling der sowjetischen Gesellschaft und einiges hat man mir so intensiv eingebläut, dass es einen Re-
flex auslöst wie das Hämmerchen des Arztes, wenn es auf
die Kniescheibe trifft. Beim Anblick des Nazisymbols trat
ich hastig einen Schritt zurück, obwohl ich wusste, dass es
sich bei dem Emblem auf dem Propeller nicht um das Symbol des Dritten Reichs handelte, sondern um das alte Abzeichen der finnischen Luftwaffe.

Da ich mich weder für Kriegsgeschichte noch für Luftfahrt übermäßig interessierte, ließ ich den Propeller in Ruhe und inspizierte Larssons Bücherregal. Die Titel konnten mich nicht mehr schockieren – sie zeigten, dass Larssons literarische Interessen zu dem Propeller passten. Seine Privatbibliothek konzentrierte sich auf die politische Geschichte, den Zweiten Weltkrieg, Deutschland und die Sowjetunion. Es war eine stilreine Sammlung von erzschwarzer reaktionärer Literatur, wobei ich mir allerdings der aktuellen Bedeutung des Begriffs ›reaktionär‹ nicht ganz sicher war. Mir liefen kalte Schauder über den Rücken, zischend wie Lichtbögen bei Kurzschluss in einem Messgerät, und doch war ich sicher, dass die Bücher und das Hakenkreuz nichts mit Sirjes Verschwinden zu tun hatten.

Ich ging ins Obergeschoss. Die Treppe mündete in ein zweites Wohnzimmer mit einer normalen, hellen Couchgarnitur – ob von Ikea oder von Asko, hätte ich nicht sagen können –, einem Fernseher, einer Stereoanlage, einem Regal mit Schallplatten, CDs und einigen Metern Belletristik sowie zwei modernen Gemälden.

Das Schlafzimmer der Larssons war hell und modern eingerichtet und blau-grau tapeziert. Die richtige Umgebung für kühlen, leichten Schlaf, dachte ich, in diesem Raum gab es keine Düsterkeit, obwohl er genau über dem finsteren Arbeitszimmer lag.

Auf dem Schminktisch lagen Sirjes Schönheitsartikel. Viele waren es nicht: Kämme, eine Bürste, zwei Lippenstifte, Mascara, einige Haarreifen. In den Schubladen fand ich weitere Schminkutensilien, Binden und Tampons, einen Fön, Illustrierte, kleine Shampooflaschen und Seifenpäckchen aus Hotels.

Neben dem Telefon lag ein länglicher Kalender mit spärlichen Eintragungen. Aarne Larsson hatte ein- oder zweimal wöchentlich Sitzungen. In kleiner, runder Handschrift war einmal pro Woche *Sirje Gymnastik* eingetragen, ebenso regelmäßig wiederholte sich für Dienstagabend achtzehn Uhr die Eintragung *Malkurs.* Die freien Stellen im Kalender waren mit Blumen, Hunden und Pferden bemalt.

Es waren weder Telefonnummern noch private Verabredungen eingetragen. Der Kalender bot nichts, woraus man das Mosaik eines Lebens hätte rekonstruieren können.

Larsson saß auf einem hohen Schemel und beugte sich über ein altes Buch, dessen Lederrücken er voller Hingabe nähte. Der Hobbykeller enthielt einen alten Arbeitstisch aus Metall, eine Waschmaschine, Bügelbrett und -eisen, eine Mangel, eine Tiefkühltruhe und Regale mit Aktenordnern und gebundenen Zeitschriftenjahrgängen. Ich schaute mich um und sah dann höflich Larsson bei der Arbeit zu, während ich vergeblich nach einem passenden Gesprächsstoff suchte.

»Sie waren in meinem Arbeitszimmer«, unterbrach Larsson das peinliche Schweigen. Er deutete mit dem Kopf nach oben, ohne mich anzusehen.

»Ich beschäftige mich mit Geschichte, mit den finnisch-ugrischen Völkern, unseren Stammesverwandten. Manche schütteln darüber den Kopf, früher wurde ich deshalb sogar verspottet. Aber Sie werden mich sicher verstehen, Sie haben ja auch unter der Knute des Iwans gestanden. Und Sie selbst sind kein Russe, das habe ich nachgeprüft.« Larsson brachte längere Sätze zustande, als ich vermutet hätte.

»Hmm«, machte ich unverbindlich und sah mir den Keller an, öffnete die Türen und warf einen Blick in die kalte Sauna, den Heizungsraum und die Garage. Larsson fuhr einen metallicgrauen Saab 9000.

»Ich habe kaum zusätzliche Informationen über Ihre Frau

gefunden, keine Telefonnummern von Bekannten, keine Notizzettel. Sie ist offenbar Hobbymalerin und besucht einen Malkurs?«

»An der Volkshochschule. Sirje beschäftigt sich mit Ölmalerei, sie besucht jetzt schon den x-ten Fortgeschrittenenkurs und ist nicht ganz unbegabt«, sagte Larsson. »Im Kurs hat sie ein paar … Kunstfreunde kennengelernt. Ansonsten hat sie hier kaum Bekannte. Aber sie fährt oft nach Tallinn, um ihre Eltern zu besuchen, in der Regel zweimal im Monat. Ich habe nichts dagegen, wirklich nicht.« Larssons Stimme wurde härter. Er sah mich durch seine braun umrandete Brille an. Bei seinem ersten Besuch in meinem Büro hatte er ein moderneres Modell mit Metallbügeln getragen. Offenbar war die alte Brille nur noch für den Hausgebrauch vorgesehen.

»Sie wollen sicher auch wissen, ob Sirje Feinde hatte. Mir fällt beim besten Willen niemand ein. Einmal haben wir einen bösen Brief bekommen, anonym natürlich, in dem Sirje als estnische Hure und ich als geiler alter Bock beschimpft wurde, aber das ist schon lange her und ich glaube nicht, dass es etwas mit Sirjes Verschwinden zu tun hat. Der Brief kam bestimmt von irgendeinem verrückten Nachbarn oder von einem übereifrigen Patrioten.«

»Haben Sie ihn aufgehoben?«

»Nein. Er war mit dem Computer geschrieben, ohne Unterschrift, und kam in einem normalen weißen Umschlag. Wir haben ihn weggeworfen.«

Ich dankte Larsson für seine Hilfe, verabschiedete mich und fuhr vom Grundstück auf die Straße. Nach zweihundert Metern parkte ich und ging zu Fuß zurück. Ich lehnte mich an einen Lampenmast und beobachtete das nicht vorhandene Leben in der Straße. Wenn ich Raucher gewesen wäre, hätte ich mir eine Zigarette angesteckt. In Larssons Haus brannte Licht und vom Nachbargrundstück kam ein schwarzer Audi, der in Richtung Tuusulantie davonbrauste, aber ansonsten war der Saldo der Ereignisse exakt null.

Abschätzend betrachtete ich die Nachbarschaft. Larsson wohnte an der Straßenecke; auf dem Grundstück gegenüber stand ein kleines zweistöckiges Reihenhaus, aber wenn man die Straße hinaufging, folgte ein Doppelhaus, und der Eingang der Hälfte A lag zu Larssons Haus hin.

Kurz entschlossen ging ich zu der Eichenfurniertür und klingelte. Ich hörte ein leises Dingdong und Hundegebell. Die etwa vierzigjährige Frau, die mir öffnete, trug Jeans, ein Sweatshirt und ein süßliches Parfüm. Sie war barfuß und hatte die Zehennägel dunkelrot lackiert.

»Jari Kesonen von der Kanzlei Jurister, guten Abend. Ich habe hier in der Nachbarschaft eine Angelegenheit zu klären. Darf ich Ihnen einige Fragen stellen?«, stellte ich mich vor und zückte eine mit meinem Foto versehene laminierte Karte, die bezeugte, dass ich Jari Kesonen hieß und als Ermittler für die Anwaltskanzlei Jurister AG arbeitete.

Die Firma existierte tatsächlich, sie besaß Autos und Wohnungen in Helsinki, aber Rechtsfälle bearbeitete sie nicht, allenfalls verursachte sie gelegentlich einen. Die Firma war hauptsächlich in Gennadi Ryschkows Schublade tätig. Und die Karte hatte ich selbst fabriziert.

Die Frau – sie hieß Marjatta Nyqvist – konnte mir nicht weiterhelfen. Freundlich lächelnd hörte sie sich mein Anliegen an, bat mich herein und ließ mich auf einer hellen, eckigen Couch Platz nehmen. Ich schilderte ihr den Sachverhalt ungefähr so, wie er war. Die einzigen Ungenauigkeiten waren eigentlich mein Name und meine Firma. Ich hatte nämlich die Beobachtung gemacht, dass ein finnischer Beinahe-

anwalt einen weitaus besseren Eindruck macht als ein Rück-
wanderer mit undefinierbarem Beruf. Meine Kleidung war
meiner Zweitidentität angemessen; ich bemühte mich, leger
und doch gepflegt zu wirken. Genau genommen kümmerte
sich Ryschkow um meine Garderobe. Er ließ jenseits der
russischen Grenze, in Käkisalmi, einigermaßen hochwertige
Raubkopien von Herrenanzügen nähen und manchmal
schenkte er mir die italienischen Originale, von denen seine
Kollektion abgekupfert wurde.

Ich redete, meine Gastgeberin lächelte und erschien mir
immer reizvoller, obwohl ich sie anfangs als älteres Baujahr
eingestuft hatte. Ich überlegte, wann ich zuletzt mit einer
Frau zusammen gewesen war, betrachtete die Linie ihres
Halses und malte mir aus, wie ich mit meinen Bartstoppeln
die Stelle unter ihrem Kinn kitzeln, ihren Duft wahrnehmen,
ihr Summen und Schnurren hören würde ...

Marjatta Nyqvist sagte etwas, was an mir vorbeirauschte.
Ich brummte zustimmend. Ich wusste, dass sie meine Blicke
bemerkt hatte, doch sie schien nicht verärgert zu sein. Sie
lächelte – mütterlich und verständnisvoll oder verführerisch.

»Ich kenne sie nur flüchtig, im Sommer wechseln wir gelegentlich am Gartenzaun ein paar Worte. Sie ist nicht besonders gesprächig oder gesellig. Freundlich schon, Reibe-
reien hat es nie gegeben. Wir haben nur einfach wenig
miteinander zu tun«, brachte sie mich auf das Thema Sirje
Larsson zurück.

Die Nyqvists wohnten seit zehn Jahren in Pakila und kann-
ten alle Nachbarn. Sirje Larsson war offenbar mit niemandem in der Siedlung enger befreundet. Die Larssons lebten
zurückgezogen, was ihnen niemand zum Vorwurf machte.

»Ich würde sagen, sie wirken wie ein ausgesprochen ...
harmonisches oder sogar glückliches Paar, wenn es so etwas

überhaupt gibt«, meinte Marjatta Nyqvist. Ich bildete mir ein, in ihren Augen eine leise Sehnsucht aufflackern zu sehen.

Ich stellte mir vor, wie sie nackt aussehen würde, wie sie vor mir stünde, ein wenig breiter als ein junges Mädchen, weich und hell. Sie würde dastehen, mit schweren, runden Brüsten, die schon ein wenig hingen, würde die Haare nach hinten werfen, wie um zu betonen, dass eine erwachsene Frau sich nicht zu genieren brauchte und dass sie mit sich selbst im Reinen war. Doch Marjatta Nyqvist saß mir gegenüber, trug immer noch Jeans und Parfüm und lächelte das Lächeln einer wissenden Frau. Ich brachte ein Dankeschön zustande und sagte, ich würde mich vielleicht noch einmal an sie wenden müssen.

»Komm ruhig vorbei«, ging sie unverhofft zum Du über. Dann brachte sie mich an die Tür.

Ich fuhr näher an die Häuser der Larssons und der Nyqvists heran, blieb im dunklen Wagen sitzen und dachte nach. Der Hausbesuch hatte kaum Licht in den Fall gebracht. Was tat Sirje tagsüber, woran dachte sie, mit wem sprach sie? Ich versuchte, einen Fragenkatalog aufzustellen.

Ich hatte geglaubt, durch ein paar Erkundigungen würde ich Sirjes Spur finden, die Ausreißerin nach Hause bringen und Larsson die Rechnung schicken: zehntausend plus Mehrwertsteuer und die Spesen obendrauf. Nun beschlich mich der Verdacht, dass die Sache nicht ganz so einfach sein würde.

Larssons Fenster waren hell erleuchtet, im Haus war keine Bewegung zu sehen. Nach einer Weile ging die Tür zum Nachbarhaus auf, Marjatta Nyqvist kam mit einem braunen Setter heraus und joggte überraschend leichtfüßig die Straße hinunter. Der Hund rannte begeistert neben ihr her.

Ich lenkte meinen Volvo nach Hakaniemi.

39

FÜNF

Ich saß im Büro und arbeitete mich durch die Frachtbriefe für eine Ladung Föhrenholz aus Karelien, als Waleri Karpow eintrat.

Ich war überrascht, erfreut – und besorgt. Karpow kam normalerweise nicht unangemeldet nach Helsinki. Spätestens wenn er die Grenze passiert hatte, rief er an, um mir mitzuteilen, der Stern am Bug seines Wagens habe soeben die Stadt Imatra passiert und ich solle schleunigst einen Tisch in einem anständigen Lokal reservieren, denn wenn er in Helsinki ankomme, habe er Hunger.

Karpow runzelte die Stirn und wirkte ernsthaft besorgt. Ich dachte an meinen Traum und an Mutter mit der schwarzen Brille. Eigentlich hatte ich Mutter anrufen wollen, doch ich hatte es vergessen.

»Grüß dich, Karpow, was führt dich nach Helsinki? Hoffentlich ist in Sortavala nichts passiert?«

»Nee, Mann, in Sortavala nicht, aber in Finnland, verdammt noch mal! Irgendein Scheißgauner hat mein Lager leer geräumt und sich den ganzen Mist unter den Nagel gerissen, Zigaretten, Wodka, Sprit, verfluchte Kacke! Waren für eine Million Mark, mindestens!«

Karpows Wüterei reizte mich zum Lachen, aber ich gestattete mir nicht einmal ein Lächeln, denn mein Freund war im Moment zweifellos nicht zu Späßen aufgelegt. Wir hatten uns schon als Schuljungen bei einem gesamtsowjetischen Skilager in Kaukolowo kennengelernt. Gemeinsam hatten wir Hunderte von Kilometern auf Skiern zurückgelegt, uns die erste Flasche Schnaps geteilt und auch während des Studiums in Leningrad noch zusammengehalten. Waleri war karelischer Abstammung, sprach akzentfrei Finnisch und sah aus wie der Sänger Jorma Hynninen. Er war Teleingenieur geworden.

Das heißt, letzten Endes war er Geschäftsmann geworden. Die Teletechnik hatte er bereits aufgegeben, als Gorbatschow gerade sein erstes Mobiltelefon bekam. Jetzt verkaufte er Buntmetallschrott und Birkenholz in den Westen, karrte Waschmaschinen und Elektroherde in den Osten, managte den Schwarzhandel mit Schnaps und Zigaretten auf der Strecke Sortavala–Värtsilä und bemühte sich, *die touristische Infrastruktur der Klosterinsel Valamo zu entwickeln,* wie ich in der Zeitung *Karjalainen* gelesen hatte. Im Klartext war darunter die Monopolisierung der zum Klostertourismus gehörenden Schiffe, Kioske und Restaurants zu verstehen; folglich landeten von jedem Rubel ein paar Kopeken in Karpows Kasse.

In Finnland waren Karpow und Gennadi Ryschkow Kompagnons oder hatten zumindest eine Art Arbeitsteilung vereinbart. Mir war das sehr recht, denn ich arbeitete für beide. Nun hatten sie ein gemeinsames Problem.

»Die Fracht war für Helsinki bestimmt. Gennadi ist stinksauer. Und ich auch, zum Donnerwetter, wir haben beide einen Haufen Geld da reingesteckt«, schimpfte Karpow.

Die Ware war in kleinen Partien über die Grenze gebracht und in einer Industriehalle in Kesälahti zwischengelagert worden. Irgendein »Scheißgauner« war mit einem Lkw vorgefahren, hatte die Schlösser aufgeschweißt und die fertig in

41

Kisten verpackten Zigarettenstangen und Flaschen mitgenommen.

»Hör dich mal um. Die Zigarettenschachteln sind leicht zu erkennen, da ist nämlich ein Druckfehler drauf«, erklärte Karpow leicht verlegen. »Mein Neffe hat Mist gebaut, als er am Computer die Druckvorlage gemacht hat.« Er holte eine Schachtel aus der Tasche. »Guck, hier oben steht *Marlboro* drauf und auf der Seite *Selected Fine Tobaccos*, aber da fehlt ein c.«

Er nahm eine Zigarette aus der Schachtel und zündete sie an, als wolle er demonstrieren, dass sie auch für den Fabrikanten gut genug war. Ich nahm mir vor, ihn bei passender Gelegenheit zu fragen, ob er zum karelischen Zweig der Familie Philip Morris gehöre. Im Moment schien es mir allerdings ratsam, meine Witze für mich zu behalten. Karpow rauchte gierig und kam dann wieder auf sein Problem zurück.

»Ich hatte einen Wächter in der Halle, Jura Koschlow. Der hat da im Kontor gehockt. Er ist auch verschwunden, nur seine Thermoskanne, noch randvoll mit heißem Wasser, stand auf dem Tisch. Ich glaube nicht, dass Jura an der Sache beteiligt war. Er hat schon lange für mich gearbeitet und besonders helle ist er auch nicht. Nee, ich fürchte, Jura ist tot. Ehre seinem Angedenken und Friede seiner Seele.«

Mit der Hand, in der er die Zigarette hielt, schlug Karpow das Kreuzzeichen und schaffte es, trotzdem, respektvoll auszusehen.

Er machte sich auf den Weg in die Innenstadt, wo er etwas zu erledigen hatte, und ließ sich nicht dazu überreden, über Nacht in Helsinki zu bleiben. Er wollte noch am selben Abend nach Sortavala zurückfahren. Karpow war einer, der höchstens eine Viertelstunde lang ernst oder wütend bleiben konnte, und auch das nur, wenn er sich anstrengte. Auch jetzt verabschiedete er sich mit der Bemerkung, wir sollten unbedingt Gelder aus dem Tacis-Fonds beantragen, immerhin hätten wir ein realisierungsfähiges IT-Projekt in der Schublade. Das war sein Standardwitz, den er jedes Mal anbrachte, wenn wir durch das karelische Hinterland fuhren und irgendwo die Ruine eines verlassenen Kolchosenstalls sahen: »Hier eröffnen wir ein Technologiezentrum.«

Ich hatte mir vorgenommen, möglichst lange im Büro zu arbeiten, brachte aber nichts Rechtes zustande. Mehrmals rief ich bei meiner Mutter an. Sie meldete sich nicht. Die Telefonleitungen in Karelien brachen oft zusammen, aber diesmal hörte sich das Freizeichen ganz normal an. Ich stellte mir vor, wie das Telefon klingelte, in Mutters Küche, die bei uns Stube hieß, auf dem kleinen Tisch vor dem Fenster. Auf dem Fensterbrett standen Begonien und unter dem Telefon lag ein weißes Tischtuch mit blauer und roter Stickerei.

Das Telefon klingelte, aber Mutter meldete sich nicht. Vielleicht ist sie bei den Nachbarn oder hilft einer alten Frau, die noch schlechter dran ist als sie selbst, dachte ich.

Ich rief alle meine Kontaktleute an und erkundigte mich nach Sirje Larsson, doch niemand schien etwas zu wissen. Gegen acht schloss ich mein Büro ab und drehte wie jeden Abend eine Runde um den Block. Als ich einigermaßen sicher war, dass mich niemand beobachtete, ging ich auf den Hof und von dort ins Treppenhaus. Meine Wohnung lag im selben Haus wie mein Büro, durch dessen Hinterzimmer man auch direkt in den Aufgang B und von dort durch den Keller oder über den Hof in den Aufgang A gelangte.

Ich wohnte im obersten Stock, im sechsten, und fühlte mich dort wohl. Das Haus war ruhig. Die Bewohner waren

Rentner, ehemalige Arbeiter, die Wohnungen klein und billig. Die Miete für mein Büro zahlte ich an Ryschkow, meine Wohnung dagegen gehörte einem Helsinkier Rentnerpaar, das seine Ersparnisse in Ein- und Zweizimmerwohnungen angelegt hatte.

Ich las eine Weile in meinem Englischlehrbuch, sah mir die Nachrichten und die Sportschau an und zog mich dann zum Joggen um. Seit zwei Tagen war ich nicht mehr im Fitnessstudio oder beim Eishockey gewesen; ich sehnte mich danach, ordentlich ins Schwitzen zu kommen. Ich lief zur Sörnäisten rantatie, wärmte mich mit Rhythmus- und Koordinationsübungen auf, forcierte dann das Tempo und rannte an den Kohlehalden des Kraftwerks und am Fischerhafen vorbei. Ich joggte bis zum Stadtteil Arabia; die Haftanstalt Sörnäinen lag fahl im Mittelpunkt meiner Runde. Quer durch die Arbeitersiedlung Vallila kehrte ich nach Hause zurück.

Joggen machte mir eigentlich keinen Spaß. Selbst auf den weichen Pfaden in den karelischen Wäldern hatte ich nie Gefallen am Laufen gefunden. Lieber spielte ich ein paarmal in der Woche mit meinen russischen Bekannten in Helsinki Eishockey und Fußball, und im Winter lief ich Ski. Im letzten Winter hatte es allerdings so wenig geschneit, dass ich nur ein halbes Dutzend Skitouren unternehmen konnte.

Die Bürgersteige waren stellenweise spiegelglatt, doch ich schaffte es bis in meine Straße, ohne hinzufallen. Ich suchte mir eine eisfreie Stelle und hüpfte hundertmal auf der Stelle. Falls irgendwelche Passanten mich sahen, würden sie wahrscheinlich abschätzig lächeln und mich für einen sauertöpfischen, in die Jahre gekommenen Sportler halten, der gewissenhaft seine Sprungübungen in sein Trainingsbuch einträgt und dem dann beim einzigen Wettlauf des Sommers die

Achillessehne reißt, woraufhin er nicht ganz ohne Stolz im Gips herumhumpelt und im nächsten Sommer ebenso optimistisch wieder auf der Aschenbahn erscheint.

Zu Hause duschte ich, kochte Tee und aß zwei Butterbrote. Ich las ein Buch über den finnisch-sowjetischen Winterkrieg. Larsson wäre mit mir zufrieden gewesen, wenn er es gewusst hätte.

SECHS

Ich schlief und träumte.

Ich bin wieder zu Hause in Sortavala, in der Kammer. Mutter sitzt auf dem Bett, ich sage etwas und sie dreht sich zu mir um. Wieder trägt sie die schwarze Brille, die ihre Augen verbirgt. Dann bin ich plötzlich vor dem Haus, ein hellblauer Wolga steht dort und davor Aarne Larsson in einem grauen Sommeranzug im Stil der 1960er-Jahre. Er hält eine Flasche und einen Blumenstrauß in der Hand. Sirje Larsson und Marjatta Nyqvist steigen aus, ich weiß, wie es im Wageninnern riecht, sitze plötzlich auf der Rückbank und blicke auf das Armaturenbrett, und Aarne Larsson prahlt, das Lenkrad sei aus Elfenbein. Die Frauen sagen, sie seien zur Beerdigung gekommen: »Entschuldige, dass wir so unpassend angezogen sind.« Sie tragen ähnliche Kleider, wie ich sie in diesem finnlandschwedischen Film gesehen habe. Wunderbare Frauen am Wasser, versuche ich zu rufen, und Larsson gegenüber beharre ich darauf, dass es Maxim Semjonowitsch war, unser Nachbar, der mir einreden wollte, sein Lenkrad sei aus echtem Elfenbein, und dass das Auto ein Moskwitsch war und ein Radio hatte und eine gute Heizung und dass man den Motor mit einer Kurbel anlassen konnte ...

Der Traum ist völlig tonlos, und doch weiß ich, was die anderen sagen. Aber sie hören meine Rufe nicht, sondern drängeln sich ins Haus ...

Ich erwachte und wusste, dass ich nicht allein war. Ich hielt die Augen geschlossen, bemühte mich, gleichmäßig zu atmen, und horchte auf die Geräusche, die die Stille im Zimmer unterbrachen. In der Luft hing der Geruch von Winterkleidung, Zigaretten und gegrilltem Fleisch. Ich versuchte festzustellen, wo mein Besucher stand.

»Morgen, Kärppä! Deine Ohren wackeln, ich seh, dass du wach bist.«

Ich öffnete die Augen und setzte mich auf.

»Ach, Korhonen! Guten Morgen. Ich hab mich schon gewundert, wer in meine Wohnung einbricht. Wie dumm von mir, natürlich die Polizei! Hatte ich den Schlüssel von außen stecken lassen? Oder hat Parjanne die Tür aus den Angeln gehoben?«

Ich war ehrlich erleichtert. Von allen potenziellen nächtlichen Besuchern waren Polizisten die harmlosesten. Ich hatte bereits damit gerechnet, in eine Revolvermündung zu starren oder zusammengeschlagen zu werden. Zu stehlen gab es in meiner Wohnung kaum etwas.

»Auch eine Art, seine Jugend herumzubringen. Ein kleiner Plausch ist immer nett, aber sagt mir trotzdem mal, worum es geht«, bat ich.

Korhonen war Kriminalbeamter, ein paar Jahre älter als ich. Ich lief ihm immer wieder über den Weg – oder besser gesagt, Korhonen lief mir über den Weg, wenn er es wollte. Er versuchte, sich über das Russenbusiness auf dem Laufenden zu halten, und ich hatte ihm einige Male erläutert, in welcher Beziehung bestimmte Dinge zu bestimmten Menschen standen. Korhonen verließ sich darauf, dass ich mich bemühte, nicht allzu sehr gegen die Gesetze zu verstoßen. Er ließ mich in Ruhe, unter der Bedingung, dass ich ihn nicht verscheißerte.

Jetzt saß er in einem langen, für einen Polizisten eigentlich zu eleganten Mantel am Fußende meines Bettes und aß eine Portion Kebab. Er riss die Papierhülle auf und schmatzte laut, achtete aber darauf, dass er den blauen Wollstoff seines Mantels und seinen gelben Schal nicht beschmierte. Parjanne stand mit verschränkten Armen hinter ihm. Er war Kriminalmeister und häufig mit Korhonen unterwegs. Er hatte kurze Haare und trug eine hüftlange Lederjacke.

Ich nahm meine Uhr vom Nachttisch. Sie zeigte halb fünf. »Tja, in gut dreieinhalb Stunden hätte ich sowieso aufstehen müssen«, sagte ich betont sachlich.

»Spiel nicht den Lord. Wir waren zufällig in der Gegend und dachten uns, wir schauen mal rein«, sagte Korhonen. »Die Kebabstube zwei Straßen weiter hatte noch Licht und die Jungs haben uns ganz brav einen Nachtimbiss zubereitet. Wir haben gefragt, ob sie nicht ein bisschen Hasch für uns hätten, zu so später Stunde, aber sie haben behauptet, sie wären einfach nur so die Nacht über wach. Vielleicht machen sie Inventur oder Frühjahrsputz oder sie feiern Ali Babas Geburtstag. Weißt du übrigens, wie die Gebrüder Kebab mit Vornamen heißen? Uskunder, Döner und Mitreis natürlich«, schwatzte Korhonen drauflos, ohne zu lächeln. »Mein Freund Ypi hier wollte nichts, Ypi ist Veganer.«

»O Mann«, seufzte Parjanne müde.

»Die Herren Kebab kennst du also nicht, Viktor? Und wie ist es mit einem gewissen Jura Koschlow? Soll ein Skiläufer sein, wie du, noch dazu aus derselben Mannschaft. Aber seine Atomics haben ausgedient, man hat ihn nämlich in der Tiefgarage des Supermarktes in Malmi im Kofferraum eines Primera gefunden. Und weil die Japsen so kleine Kofferräume haben, war er in Stücke geschnitten worden, damit er besser reinpasst«, zischelte Korhonen leise. Er brachte die

Lippen kaum auseinander, seine Stimme schien sich mit Gewalt durch die steifen Kinnladen zu zwängen.

»Ich hab das dumme Gefühl, dass du was über die Sache weißt. Pass auf, ich helfe dir auf die Sprünge: Deine Freunde Ryschkow und Karpow haben sich gestritten, und dieser Jura, der arme Kerl, ist zwischen die Fronten geraten und sozusagen aus Versehen ums Leben gekommen«, zischte Korhonen.

»Nein, so war es nicht«, erwiderte ich.

»Wie war es denn, los, sag schon«, drängte er.

Ich sah zuerst Korhonen an, dann Parjanne.

»Ypi, zeig deiner Anakonda mal die Kacheln«, befahl Korhonen seinem Partner. »Aufs Klo sollst du gehen«, fügte er hinzu, als Parjanne ihn verständnislos ansah. »Ach nee, am besten gehst du mal draußen nachsehen, ob ich im Auto sitze.«

Parjanne verzog keine Miene. Er seufzte nur und ging hinaus.

»Ich mag deinen Kumpel nicht. Der hat mal mein Büro durchsucht, obwohl er wusste, dass ich mit der Sache nichts zu tun habe. Hinterher sah alles aus wie Kraut und Rüben«, erklärte ich.

»Kraut und Rüben wachsen auf dem Acker. Hör auf zu greinen und erzähl mir von Koschlow«, unterbrach Korhonen meine Tirade. »Der Ypi meint's nicht böse, er ist nur ein bisschen simpel. Sein Lieblingsschauspieler heißt Also Starring und seine Leibspeise Appetizers. Na, jetzt tritt die Donau meiner Gedanken wieder über das Ufer. Also quassel nicht, sondern erzähl mir von Koschlow.«

Und ich berichtete ihm, dass Koschlow für Karpow gearbeitet hatte. Und dass irgendwer Karpows Warenlager ausgeräumt hatte und Jura bei der Gelegenheit ebenfalls verschwunden war. Ich betonte, Ryschkow habe mit der Sache nichts zu tun, und es gebe keinerlei Interessenkonflikte zwischen ihm und Karpow.

»Ich weiß nicht, wer die Sachen gestohlen und Jura getötet hat. Aber ich bin sehr daran interessiert, es zu erfahren. Dies in aller Kürze und im Vertrauen«, schloss ich.

Korhonen hatte zugehört, ohne mich ein einziges Mal zu unterbrechen. Ich wusste, dass er eine rasche Auffassungsgabe hatte und alles, was ich ihm sagte, sofort mit dem kombinierte, was er von anderen erfahren hatte.

»Nimm den Mund nicht so voll, du karelisches Wiesel! Jedes Mal wenn du von Vertrauen redest, würde ich dir am liebsten in den großen Zeh schießen. Verdammt noch mal, du fraternisierst mit Killern, Huren und allen möglichen Scheißtschetschenen und redest, als ob du Esa Saarinen wärst – du weißt doch, wer das ist? Interessenkonflikte«, ahmte Korhonen mich nach und bemühte sich, ernst zu bleiben. »Demnächst fangen die Ganoven noch an, ihre Ressourcen zu allokieren und Consultingfirmen zu engagieren, um sich über das Management des Wandels in einer funktionsfähigen Organisation belehren zu lassen. Das Personal ist unsere wichtigste Ressource ... wenn wir wandeln in der Duuunkelheit ...«, die letzten Worte sang er halb. »Ihr seid mir vielleicht Helden! Was ist denn da geklaut worden, wenn ich fragen darf? Na klar, Schnitzereien aus dem Bastelklub. Oder Halbleiter aus Säkkijärvi? Siliziumscheiben aus Kontupohja?«

»Alles kann ich dir nicht sagen, aber ich lüge nicht. Ich glaube, dass es sich um harmloses Zeug handelt, um Schnaps und Zigaretten. Keine Drogen und keine Waffen«, erklärte ich.

»Esa Saarinen ist ein Philosoph, und ob du's glaubst oder

nicht, ich weiß auch über seine Frau und seine Zwillinge Bescheid, und über den Exmann von der Frau. Ich habe jahrelang die Illustrierten studiert.«

Korhonen stand auf, reckte sich und sah auf die Uhr. Ich fand, dass er wie ein ehemaliger Sportler aussah, hatte ihn aber nie gefragt, welche Sportart er betrieben hatte. Am Flurspiegel kam er nicht vorbei, ohne stehen zu bleiben. Er schob mit beiden Händen sein welliges Haar in Form und bewunderte sich ausgiebig. An der Tür drehte er sich noch einmal um.

»Ach ja, das hätte ich beinahe vergessen. Was, zum Teufel, hast du mit den Esten zu schaffen? Ich hab gehört, dass du dich nach Lillepuu erkundigt hast. Bist du dabei, das Lager zu wechseln, oder was läuft hier ab?«

SIEBEN

Am Morgen setzte ich mein Konditionstraining fort. Ich ging in die Sporthalle, widmete mich eine halbe Stunde dem Gewichtheben und machte dann Stretching und Gymnastik. Ich fühlte mich stark, als ich in die Alppikatu im Stadtteil Kallio fuhr.

Juha Toropainens Lokal war anfangs eine ganz normale Kneipe gewesen, wo man Bier und Steaks bekam. Damals hieß es *Toro*. Dann hatte der Besitzer seine Geschäftsidee überarbeitet; er hatte die Inneneinrichtung neu gestaltet, Stripperinnen aus Estland angestellt, die alle zwei Wochen wechselten, und im hinteren Teil seines Etablissements Logen für Privatvorführungen einbauen lassen. Die privaten Erotikshows interessierten mich nicht, aber die estnischen Mädchen umso mehr.

Am frühen Nachmittag herrschte im *Sex-Toro* eine verschlafene Stimmung. Eine Putzfrau schrubbte den Fußboden, sämtliche Türen standen offen, um frische Luft hereinzuzwingen, und das helle Tageslicht, das zwischen den Vorhängen in das Lokal fiel, wirkte fehl am Platz. Der Besitzer stand hinter der Theke. Er zählte die Flaschen ab, schrieb das Ergebnis in ein kleines Heft und nickte mir im Spiegel kurz zu. Ich setzte mich an den Tresen und wartete.

»Na, Kärppä, wie läuft's?« Toropainen drehte sich um und füllte ein Glas mit Leitungswasser.

»Könnte beschissener sein. Solltest du das Wasser nicht in die Flaschen füllen? Ich hab gehört, dass man bei dir getrost sechs Wodka mit Himbeersaft trinken und trotzdem mit dem Auto nach Hause fahren kann. Wenn man pusten muss, hat man allerhöchstens null Komma zwei Promille«, frotzelte ich freundschaftlich.

»Dafür habt ihr Russen einen neuen Schnaps erfunden, die Lightversion, nur 16 % Alkohol«, gab Toropainen zurück. »Weißt du, was das ist: Es vibriert nicht und passt nicht ins Arschloch? Ein russischer Arschlochvibrator. Aber genug Small Talk. Was hast du auf dem Herzen?«

»Ich suche eine Estin. Sie ist keine Professionelle, aber ich würde gern mal deine Mädchen fragen, ob sie von ihr gehört haben.«

Toropainen winkte mich durch. In der Küche, gleich neben der Pendeltür, stand ein Tisch, an dem vier junge Frauen saßen. Eine aß Haferbrei, die anderen hatten Kaffeetassen vor sich stehen. Die Kaffeetrinkerinnen rauchten. Auf dem Tisch lagen Eierschalen, leere Portionspackungen Margarine und zerknüllte Servietten.

Ich stellte mich vor und erklärte, worum es ging. Die Raucherinnen qualmten unablässig, die Breiesserin hielt einen Moment inne, löffelte dann aber weiter. Keine der Frauen sagte ein Wort. Ich erzählte meine Geschichte noch einmal: Ich suche eine verschwundene Frau, sie heißt Sirje Larsson oder Sirje Lillepuu, die Schwester von Jaak Lillepuu, sie lebt seit Jahren in Helsinki, stammt aber aus Tallinn … Selbst der kleinste Hinweis würde mir weiterhelfen, flehte ich und ließ das Foto herumgehen.

Die Frauen schwiegen verdrossen. Schließlich zuckte eine mit den Achseln. »Kommt mir nicht bekannt vor.«

Ich drängte ihnen meine Visitenkarte auf und bat sie,

mich anzurufen, falls sie etwas über Sirje erführen. Sie versprachen mir jedoch lediglich Rabatt, wenn ich als Kunde zu ihnen käme. Ich lächelte freundlich und überließ sie ihren Vorbereitungen für den Abend im *Sex-Toro*.

»Mit Stammkundenkarte kriegst du jedes fünfte Mal umsonst. Und obendrein gibt's noch Bonuspunkte«, rief mir die rothaarige Breiesserin nach.

»*Hea tagumik*«, hörte ich noch, dann lachten alle vier. Ich erriet, dass sie sich über die Form meines Hinterteils äußerten, und belohnte sie, indem ich mit übertriebenem Hüftschwung hinausging wie ein Model auf dem Laufsteg. Die Frauen prusteten los.

Ich hatte gerade mein Büro aufgeschlossen, als das Telefon klingelte. Die Anruferin war außer Atem und sprach gebrochen Finnisch.

»Du hast vorhin nach dieser Sirje gefragt ... Ich habe sie vielleicht gesehen.«

Ich versuchte, die Frau auszuhorchen, doch sie konnte oder wollte mir nicht mehr sagen, als dass sie glaubte, Sirje Lillepuu in einer Hochhauswohnung im Vorort Herttoniemi gesehen zu haben. Auch die Adresse nannte sie mir. Ich bedankte mich.

»Du schuldest mir jetzt einen Gefallen. Aber ich will mit der Sache nichts zu tun haben, von mir hast du nichts erfahren«, sagte sie noch. Dann ertönte das Freizeichen.

Am Abend fuhr ich nach Herttoniemi in die Siilitie. Ich stellte den Wagen auf dem kleinen Parkplatz vor dem Pub ab. Ein freundlich dreinblickender Spitz war am Fahrradständer angebunden und schien ein einsames Damenfahrrad zu bewachen. Die Reklame im Pubfenster verhieß Pizza-

Karaoke-Darts-Billard und ich war dankbar, dass ich das Lokal nicht zu betreten brauchte.

Ich suchte nach der Adresse, die Toropainens Striptänzerin mir gegeben hatte. An der Straße wechselten sich sieben- oder achtstöckige Hochhäuser mit zweistöckigen Wohnhäusern ab, die wie ein Band der Form der Felsen folgten. Der Komplex hatte zahlreiche Eingänge, jeder mit eigenem Buchstaben, das ganze Alphabet durch bis WXYZ, und fast zweihundert Wohnungen.

Ich fand das gesuchte Haus. Die Wohnung lag im fünften Stock, an der Tür stand *Santanen*. Das Treppenhaus war sauber, es roch nach Essen und Putzmitteln.

Ich dachte an die Vorortsiedlungen in Leningrad, an die Mietskasernen, in denen sie zu Tausenden wohnten, an die nach Pisse stinkenden Aufzüge und die Treppenhäuser, in denen sämtliche Glühbirnen gestohlen worden waren, an die Eisenstangen, die aus unerfindlichen Gründen neben dem Hauseingang aus der Erde ragten oder an die halben Betonelemente, die einfach auf dem Hof liegen geblieben waren, neben den zerbrochenen Kinderschaukeln und Klettergerüsten.

Und ich zwang mich, auch daran zu denken, wie warm und gemütlich es drinnen gewesen war, hinter der schallisolierten Tür, wenn man mit anderen zusammensaß, gemeinsam aß und trank, dazugehörte.

Auf mein Klingeln rührte sich nichts. Ich ging auf den Hof und zählte die Fenster ab. Santanens Wohnung – oder wessen Wohnung es auch sein mochte – war dunkel. Jemand namens Santanen hatte die städtische Mietwohnung bekommen, aber ob er selbst noch dort wohnte, stand auf einem anderen Blatt.

Eigentlich durfte man diese Wohnungen nicht weitervermieten, doch das Verbot wurde allgemein umgangen. Womöglich lebten dort oben Studenten oder ungarische Stewardessen oder zehn Arbeitskräfte eines Chinarestaurants, während der offizielle Mieter nach wie vor irgendein *Santanen* war. Manchmal ließen die Nachbarn solche Schwarzmarktwohnungen auffliegen, aber im Allgemeinen blieben die harmlosen Untermieter unbehelligt.

Ich lehnte mich an eine Kiefer und beobachtete die Häuser, während es allmählich dunkelte. Die Sterne am Himmel leuchteten immer heller, als würden sie mit einem stufenlosen Schalter reguliert. Eine kalte Nacht kündigte sich an. Das blaue Licht der Fernseher flackerte in vielen Fenstern im Gleichtakt; die meisten hatten dasselbe Programm eingeschaltet.

Durch die Fenster im Erdgeschoss konnte man direkt nach drinnen sehen. Ein großer Mann, der einen Ohrring trug und die Haare zum Pferdeschwanz gebunden hatte, legte zwei kleinen Jungen Kartoffeln auf den Teller. Die Soße war in einem roten Topf, die Mutter stellte Milch auf den Tisch und gab den protestierenden Jungen geraspelte Möhren. Dann setzte auch sie sich an den Tisch, über dem eine fahle Lampe hing. Das Fenster war vom Küchendunst beschlagen.

Ich dachte an meine Mutter und erinnerte mich an die Mahlzeiten, die wir zu zweit eingenommen hatten, nachdem Vater gestorben und Aleksej zum Studium nach Moskau gegangen war, wo er dann geheiratet und sich endgültig niedergelassen hatte. Mutter und ich saßen uns gegenüber, immer auf demselben Platz, wir aßen Kartoffeln und Soße und Brot und Wurzelgemüse und Sauerkraut. Und dann war Mutter allein zurückgeblieben, ich war nach Leningrad und später ins Ausland gezogen. Ich verfolgte regelmäßig den

Wetterbericht für Karelien und wusste, dass auch in Sortavala eine Frostnacht anbrach, die allerdings viel trockener sein würde als in Helsinki. Und am Himmel standen dieselben Sterne und derselbe Mond.

»Was lauern Sie hier herum, Sie Spanner!«, holte mich eine strenge Stimme nach Herttoniemi zurück. Ich drehte mich um, doch die asiatischen Selbstverteidigungsgriffe, die ich bei der Armee gelernt hatte, brachte ich nicht zur Anwendung, denn die Frau, die hinter mir stand und mich missbilligend anstarrte, war im Alter meiner Mutter. Sie trug eine dunkle Baskenmütze und einen grauen, halblangen Steppmantel.

»Nein, nein, ich bin kein Spanner«, beteuerte ich. »Ich bin Jukka Pekkarinen von Ilta-Sanomat.« Dabei hielt ich ihr meinen selbst gebastelten Presseausweis mit der Aufschrift PRESS vor die Nase. Ich hatte das Logo der Zeitung auf den Ausweis gescannt und mein Foto dazugeklebt.

»Ich schreibe einen Artikel über den Missbrauch von städtischen Mietwohnungen. Irgendwer hat irgendwann einmal so eine Wohnung bekommen und dann wird er zum Beispiel wohlhabend und zieht aus, gibt die billige Mietwohnung aber nicht auf. Er lässt seine Kinder drin wohnen oder vermietet sie weiter und steckt einen saftigen Gewinn ein.«

»Ja, derlei Gerüchte hört man gelegentlich. Aber Sie sollten lieber mal darüber berichten, wie schlecht die Häuser hier instand gehalten werden. Nur F und H da drüben sind saniert worden, den Rest lassen sie verkommen. Es zieht durch alle Fenster, wissen Sie, fingerbreite Ritzen, dass der Schnee durchs Zimmer wirbelt, und alte Menschen, die von ihrer kleinen Rente gerade die Miete bezahlen können …« Sie kam richtig in Fahrt.

Ich brummte in regelmäßigen Abständen zustimmend

und versuchte, den Eindruck zu erwecken, dass ich ihr zu-
hörte, beobachtete dabei aber Santanens Fenster. Die Stimme der alten Frau klang scheppernd, jedes S war ein wüten-
des Zischen. »Ich habe Zeit meines Lebens hart gearbeitet«,
sagte sie, verstummte kurz und holte eine Zigarettenschachtel hervor. Dass die alte Dame rauchte, irritierte mich, doch
ich hatte keine Zeit, mich darüber zu wundern oder weiter
über den Zustand der Häuser zu plaudern, denn in Santanens Wohnung ging das Licht an.

Ich fuhr mit dem Aufzug nach oben und klingelte wieder.
Zu meiner Überraschung ging die Tür sofort auf. Eine
knapp dreißigjährige Frau sah mich fragend an. Sie trug eine
schwarze Bluse, eine dunkelgraue, weite Hose und einige
Ringe, allerdings nur an den Ohren. Sie hatte wirres rotes
Haar und guckte neugierig wie ein kleines Eichhörnchen.

Die Frau hatte Sirje Larssons Statur, sie sah sympathisch
und hübsch aus, aber sie war nicht Sirje Larsson. Wir starr-
ten uns verwundert an und mussten plötzlich beide lachen.
Sie bat mich herein.

Am Abend ging ich so zufrieden schlafen wie seit Langem
nicht mehr. Ich hatte genug Arbeit für die nächsten Tage
und zudem so viel Ersparnisse, dass ich notfalls ein paar
Monate ganz ohne Aufträge leben konnte, und meine neuen
Frauenbekanntschaften gaben meinem Leben Würze.

Ich hatte ein paarmal an Marjatta Nyqvist gedacht, hätte
sie auch beinahe angerufen, aber mir war kein Vorwand für
ein Treffen eingefallen. Mir schien, dass sie möglicherweise
Interesse an einem Abenteuer hätte, an einem kleinen Extra.
Ich hatte mir überlegt, sie noch einmal zu besuchen und ihr
zu sagen, wer ich wirklich war. Das würde mich in ihren
Augen aufregender machen, malte ich mir aus. Marjatta

würde sich ein wenig zieren, ich würde sie zart berühren und sie dann fest an mich drücken, damit sie spürte, dass ich sie begehrte. Wir würden vereinbaren, uns gegenseitig Freude zu schenken, zwei erwachsene Menschen, die Verpflichtungen hatten, Bindungen, die sie nicht zerstören wollten. Und nach ein paar Monaten würde die Leidenschaft abflauen, Marjatta würde mit verschleiertem Blick an mir vorbeisehen, zwei Tränen kullern lassen und sagen, sie wisse, dass ich sie nicht wirklich begehre. Sie würde die Affäre zu Ende schluchzen.

Aber diese Marja Takala war ein weitaus interessanterer Fall. Ich hatte ihr erzählt, weshalb ich gekommen war, hatte mich vorgestellt und ihr meine echte Visitenkarte gegeben. Marja hatte sich nicht erschreckt, sondern freimütig erzählt, dass sie schon seit vier Monaten als Untermieterin in der Wohnung des Virtualmieters Santanen lebte, den sie noch nie zu Gesicht bekommen hatte.

Santanen vermietete seine Dreizimmerwohnung an Studenten. Außer Marja lebten dort zurzeit zwei Mädchen, die die Handelsfachschule besuchten. Marja sagte, sie selbst studiere im fünften Jahr »Psychologie und so« an der Universität.

Die beiden anderen Mädchen seien nicht zu Hause, hatte Marja lächelnd gesagt. Von Sirje Larsson oder irgendwelchen anderen Estinnen hatte sie keine Ahnung, ihre Mitbewohnerinnen kamen aus Veteli und Lappeenranta und waren waschechte Finninnen. Ich saß eine Stunde lang am Küchentisch und erfuhr, dass Marja Takala neben dem Studium für ein Marktforschungsunternehmen telefonische Umfragen durchführte. Sie war in Jyväskylä geboren, wo ihre Eltern und ihre jüngere Schwester heute noch lebten, als junges Mädchen war sie Kurzstreckenläuferin gewesen und nach

59

dem Abitur hatte sie ein Jahr lang in einem Altersheim in Schweden gearbeitet.

Marja Takala war gesprächig und offen und hübsch. Und sie interessierte sich für mich. Das merkte ich an ihren neugierigen Fragen, an ihrem Versuch, Klarheit über mich zu gewinnen. Wir hatten beide lächeln müssen, als ich beim Aufbruch an der Tür nach Worten gesucht hatte. Es war bei einem unbestimmten »Wir sehen uns« geblieben, aber ich hatte vor, dafür zu sorgen, dass wir uns wirklich wiedersahen.

ACHT

Der Morgen hatte von Anfang an einen schlechten Beige-schmack. Schon vor neun kam Aarne Larsson in mein Büro und ich hatte ihm kaum etwas zu erzählen. Er hörte sich meinen erheblich aufgebauschten Bericht an und zahlte mir fünftausend bar auf die Hand. Ich stellte ihm eine Quittung aus und vermerkte die Zahlung in der viel zu dünnen Akte.

Wir einigten uns darauf, dass ich nach Tallinn fahren würde.

»Allerdings glaube ich nicht, dass Sirje dort ist. Das hätten ihre Eltern mir gesagt«, versicherte Larsson. »Sie haben Sirje seit einem Monat nicht mehr gesehen und machen sich wirklich große Sorgen.«

Damit machte sich Larsson auf den Weg in sein Geschäft, während ich meine aussichtslose Suche wieder aufnahm. Ich besuchte Lokale, die bei Esten beliebt waren, Läden mit estnischen Besitzern, überhaupt jeden Ort, wo irgendwann mal ein Este aufgetaucht war. Überall fragte ich nach Sirje, zeigte ihr Foto herum und beteuerte, dass ich nichts Böses im Schilde führte. Viele antworteten mir unfreundlich, wo-raus ich schloss, dass sie mich für einen Russen hielten.

Ich machte eine Frau ausfindig, die auf dem Gymnasium mit Sirje in derselben Klasse gewesen war. Sie arbeitete als Verkäuferin in der Herrenabteilung von Stockmann. Ich kaufte zwei Hemden, die Frau maß mit einem grünen Zentimeterband meinen Halsumfang, sagte, er sei zweiundvierzig, und lachte. Sirje habe sie zuletzt gesehen, als Estland noch zur Sowjetunion gehörte.

Ich wollte das Kaufhaus gerade verlassen, als ich dicht hinter mir eine Männerstimme hörte.

»Viktor Nikolajewitsch, ich habe eine neue Aufnahme von Rimski-Korsakows *Scheherazade* gekauft«, sagte ein weicher Bariton auf Russisch. Es traf mich wie ein Schlag, doch ich ließ mir nichts anmerken, ging hinaus, blieb vor dem Eingang stehen und suchte in meiner Tüte. Ich versuchte, den Eindruck zu erwecken, dass ich etwas verloren hatte, klopfte zerstreut meine Taschen ab und fand schließlich den Autoschlüssel in der Manteltasche.

Ich brachte die Einkäufe zu meinem Wagen und setzte mich hinein, um nachzudenken.

Der Mann, der mich angesprochen hatte, war gleich weitergegangen, hatte laut mit einem anderen Mann gesprochen, sich von ihm verabschiedet und war die Keskuskatu in Richtung Bahnhof hinuntergegangen. An der Straßenecke war er auf die Aleksanterinkatu abgebogen. Er war ungefähr in meinem Alter, massig und dunkelhaarig. Ich konnte mich nicht erinnern, ihn schon einmal gesehen zu haben, aber ich wusste, dass in Moskau jeder Zweite so aussah wie er. Und ich wusste genau, dass seine Worte mir gegolten hatten.

Ich hatte oft über Codewörter gelächelt und mir ausgemalt, wie sich irgendjemand all die Erkennungsphrasen ausdachte, an einem abgenutzten Schreibtisch in einem staubigen Dienstzimmer mit einer hohen altersdunklen Decke, wo trockene Luft zum Husten reizte und an den Wänden die Porträts der jeweiligen Machthaber hingen, Fotos von alten Männern, so stark retuschiert, dass die Gesichter wie geschminkte Totenmasken wirkten, und wo mitten zwischen den schweren Rahmen ein heller Fleck zeigte, dass ein Bild entfernt worden war, ein verschwundener Machthaber. Und dieser Jemand, ein Geheimbeamter sechster Klasse, ein kleiner Schreiberling, erfand Kennwörter und Parolen, gab sie verschlüsselt weiter und ordnete in unregelmäßigen Abständen ihren Wechsel an, ohne zu wissen, wofür und für wen sie bestimmt waren oder welche tatsächlich benutzt und welche nur zur Tarnung ausgegeben wurden.

Die Geheimbürokratie hatte mich amüsiert, aber jetzt war mir nicht nach Lachen zumute. Die Nachricht, oder besser gesagt der Befehl war eindeutig, der Code simpel. Komponist und Werk, in der richtigen Kombination, bedeuteten: Komm zum Treffpunkt. Wenn man mir gesagt hätte, Modest Mussorgski habe die *Scheherazade* komponiert, wäre das eine Warnung oder die Absage eines bereits vereinbarten Treffens gewesen. Die russischen Meister der Tonkunst interessierten mich wenig, aber man hatte sie mir so intensiv eingebläut, dass ich mich in ihren Werkverzeichnissen garantiert besser auskannte als die Männer von der finnischen Sicherheitspolizei. Und das musste genügen.

Ich stieg aus, warf noch ein paar Münzen in die Parkuhr und ging zur Aleksanterinkatu. Der Treffpunkt ergab sich aus einer einfachen Labyrinthregel: zuerst nach rechts, an der nächsten Straßenecke nach links, danach zweimal rechts und dann gegebenenfalls dasselbe von vorn, bis man merkte, dass man am Ziel war.

Der Mann hatte offenbar keine Lust gehabt, eine längere Runde zu drehen. Ich war nach rechts auf die Aleksanterinkatu gegangen, dann nach links auf die Mikonkatu, am Ateneum nach rechts auf die Yliopistonkatu und erneut nach rechts auf die Kluuvikatu. An der Ecke zur Aleksanterinkatu erwartete er mich. Er trug keine Kopfbedeckung, sein Pelzmantel stand offen und an den Füßen hatte er Halbschuhe. Er fror.

Wir gaben uns die Hand. »Komm! Wir setzen uns ins Auto«, kommandierte der Mann und zielte mit der Fernbedienung auf einen Mercedes, der im Halteverbot stand. Die Blinklichter leuchteten auf und die Verriegelungsknöpfe sprangen hoch.

»CD-Kennzeichen, ein Botschaftswagen, na klar. Einen Scheißamateur haben sie hergeschickt«, maulte ich auf Finnisch. »Warum hat er mich nicht gleich in eine Schwulenbar bestellt, wenn er unbedingt auffallen will?«

»Ein Meister deines Fachs bist du auch nicht, Viktor«, unterbrach mich der Mann. »Mir scheint jedenfalls, dass bei dir nicht alles reibungslos läuft, um mich höflich auszudrücken.«

Er wischte seine beschlagene Brille ab und sah mich aus kurzsichtigen Augen an.

»Also bin ich wohl gut genug«, konstatierte er trocken und wechselte wieder zum Russischen über. »Du hast uns sicher schon vermisst und geglaubt, wir hätten dich vergessen.«

Ich hielt den Mund, dachte aber insgeheim, dass ich ihn und seinesgleichen ebenso sehr vermisst hatte wie die exotischen Geschlechtskrankheiten aus dem Gesundheitslexikon, dessen Abbildungen wir als Kinder heimlich studiert hatten.

»Wir bitten dich um einen kleinen Gefallen, das heißt, eigentlich handelt es sich um einen Auftrag, für den du bezahlt wirst. Die Post wird dir einen Brief bringen, in dem Mikrofilme liegen. Die bringst du ins Regionalarchiv in Mikkeli und legst sie an ihren Platz.«

»Warum?«

»Weil wir dich darum bitten«, sagte der Mann und setzte die Brille mit dem Metallgestell wieder auf. »Wir brauchen gelegentlich neue Menschen – oder tote Seelen. Die alten

Kirchenbücher der Gemeinden im ehemals finnischen Teil von Karelien sind in Mikkeli archiviert. Sie sind alle auf Mikrofilm abgelichtet, die Originale werden nie überprüft. Manchmal entfernen wir Menschen von den Filmen, manchmal fügen wir welche hinzu, wir fabrizieren Omas und Opas, damit die Enkel Eltern und Großeltern haben. Aber damit kennst du dich ja aus ...«, sagte er gedehnt. »Deine Familie und dein Hintergrund wurden doch auch überprüft, als du nach Finnland gekommen bist.«

»Aber bei mir ist alles in Ordnung. Meine Papiere sind echt«, versuchte ich einzuwenden.

Der Mann lächelte wohlwollend wie zu einem kleinen Kind. Ich erwartete beinahe, dass er anfangen würde, betont langsam und deutlich zu sprechen. Doch er redete im gleichen Tonfall weiter.

»Echt hin und echt her. Die Wahrheit ist das, was man sieht. Wir können ein paar Vorfahren entfernen. Und in den russischen Papieren deines Vaters geht das noch leichter. Wie ein Zaubertrick für Kinder.«

Er schnippte mit den Fingern, sah mir in die Augen und fügte auf Finnisch hinzu: »Ene mene meck und du bist weg. Die finnischen Behörden wären sicher daran interessiert, mehr über deinen Hintergrund, deine Ausbildung und deine früheren Aktivitäten zu erfahren.« Er redete so gleichgültig, als ginge es ums Wetter. »Bestimmt würden sie mit Vergnügen ein Exempel statuieren und dich ausweisen. Nach Russland zurückschicken.«

Wir saßen schweigend da. Die Scheiben beschlugen. Der Mann ließ den Motor an und schaltete das Heißluftgebläse ein. Ich nahm ihm seine Drohungen nicht komplett ab, aber auch die Hälfte genügte.

»Können wir einen Handel abschließen? Wenn ich diesen

Job erledige, lasst ihr mich dann in Ruhe? Ich dachte, es wäre vereinbart, dass all das vorbei ist.«

»Hör mal, Kornostajew, ich hab dich von Below geerbt, und von irgendwelchen Einschränkungen, Bedingungen oder Abkommen ist im Testament nicht die Rede. Ich hab dich in der Tasche. Du kannst höchstens versuchen, mich in den Finger zu beißen. Und jetzt troll dich und warte auf die Post.«

Ich stieg aus. Das Seitenfenster öffnete sich surrend. »Kann sein, dass ich dich anrufe. Du kannst mich Arkadi nennen, Viktor Nikolajewitsch.«

»Ich heiße Kärppä«, sagte ich zu dem hochrollenden Fenster und hörte selbst, wie kraftlos meine Stimme klang.

Schon am nächsten Tag erhielt ich Post von Arkadi. Die Mikrofilme waren dem Kontoauszug von American Express beigelegt worden. Offenbar hatte ich Arkadis berufliche Fähigkeiten unterschätzt. Bei den Filmstreifen lag ein Zettel mit einer Liste der Kirchenbücher, aus denen die einzelnen Filme stammten. Sie war auf Finnisch geschrieben. Darunter standen die Unterschrift *A* und ein Zusatz: *PS: Ich beobachte dein fleißiges Schaffen. Habe mich ein wenig umgehört. Das Mädchen aus Tallinn hat keiner gesehen. Pass auf, worauf du dich einlässt.*

Was soll man nun davon halten, dachte ich irritiert. Jedenfalls steckte ich bis zum Hals in der Scheiße, und der Gedanke, dass ich vom Rand der Kloschüssel aus ständig beobachtet wurde, erleichterte meine Lage nicht. Ich tigerte in meinem Büro auf und ab, schaukelte zwischendurch auf meinem Bürostuhl, spielte Tetris, kaute auf meinem Stift herum und überlegte.

Ich wusste, dass ich mich allein aus dem Sumpf herausziehen musste. Karpow konnte mir in diesem Fall nicht helfen und Ryschkow hatte möglicherweise zu enge Verbindungen zur FSP oder anderen Nachfolgeorganisationen des KGB. Arkadi schien genauestens über meine Angelegenheiten informiert zu sein, obwohl die russische Botschaft mittlerweile nicht mehr genug Personal hatte, um jeden kleinen Fisch zu beschatten. Folglich lieferte jemand aus meiner Umgebung Informationen über mich und dieser Jemand konnte ohne Weiteres Ryschkow sein.

Ob Korhonen mir helfen könnte? Nein, ich konnte nicht zu ihm gehen und sagen: »Hör zu, ich hab da ein kleines Problem: Ein russischer Spion hat mich gebeten, etwas für ihn zu erledigen, sozusagen als Nachschlag zu meinen bisherigen Diensten.« Korhonen würde mich fragen, seit wann die russische Botschaft mein Stammkunde war, er würde mich zur Sicherheitspolizei schleifen, und dann adieu Finnland.

Ich steckte die Mikrofilme in eine Klarsichthülle, rückte den Aktenschrank von der Wand und klebte die Hülle hinten an den Schrank. Der Ausflug nach Mikkeli konnte warten, zuerst wollte ich mich eine Weile ganz auf Sirje Larsson konzentrieren. Vielleicht würde mein Unterbewusstsein in der Zwischenzeit arbeiten und einen Weg finden, wie ich Arkadi loswurde.

Ich bestellte für den nächsten Morgen ein Ticket für den Katamaran, rief Ryschkows Leute in Tallinn an und bat sie, mir einen Wagen zu besorgen. Dann versuchte ich zu kapieren, wie man im Telefonbuch die Nummer der Volkshochschule fand, denn ich wollte Sirjes Malkurs einen Besuch abstatten. Mein kleines Wörterbuch rettete mich; es verwies auf die Arbeitervolkshochschule und die wiederum fand sich unter ›Stadt Helsinki‹. Bald darauf war ich auf dem Weg in die Pengerkuja im Stadtteil Kallio, wo sich das Kunstzentrum des Volkshochschulbezirks Mitte befand.

Sirjes Lehrer, ein Maler mit dem Gehabe eines Beamten, hörte mich freundlich an, erinnerte sich aber nur, dass Sirje Larsson »starke gelbe Farben« verwendet hatte. Das war alles, was er von ihr wusste. Die Kursteilnehmer arbeiteten erstaunlich schweigsam an ihren Gemälden. Es waren Frauen mittleren oder fortgeschrittenen Alters und ein älterer Mann, der im Hintergrund saß und etwas Kleines und Penibles malte. Er schien sich ganz auf seinen winzigen Pinsel und seine Farbtuben zu konzentrieren.

Ich ging von Staffelei zu Staffelei und erkundigte mich leise nach Sirje. Die Frauen lächelten freundlich, erklärten aber, sie kämen nur zu dem Kurs und hätten ansonsten nichts miteinander zu tun. Sie sahen flüchtig zu den anderen hin und setzten dann ihre Arbeit fort. Als die Stunde zu Ende war, riefen sie Tschüss und gingen schnell hinaus wie eine in die Jahre gekommene Schulklasse. Auf dem Flur verlangsamte eine der Frauen ihren Schritt, zögerte und sah sich nach mir um. Ich ging zu ihr.

»Esko und Sirje waren befreundet … Sie haben sich oft unterhalten, vor und nach der Stunde, manchmal sind sie auch zusammen weggegangen. Sirje wohnt in Pakila, nicht wahr, sie fuhr immer mit dem Bus nach Hause. Vielleicht hat Esko sie zum Busbahnhof begleitet«, sagte die Frau halblaut. Sie war unverkennbar stolz auf ihr Wissen.

»Esko? Der ältere Herr ganz hinten in der Klasse?«

»Nein, das ist Unto«, berichtigte sie mich. »Esko Turunen ist viel jünger. Ich glaube aber nicht, dass etwas dahintersteckt.«

Ich schätzte, dass sie es kaum erwarten konnte, sich in der

nächsten Woche den anderen Kursteilnehmerinnen anzuver-
trauen. Zwischen Sirje und Esko ging es nicht nur um Öl-
farben, würde sie sagen, es hat sich schon jemand nach ihrem Verhältnis erkundigt …

»Esko Turunen heißt er?«, vergewisserte ich mich. »Wissen Sie zufällig, wo er wohnt?«

Die Frau schüttelte den Kopf, hatte dann aber eine Einge-
bung. Sie holte ihr Notizbuch aus der Tasche, nahm ein
Stück Papier heraus, das zusammengefaltet darin lag, und
reichte es mir. Es war eine Kopie der Teilnehmerliste. Ich
erkannte Sirje Larssons kleine, gleichmäßige Handschrift.
Sie hatte ihre Adresse sowie die Nummer ihres Festan-
schlusses und ihres Handys angegeben. Die Handschrift von
Esko Turunen war nach links geneigt. Vergeblich versuchte
ich mich zu erinnern, ob das ein Zeichen für Geltungsstre-
ben oder Geisteskrankheit war. Als Adresse war nur Lapinlahdenkatu vermerkt, ohne Hausnummer; die Telefonnummer speicherte ich auf meinem Handy.

Ich bedankte mich bei der hilfsbereiten Dame, eilte im
Laufschritt nach Hakaniemi und holte mein Auto vom Hof.
Meine Parklücke war eng und zudem hatte der Besitzer des
Fischgroßhandels seinen Kleintransporter so dicht neben
meinem Volvo geparkt, dass ich einige Abfallkisten beiseite
schieben und mich von der Beifahrerseite ins Auto schlän-
geln musste.

Von der Auskunft erhielt ich Esko Turunens genaue Adresse: Lapinlahdenkatu 12. Ich fuhr über die Kaisaniemenka-
tu ins Zentrum, am Bahnhof und am Busbahnhof vorbei in
den Stadtteil Kamppi, bog auf die Lapinlahdenkatu ab und
fand das Haus ganz in der Nähe der Marienklinik. Ich erinnerte mich gut an das alte Krankenhaus. Einmal hatte ich
einen ingermanländischen Opa in die Klinik gefahren und

für ihn gedolmetscht. An der Tür hatte ein historisches Schild gehangen, auf dem in finnischer und russischer Sprache stand: *Verbandsplatz für verwundete und kranke Soldaten.* Mein Schützling war voller Bewunderung gewesen.

Ich drückte auf den Klingelknopf neben dem Namen *Turunen E.*, der mit einem Dymoschreiber in einen roten Kunststoffstreifen geprägt war. Die Haustür blieb zu. Ich schaute an den Fenstern hoch, fand aber keinen Anhaltspunkt dafür, welches zu welcher Wohnung gehörte. Also holte ich meine Schultertasche aus dem Kofferraum und wartete. Nachdem ich knapp zehn Minuten auf der Straße herumgegangen hatte, kam ein junges Mädchen aus dem Haus. Sie hatte ihre Haare zu beiden Seiten des Kopfes zusammengebunden und so fest umwickelt, dass sie weit abstanden. Rattenschwänze, dachte ich und erklärte laut, was für ein netter Zufall es sei, dass sie mir die Tür aufmache, denn ich wolle einen Bekannten besuchen. Das Mädchen antwortete mit schlapper Stimme irgendetwas, das Unmengen von Konsonanten enthielt, und ich kam zu dem Schluss, dass es ihr völlig egal war, wer sich im Treppenhaus herumtrieb.

Turunen wohnte im zweiten Stock, seine Wohnung lag zum Innenhof. Das Treppenhaus war sauber, trocken und warm. Ich holte mein Stethoskop aus der Tasche und presste es an die Tür. Aus der Wohnung war Musik zu hören; ich kannte die Latinomelodie und die Frauenstimme, kam jedoch nicht auf den Namen des Schlagers. Ich behielt das Treppenhaus im Auge, konnte aber in aller Ruhe lauschen, denn niemand kam vorbei und wunderte sich über mein Doktorspiel. Ein paarmal hörte ich ein leises Poltern, jemand bewegte sich in der Wohnung, ein Gegenstand wurde verschoben. Esko Turunen war zu Hause.

Ich packte das Stethoskop ein und drückte energisch auf

den Klingelknopf, wartete eine Weile und klingelte noch einmal. Die Tür blieb zu. Wieder holte ich mein hausärztliches Instrument hervor: In der Wohnung war es still wie im Strumpf einer Oma. Ich klingelte und klopfte, doch Turunen wollte mich nicht einlassen.

Ich überlegte. Der Kunstfreund war die einzige dünne Spur, die ich hatte. Der Finderlohn wartete, aber aus den gedämpften Geräuschen war nicht zu schließen, dass Sirje Larsson sich in der Wohnung aufhielt. Ich holte den Aufzug herauf, ein altertümliches Gefährt mit einer Gittertür, die ich so laut wie möglich öffnete. Dann fuhr ich ins Erdgeschoss, ließ die Haustür vernehmlich ins Schloss fallen, blieb aber im Haus, ging leise zur Kellertreppe und durch die Hintertür auf den Hof.

Es war ein altes Haus, die Wohnungen hatten keinen Balkon. Turunens Fenster waren dunkel. Beinahe hätte ich laut gelacht, als nach ein paar Minuten das Licht anging. Mein lieber Esko, wir sehen uns noch, versprach ich eher mir selbst als ihm.

NEUN

Mit Boris Kowaljow, meinem Kontaktmann in Tallinn, hatte ich nur am Telefon kurz gesprochen. Er hatte mir ein paar Erkennungszeichen genannt – schwarze Lederjacke und grauer Toyota Camry – und gemeint, wir würden uns schon finden.

Da hatte er recht. Er hätte sich auch gleich ein Schild mit der Aufschrift *RUSSISCHER GANOVE* umhängen können. Kowaljow war kleiner als ich, ein kräftig gebauter Kerl; dennoch schlotterte die halblange Lederjacke seltsamerweise an ihm. Er lehnte am Kotflügel seines Wagens, rauchte, trug weder Mütze noch Handschuhe, obwohl im Hafen der estnischen Hauptstadt ein kalter Wind wehte. Er gab mir die Hand und schnippte seine Kippe lässig auf den Asphalt. Als ich auf dem Beifahrersitz Platz nahm, sah ich, dass auf der Rückbank ein zweiter Mann hockte.

»Kolja arbeitet für uns. Er ist nicht so gut drauf, wir setzen ihn bei seiner Bude ab«, sagte Kowaljow und fuhr los. Ich betrachtete den Passagier im Fond. Im Kopf dieses Kolja schien ein privates Video abzulaufen. Kowaljow lenkte mit einer Hand, wühlte mit der anderen im Handschuhfach, nahm eine Pistole heraus und reichte sie mir. Der Wagen war nicht besonders alt, wirkte aber, als würde er bald auseinanderfallen. Er roch nach Zigarettenrauch und Wunderbaum, bei jedem Gully schepperten die Stoßdämpfer, und

wenn Kowaljow bremste, schien sich der Wagen zu schütteln und nach links ausbrechen zu wollen.

Ich schaute wieder nach hinten. Koljas Augen bewegten
sich unter den geschlossenen Lidern. Ich sah, dass hinter uns
niemand kam. Mit der Linken zog ich die Handbremse, mit
der Rechten stellte ich den Motor ab. Der Toyota ruckelte
noch ein Stück weiter und blieb dann mitten auf der Straße
stehen.

»Das ist nicht gut, das ist genau genommen sehr
schlecht«, sagte ich in scharfem Ton und packte Kowaljow
mit der offenen Hand am Gesicht. Sein Mund spitzte sich
wie bei einem Kind, das Küsschen geben will. Ich drehte sein
Gesicht zur Seite und beugte mich zu ihm.

»Mir stinkt's. Ich hatte dich gebeten, mir einen sauberen
Wagen zu besorgen. Keine Limousine, aber ein Auto, das
zwanzig Kilometer Stadtfahrt übersteht. Ich habe in gutem,
klarem Russisch gesagt, dass ich nur ein paar Leute besuchen
will und dann nach Helsinki zurückfahre.«

Ich presste seine Wangen noch ein wenig fester zusammen. Kowaljow gab keinen Mucks von sich, er wehrte sich
auch nicht.

»Und was kriege ich? Einen drittklassigen Ganoven, der
mir schon auf dem Parkplatz eine verdammte Knarre in die
Hand drückt, ein Auto, das so verlottert ist wie der Traktor
auf einer turkmenischen Sowchose, und obendrein schläft
auf der Rückbank ein Nachwuchssportler, der sich zu eifrig
gedopt hat. Die Lieferung entspricht nicht ganz meiner
Bestellung, würde ich sagen.«

Ich ließ Kowaljows Gesicht los. Er rieb sich die Wangen
und setzte zu einer Erklärung an, die er mit den Händen und
dem ganzen Körper unterstrich.

»Ich verstehe, ich verstehe … Aber Ryschkow hat gesagt,

helft dem Vitja, Vitja ist ein guter Kerl. Na ja, da hab ich mir gedacht, eine Waffe kann man immer brauchen. Und die Knarre ist sauber«, versicherte er. »Kolja war heute Morgen noch ganz fit. Ich begreif auch nicht, wie er es geschafft hat, zu fixen. Ich geb ja zu, dass er im Moment nicht ganz auf dem Damm ist, aber der Toyota ...«

»Boris, mein Herzchen, Biorhythmen und Werkstattberichte sind mir scheißegal«, fuhr ich ihm ins Wort. »Ich geh jetzt eine Viertelstunde spazieren. Du bringst diese Schrottkarre und deinen Kartenleser nach Werchojansk oder sonst wohin, besorgst einen sauberen Wagen und kommst wieder her. Du hast exakt fünfzehn Minuten, die Uhr läuft. Also mach dich ans Werk!«

Sobald ich die Tür zugeschlagen hatte, ließ Kowaljow den Motor an und preschte los. Der Toyota hinterließ eine bläuliche Abgaswolke und den Geruch von verbranntem Öl.

Mir war inzwischen klar geworden, dass ich über Ryschkows Geschäfte in Tallinn mangelhaft informiert war. Ich wusste, dass er CD-Raubkopien aus Estland nach Finnland einführte, aber die Burschen aus dem Toyota schienen im Drogenhandel mitzumischen, mindestens als Abnehmer. Je mehr ich über die verschiedenen Branchen von Ryschkows Konzern nachdachte, desto mulmiger wurde mir.

Ich musste zwanzig Minuten warten, bevor Kowaljow zurückkam, diesmal in einem VW-Transporter.

»Einen Laster hatte ich nicht bestellt«, setzte ich meinen Kontaktmann weiter unter Druck, verlor allerdings kein Wort über seine Verspätung.

Offenbar hatte er Kolja irgendwo abgeladen oder im Toyota weiterpennen lassen. Der Kleinbus war einigermaßen sauber, roch allerdings nach Raumspray wie ein frisch geputztes Klo. Auf der mittleren Bank hockte ein zentralasiatisch aussehender Bursche, der mich schweigend anblickte und den Eindruck erweckte, es sei ihm völlig gleichgültig, wer zustieg. Er saß in der Mitte und hatte beide Arme auf die Lehne gelegt.

»Karim ist auch einer von uns, er ist letzte Woche aus Duschanbe gekommen«, erklärte Kowaljow. Ich nickte Karim zu, der mich daraufhin anblinzelte.

»Eigentlich wollte ich nur einen Fahrer«, monierte ich bei Kowaljow.

»Ryschkow hat gesagt, gebt Viktor volle Unterstützung. Okay, der Toyota ist ein bisschen klapprig und Kolja hat einen schlechten Tag. Aber es wird schon werden«, begütigte er. Wir fuhren los.

Das helle Etagenhaus im Vorort Lillemäe war sauber, aber auch nicht beeindruckender als die sieben identischen Häuser neben ihm. Kowaljow parkte am Straßenrand und sah unruhig in den Rückspiegel. In den finsteren Vierteln Kopli oder Mustamäe hätte er sich wohler gefühlt als hier, in einem Stadtteil, wo nur Esten wohnten.

Ich wies Kowaljow an, im Wagen zu bleiben und Radio zu hören, und zwar einen estnischen Sender, keinen russischen. Zu Karim sagte ich nichts. Ich schlug die Tür zu und wappnete mich für die Begegnung mit den Eltern von Sirje und Jaak Lillepuu.

»Sind Sie ein Nachkomme von übergelaufenen Kommunisten, oder was?«, polterte Paul Lillepuu, kaum dass ich mich vorgestellt hatte.

Er war ein kleiner, drahtiger Mann, dessen Alter schwer zu schätzen war. Sirjes Mutter saß ruhig auf ihrem Stuhl, während ihr Mann sich zu seinen vollen eins fünfundsechzig aufrichtete. Ein Bild schoss mir durch den Kopf: Was für ein

Paar würden meine Eltern heute abgeben, wenn mein Vater noch am Leben wäre?

»Von Vaters Seite bin ich Ingermanländer, meine Mutter ist als Kind mit ihren Eltern aus Finnland gekommen«, erklärte ich und fügte hinzu: »Die waren Kommunisten.«

»Tja, so waren die Zeiten damals, aber ich habe für die Roten nicht viel übrig.« Paul Lillepuu sprach gut Finnisch. Aino Lillepuu war wortkarg, aber aus dem wenigen, das sie sagte, ging hervor, dass auch sie Finnisch verstand, auch wenn sie sich scheute, es zu sprechen.

»Aarne hat Sie also beauftragt, Sirje zu suchen. Das ist gut. Unser Sohn ist ein schlechter Junge. Ich habe ihn angerufen und ihm erzählt, dass seine Schwester verschwunden ist, und da sagt er doch tatsächlich, interessiert mich nicht. Ich habe ihm gesagt, auf Wiederhören in zehn Jahren. Soll er sich doch zum Teufel scheren, der Nichtsnutz!« Paul Lillepuus Stimme zitterte vor Empörung. Seine Frau wischte sich über die Augen.

Ich suchte nach einer Möglichkeit, die alten Leutchen von dem schmerzhaften Thema wegzusteuern. Auf meine Frage hin zeigten sie mir bereitwillig Sirjes Sachen aus der Zeit, als sie noch bei ihnen in Tallinn lebte. Zwei Pappkartons enthielten die Kostbarkeiten eines sowjetischen Schulmädchens: Kassetten von westlichen Rockbands, Tagebücher, verwackelte Fotos von Jugendlichen, die versucht hatten, sich modisch zu kleiden.

Bilder aus Sortavala kamen hoch. Ich erinnerte mich an meine eigenen Schätze, an den Krimskrams, den ich von finnischen Touristen bekommen hatte: eine Plastiktüte mit der Aufschrift *Kaufhaus Carlsson, Kuopio*, Reklamekugelschreiber und eine Skimütze, auf der ein stilisiertes Eichhörnchen und der Name einer Bank prangten. Und ich erinnerte mich auch an Mutters Empörung über Bettelei, Schwarzhandel und illegalen Geldwechsel.

Ich muss Mutter anrufen, sagte ich mir.

Mühsam zwang ich meine Gedanken zurück nach Tallinn. Aino Lillepuu hielt ein Foto von Sirje in der Hand. Sie sprach Finnisch – langsam, nach Worten suchend, mit vielen Wiederholungen.

»Wir können es nicht verstehen. Sirje ist ein anständiges Mädchen und sie hat sich bei Aarne wohlgefühlt. Aarne ist ein anständiger Mann, auch wenn er älter ist als Sirje und … manchmal sehr hart. Ich glaube nicht, dass Sirje ein Abenteuer gesucht hat. Und Jaak schwört, dass sie nichts mit seinen Geschäften zu tun hat; niemand hat einen Grund, ihr etwas anzutun. Wir sind Ihnen dankbar, wenn Sie helfen können.«

Ich holte mir an der Theke ein großes Bier und ein Stück Pizza. Mit dem großen Katamaran dauerte die Fahrt von Tallinn nach Helsinki anderthalb Stunden, Zeit genug, in aller Ruhe zwei Glas Bier zu trinken. Ich hatte gerade den Krimi aufgeschlagen, den ich als Reiselektüre eingesteckt hatte, als eine Männerhand das Buch nahm und auf den Tisch legte. »Gehen wir eine rauchen«, sagte eine Stimme hoch über mir. Die große Pranke legte sich mit festem Griff um mein Handgelenk. Die Adern am Arm des Unbekannten wölbten sich unter der Haut wie Röhren oder Schläuche. Ich redete mich nicht damit raus, dass ich Nichtraucher sei, sondern stand folgsam auf. Wir gingen auf das kleine Achterdeck.

Auf der für Raucher reservierten Plattform wehte eine kalte Brise. Dort erwarteten uns zwei etwa dreißigjährige, gepflegt wirkende Hünen. Der eine trug ein graues Jackett, der andere eine Wildlederjacke. Die Kälte schien ihnen nichts auszumachen.

Ich wollte gerade meine Kooperationsbereitschaft zum Ausdruck bringen, als der Lederjackenmann mir schmerzhaft den Arm auf den Rücken bog. Der Mann, der mich geholt hatte, kam ihm zu Hilfe, und sie hielten mich – meiner Ansicht nach unnötig weit – über die Reling, die oberhalb des Knies gegen meinen Schenkel drückte. Ich blickte direkt auf das blaugraue, aufgewühlte Meer, mein Gesicht wurde feucht vom Sprühnebel und ich konzentrierte mich ganz darauf, Angst zu haben.

»Du treibst dich an den falschen Orten herum, stellst die falschen Fragen, störst die falschen Geschäfte«, hörte ich durch das Meeresrauschen hindurch. Der Mann sprach fließend Finnisch, doch am Akzent erkannte ich, dass er Este war.

»Eine Frau ist verschwunden. Na und? Das ist eine Familienangelegenheit. Und zwar Aarne Larssons Familienangelegenheit. Ich habe damit nichts zu schaffen. Mutter und Vater auch nicht. Lass sie in Ruhe trauern.« Der Sprecher verlieh seinen Worten Nachdruck, indem er mir einen harten Gegenstand in die Aftergegend stieß. Ich war unfähig, irgendetwas zu sagen, solange ich mit dem Kopf nach unten hing und eine Pistole am Hintern hatte.

»Verstehst du, was ich sage?«, knurrte Jaak Lillepuu und rammte mir die Waffe schmerzhaft ins Fleisch. »Wenn nicht, dann wirst du für alle Ewigkeit von deinen Hämorrhoiden befreit. Genau genommen verschwindet dein ganzer Arsch. Ich mag gar nicht daran denken, wie weit die Kugel vordringen könnte. Hast du kapiert?«

Ich quiekte zustimmend und würgte. Ich malte mir den Weg der Kugel aus und spürte, wie sich die Hoden nach oben zogen, wie die Vorsteherdrüse schmerzte und die Bauchmuskeln sich verkrampften. Die Männer zogen mich zurück aufs Deck, mein Handy fiel polternd aus der Tasche und einer meiner Peiniger beförderte es in hohem Bogen in den Finnischen Meerbusen. Ich erhob keinen Protest. Connecting fishes, fuhr mir durch den Kopf, doch ich behielt den Witz für mich.

Jaak Lillepuu steckte die Pistole ein. »Lass die alten Leute in Ruhe«, wiederholte er und starrte mir aus zehn Zentimeter Entfernung in die Augen. Er war ein attraktiver Mann, der seiner Mutter ähnlicher sah als seinem Vater. Auch die Ähnlichkeit mit Sirje war unverkennbar.

Er zündete sich gemächlich eine Zigarette an, zerdrückte die leere Schachtel, warf sie zielsicher in den Papierkorb und rauchte in langen, tiefen Zügen. Seine Handlanger ließen mich los und blieben schweigend neben mir stehen.

Wir sahen Lillepuu beim Rauchen zu. Endlich schnipste er die Kippe über die Reling und drehte sich zu mir um. »Ist die Sache klar«, vergewisserte er sich – ohne Fragezeichen – und ging nach drinnen. Seine beiden Helfer folgten ihm. Ich blieb allein auf dem Raucherdeck zurück.

Mein Herzschlag war immer noch unregelmäßig, aber ich rannte zum Papierkorb und holte Lillepuus zerknüllte Marlboro-Schachtel heraus. Ich hatte richtig gesehen: *Selected Fine Tobacos.* Auf der Schachtel war ein Druckfehler.

ZEHN

Der Hof des Autohauses Ruuskanen an der Umgehungsstraße war schlammig und voller Schlaglöcher. Ich balancier-
te meinen Volvo über das umzäunte Gelände und parkte
neben dem kleinen Holzhaus, das als Büro diente. Etwa
fünfzig Autos standen auf dem Hof, die attraktivsten Mercedes und BMW gleich am Rand, sodass sie von der Straße
aus gut zu sehen waren. Hinter ihnen versteckten sich nicht
mehr ganz taufrische, rostfleckige Renault, Nissan und Toyota.

Allem Anschein nach lief gerade eine Verbilligungsopera-
tion für einen roten Opel Kadett ab. Ein junger Mann mit
Meckifrisur war vom Kauffieber befallen; er hatte ein Auge
auf einen sportlich aussehenden schwarzen Mazda geworfen
und wollte seinen Opel in Zahlung geben. Ruuskanen drehte
die Runde um den Wagen, betrachtete den Lack und die
Reifen und warf einen Blick ins Wageninnere. Dabei nickte
er aufmunternd.

Ich kannte das Schauspiel bereits und wusste, dass er als
Nächstes die Sauberkeit des Kadett loben und – scheinbar
unbeabsichtigt – laut über den Preis nachdenken würde.
»Überraschend gut in Schuss für sein Alter, für den müssen
wir schon was hinblättern.«

Beinahe hätte ich laut aufgelacht, als Ruuskanens Partner
Taivassalo aus dem Büro kam. Er schwenkte einen Schlüs-

selbund, tat so, als wäre er auf dem Weg ans andere Ende des Hofes, blieb dann aber bei dem Opel stehen. Er kniete sich hin, klopfte das Chassis ab, öffnete dann den Kofferraum und zog die Gummimatte weg. Dabei murmelte er immer wieder: »Oje, oje, Rostflecken.« Als Nächstes setzte er sich auf den Fahrersitz, startete und gab so heftig Gas, dass schwarze Wolken aus dem Auspuff kamen. Er schaltete in den ersten Gang, fuhr einige Meter vorwärts, legte den Rückwärtsgang ein und setzte wieder zurück. Kopfschüttelnd stellte er den Motor ab.

Ich ging näher heran und hörte, wie Taivassalo sein Urteil verkündete.

»Das Getriebe muss überholt werden, das ist das Mindeste, die Kupplung rutscht und im Schaltgehäuse schwächelt der Synchronkegel. Außerdem kommt der Rost allmählich durch, die Ränder sind ganz löchrig und die Reifenabdeckung im Kofferraum ist auch schon angefressen.«

Ruuskanen kratzte sich am Kopf. »Okay, sagen wir sechstausend, wenn Sie mir noch die Sommerreifen bringen.«

Der junge Mann konnte nur noch nicken und in den Handel einschlagen, obwohl er aus der Gebrauchtwagenbörse in den Autozeitschriften und aus diversen Kleinanzeigen geschlossen hatte, dass er für seinen Kadett fünfzehn Riesen bekommen würde.

Ich ging mit ins Bürohäuschen, setzte mich auf die Wandbank und blätterte in einer zerfledderten Illustrierten. Ruuskanen nahm den Kfz-Schein, fragte nach den Personalien und versprach, den Kaufvertrag vorzubereiten. Der Kunde machte sich auf, um Geld und die Sommerreifen zu holen.

»Na, Kärppä, was hältst du davon?« Ruuskanen lächelte jovial. Er war um die fünfzig, leicht übergewichtig und stets korrekt gekleidet. Sein dickes, welliges Haar wirkte fast wie eine Perücke.

»Was wirst du für den Kadett verlangen?«, fragte ich ohne Umschweife.

»Mindestens siebzehn bis achtzehn, dann krieg ich am Ende zwölftausend. Wir setzen ihn ein bisschen instand, und ich hol mir die passende Bescheinigung – wenig Verbrauch, Zweitwagen einer Familie, nur von der Mutter gefahren. Er riecht zwar nach Zigaretten, aber Frauen rauchen schließlich auch.«

Ich bat Ruuskanen, mir die schmutzigen Details zu ersparen und mir für einen Tag einen halbwegs sauberen und unauffälligen Wagen zu leihen. Er stellte keine Fragen, holte einfach einen Schlüssel aus der Schublade und warf ihn mir zu. »Unter Glaubensbrüdern ist das doch selbstverständlich. Ein roter Ford Mondeo. Fahr ihn mir nicht zu Schrott!«

Der Verkaufszettel am Rückspiegel pries: »Lückenloses Inspektionsheft.« Ich vertraute darauf, dass der Wagen die dreißig Kilometer durchhalten würde, die ich zu fahren hatte. Die Hauptsache war, dass Aarne Larsson den Ford nicht mit mir in Verbindung bringen konnte.

Ich fuhr in die Stenbäckinkatu, parkte einige Meter von Larssons Antiquariat entfernt und observierte den Laden. Im Radio lief alte Tanzmusik. Da ich reichlich Zeit hatte, prägte ich mir nebenbei die Namen der Interpreten ein: Dallape war ein Tanzorchester, das jahrzehntelang populär gewesen war, Vili Vesterinen spielte Ziehharmonika, Jori Malmsten hatte massenhaft komponiert. Viele der Melodien kannte ich bereits. Schon zu Hause in Karelien hatte ich auf Langwelle finnische Sender gehört. In Leningrad hatten meine Mitbewohner meist eine der europäischen Stationen eingestellt, die Rockmusik brachten, weil es so herrlich verboten und gefährlich war, aber in Sortavala hörte man den finnischen Rundfunk.

Nur selten betrat jemand Larssons Geschäft, doch mit leeren Händen kam keiner heraus. Vielleicht wirft der Laden tatsächlich etwas ab, dachte ich zerstreut. Die Reise nach Tallinn spukte mir im Kopf herum. Wieso besaß Jaak Lillepuu Zigaretten aus Karpows Lager und warum hatte er von seiner Schwester gesprochen, als wäre sie tot? Lass meine Eltern in Ruhe trauern, hatte er gesagt und gleichzeitig durchblicken lassen, Aarne Larsson habe etwas mit Sirjes Verschwinden zu tun.

Ich hatte von Ryschkow ein neues Mobiltelefon bekommen und speicherte Telefonnummern aus meinem Adressbuch ein. Viele wichtige Kontaktdaten waren allerdings auf dem Grund des Finnischen Meerbusens verschwunden. Plötzlich ging mir auf, dass Sirje ja auch ein Handy gehabt hatte. Wo war es? In Larssons Haus hatte ich kein Adressbuch gefunden, nur einzelne Telefonnummern im Tischkalender. Die Nummern, die Sirje auf ihrem Handy gespeichert hatte, konnten mir vielleicht Anhaltspunkte geben. Ich schloss den Ford ab und stiefelte in Larssons Geschäft.

»Ja, Sirje hat ein Mobiltelefon. Ich nehme an, dass sie es mitgenommen hat, zu Hause ist es jedenfalls nicht. Natürlich habe ich sie immer wieder angerufen und auf den Anrufbeantworter gesprochen«, aber ohne Resultat«, erklärte mir Larsson übertrieben langsam, als wäre ich ein dummes Kind.

Er stand in einer blauen, mit Wildleder besetzten Strickjacke hinter dem Verkaufstisch. Ich sagte, es sei bedauerlich, dass die Handyfrage erst jetzt zur Sprache kam.

»Offenbar erwarten Sie, dass die Sache sich von selbst

klärt, Kärppä. Oder wollen Sie gar andeuten, dass ich Ihnen Steine in den Weg lege? Ich hatte geglaubt, Sie brächten etwas zustande, aber da habe ich mich wohl getäuscht«, redete Larsson sich in Rage und rückte seine Brille zurecht. »Ich dachte, Sie hätten die finnische Zähigkeit, aber Sie sind ja faul wie ein Russe. Hat der Iwan Sie dermaßen verdorben?« Seine Stimme wurde schneidend. »Zum Donnerwetter, ich erwarte, dass Sie herausfinden, wo Sirje steckt oder was ihr zugestoßen ist. Ich will es wissen, egal wie unangenehm es ist.«

So ruhig wie möglich versicherte ich ihm, ich würde alles daransetzen, den Fall aufzuklären. Dann ging ich zurück zum Auto. Als ich im Wagen saß und die Tür zugeschlagen hatte, seufzte ich erleichtert auf. Larsson und sein Geschäft waren mir unbehaglich.

Igor Perwuchins Nummer war mit meinem alten Handy im Meer versunken, doch die Auskunft fand meinen Kumpel aus St. Petersburger Zeiten. Igor hatte es geschafft, bei der Telefongesellschaft Sonera einen Job zu ergattern, von dem ich absolut nichts verstand. Ich wusste lediglich, dass er in seinem Fach eine Art Genie war. In Leningrad hatte ich ihn nur als genialen Discjockey im Jugendclub gekannt. Er hatte superteure Platten mit westlicher Rockmusik aufgelegt, unverständliche Ansagen genuschelt, seine lange, schwarze Mähne geschüttelt und mit seiner polychromen Brille geprotzt. Bei unserer letzten Begegnung vor einem halben Jahr hatte er immer noch ausgesehen wie damals.

Igor bestätigte mir, dass er nach wie vor bei Sonera arbeitete. »Tja, diese Internetlösungen …«, begann er, doch ich unterbrach ihn, solange ich noch verstand, wovon er sprach.

»Hör mal, Brüderchen, kannst du mir helfen? Ich interessiere mich für das Handy und die Telefondaten einer gewissen Sirje Larsson. Der Anschluss läuft entweder auf ihren Namen oder auf Aarne Larsson, vielleicht auch auf den Namen seiner Firma, Töölö-Antiquariat«, erklärte ich auf Russisch. Vorsichtshalber wiederholte ich die Namen und gab ihm auch die Adressen. Perwuchin sagte, ich solle nicht zu viel erwarten, aber er werde schauen, was sich machen ließ, und mich dann anrufen.

ELF

Gennadi Ryschkow kam in mein Büro und bat mich, ihn zu begleiten. »Nur eine Bagatelle, aber ich brauche einen Helfer.«

Ich wollte mehr erfahren, doch Ryschkow drängte zum Aufbruch.

»Gennadi, du weißt, dass ich mit dem Drogenhandel nichts zu tun haben will. Deine Burschen in Tallinn kamen mir ziemlich wirrköpfig vor«, wagte ich einzuwenden.

»Um Drogen geht es nicht«, beschied mich Ryschkow und marschierte zu seinem Mercedes.

Ich schloss mein Büro ab und setzte mich neben ihn. Der Wagen war sauber und warm. Am Rückspiegel baumelte ein goldenes Kreuz.

»Weißt du noch, wie man am Winkel von dem Ding da Beschleunigung oder Verlangsamung errechnet?«, fragte ich, als Ryschkow an der Ampel Gas gab. Er antwortete nicht.

Wir fuhren auf der Schnellstraße in Richtung Lahti. An der Kreuzung in Pihlajamäki bog Ryschkow ab, fuhr am Friedhof von Malmi vorbei, dann an den Bahngleisen entlang in Richtung Ala-Malmi und am Flughafen vorbei nach Puistola.

»Wohin soll es denn gehen?«, erkundigte ich mich.

»Wir besuchen einen Typen, der mir Geld schuldet. Du musst mit ihm reden, er ist nämlich Finne«, erklärte Rysch-

kow und bog von einer kleinen Straße auf die nächste ab.
Die Straßen bildeten eine Art Karomuster und das ganze
Wohngebiet war so eintönig flach wie das Riesenareal des
Flugplatzes, das sich hinter einem schmalen Erlenwäldchen
erstreckte. Aber die Häuser standen kreuz und quer auf den
Grundstücken, neue oder teuer renovierte Villen dicht ne-
ben windschiefen alten Holzhäusern.

»Da wohnt er.« Ryschkow nickte zu einem gelben Holzhaus hinüber, fuhr ein Stück weiter und hielt an. Wir stiegen
aus. Ryschkow verriegelte die Türen per Fernbedienung, die
Blinklichter quittierten den Befehl.

Wir gingen auf den Hof, auf dem offenbar den ganzen
Winter über niemand Schnee geschaufelt hatte. Auf dem
Trampelpfad, der von der Straße zur Vortreppe führte, war
die Schneedecke in der Sonne angeschmolzen und dann
wieder gefroren.

Ryschkow ging als Erster ins Haus. Die Tür ließ sich nur
halb öffnen, weil auf der obersten Stufe eine Eisschicht lag.
Ich folgte Ryschkow durch den engen Flur in die Küche.
Das Haus – oder besser die Hütte – roch nach Feuchtigkeit
und kaltem Zigarettenrauch.

Am Küchentisch saß eine Frau. Sie hatte eine schwarze
Strickjacke über die Schultern gelegt und rauchte eine
Selbstgedrehte. Die Asche schnippte sie in ein mit Wasser
gefülltes Einmachglas, in dem gelbliche Kippen schwammen.
Das Wasser reichte bis an den oberen Rand des zerrissenen
Etiketts, auf dem noch der Rest der Aufschrift zu lesen war:
Delikatessgur.

»Wo Timo?«, fragte Ryschkow langsam auf Finnisch.

»Gerade abgehauen, der hat euch bestimmt gesehen«, erwiderte die Frau und wandte uns ihr mageres, gelbliches
Gesicht zu. Ihre Ohrläppchen waren mit kleinen Ringen

gespickt und auch die Nase war gepierct. Die schwarzen Haare hingen wirr herab.

»Ich hab mit seinen Geschichten nichts zu tun! Da ist er hingelaufen.« Sie deutete mit dem Kopf auf eine Tür. Ich ging in das Zimmer: Das Fenster stand offen und auf dem zerknüllten Bettlaken war der Abdruck zu erkennen, den Timo hinterlassen hatte, als er aus dem Fenster sprang. Auf einem alten Foto an der Wand verfolgten irgendjemandes Großeltern die Dummheiten der Nachgeborenen mit tadelndem Blick.

Ich kletterte auf das Fensterbrett, sprang hinaus und landete im weichen Schnee. Eine rote Weihnachtsdekoration vom Fensterrahmen blieb an meinem Ärmel hängen. Es war ein tanzender Wichtel, unbeholfen aus rotem Karton ausgeschnitten. Er mochte seit dem letzten Weihnachtsfest oder seit zwanzig Jahren dort gehangen haben. Vorsichtig löste ich den roten Kerl vom Ärmel und warf ihn zurück ins Zimmer.

Ich folgte Timos Spuren im Schnee. Er war auf den Zaun zugelaufen, der den Flugplatz umgab. Hinter dem Grundstück befand sich ein schmales, verwildertes Blumenbeet, dann folgte ein Fitnesspfad, der am Zaun entlangführte. Ein bunt gekleideter Skiläufer glitt im Schlittschuhschritt an mir vorbei. Ich schaute nach links, nach rechts und noch einmal nach links. In hundert Meter Entfernung rannte ein Mann. Er lief in der falschen Richtung und war folglich kein Konditionssportler.

Ich rannte die Loipe entlang und rief dem Mann zu, er solle stehen bleiben. Da er nicht gehorchte, sondern, im Gegenteil, schneller lief, legte auch ich einen Zahn zu, holte ihn ein und foulte ihn mit vollem Körpereinsatz wie ein Fußballer in der englischen Liga. Der Mann landete in einer

Schneewehe. Ich wartete. Er stand auf und wischte sich keuchend den Schnee aus dem Gesicht. Ich trat näher heran und packte ihn vorsichtshalber am Ärmel seines grünen Parkas. Timo war größer als ich, doch sein Blick verriet, dass er sich im Moment eher klein fühlte.

Ein Hubschrauber flog dicht über uns hinweg und setzte zur Landung auf dem Flugfeld an. Ich hatte ihn nicht kommen hören. Ich spürte das Rotorengeräusch bis in die Magengrube. Plötzlich zogen Bilder aus der Armee an meinem inneren Auge vorbei – wie ein Film oder ein Video, in Farbe und mit Ton. Ich erinnerte mich, wie wir den Absprung aus dem Helikopter geübt hatten, mitten in einem Sumpf, in voller Pionierausrüstung, und wie mein Stubengenosse Suschlow den Mut verlor und weinte. Er hatte Angst vor Afghanistan und davor, dass er bei der Ausbildung und im Umgang mit den anderen Rekruten versagte.

Und ich erinnerte mich auch, wie Suschlow mich am Arm gefasst und mich gebeten hatte, ihn zu verstehen und ihm zu helfen, und wie ich nur lau geantwortet hatte, das könne ich nicht, ich wisse nicht, wie, und außerdem sei ich nicht stark genug.

Und später wurde Jewgeni Suschlow mit dem Milchzug nach Hause geschickt, aus psychischen Gründen. Es wurde gemunkelt, er sei bei einer homosexuellen Beziehung erwischt worden und könne froh sein, dass er nicht im Gefängnis oder in der Klinik gelandet sei.

All das erinnerte ich in einem einzigen, kurzen Aufflackern. Der Hubschrauber stand bereits am anderen Ende des Flugplatzes. Mittlerweile war auch Ryschkow eingetroffen, er schaute zögernd auf seine Halbschuhe, trat dann aber doch in den tiefen Schnee, packte Timo und zog ihn mit sich zu einer Einbuchtung, in der die Jogger im Sommer ihre

Bauch- und Rückenmuskeln an Trimmgeräten aus Holz trainierten und Holzklötze stemmten.

Ryschkow schubste den Mann gegen das Gestell, an dem sich die Gewichtheber abplagen konnten. »Sag diesem Arschloch, er hat eine Woche Zeit, seine Schulden zu begleichen«, zischte er auf Russisch, wobei er dem Finnen starr in die Augen blickte.

»Er sagt, du bist ein Arschloch und hast eine Woche Zeit, deine Schulden zu begleichen«, wiederholte ich auf Finnisch wie ein vereidigter Dolmetscher. Timo nickte und wimmerte etwas, was ich nicht verstand.

Ryschkow hob mit der einen Hand einen Gewichtsklotz hoch und drückte mit der anderen Timos Handfläche auf ein Stück Autoreifen, das man auf die Stemmbank genagelt hatte, um das Poltern des Gewichts zu dämpfen. Neben der Lauffläche war ein Stück der Reifenwand zu sehen, mit einem Teil des Herstellernamens: *UN.*

Dunlop, dachte ich, oder Uniroyal. Fast hätte ich aufgeschrien, als Ryschkow das Gewicht auf Timos Hand fallen ließ.

»Au-uu«, sagte Timo, kreischte nicht, schrie nicht, hob nur abwechselnd die Füße hoch wie ein Hund, der an den Pfoten friert.

»Au, verdammt, das kam aber plötzlich!«, entfuhr es mir. »Jetzt hat sich Timo wehgetan«, zitierte ich ein geflügeltes Wort aus einem Fernsehsketch, aber Ryschkow verstand den Witz nicht und Timo war nicht zum Lachen zumute. Ryschkow ging zum Haus zurück. Ich folgte ihm, machte aber noch einmal kehrt und hob das Gewicht von Timos Hand. Er betastete den Handrücken und bewegte vorsichtig die Finger, dann steckte er die ganze Hand in den Schnee. Ich lief hinter Ryschkow her.

Wir folgten unseren eigenen Spuren bis zum Haus, kletterten aber nicht durchs Fenster hinein, sondern gingen an der Hauswand entlang, balancierten vorsichtig über den hart gefrorenen Schnee, kamen auf den Pfad vor dem Haus, auf die Straße und zum Wagen. Ryschkow fuhr an, dann fischte er die Zigarettenschachtel aus der Tasche und zündete sich eine Marlboro an. Sein Gesicht und die schwarzen Haare waren schweißnass, doch seine Hände zitterten nicht.

»Vitja, ich mag dich«, begann er. »Aber du arbeitest für mich. Und für mich arbeiten viele, die ich mag. Boris in Tallinn ist einer von ihnen. Ich war sehr traurig, als ich hörte, wie du dich dort aufgeführt hast.« Er betonte jedes einzelne Wort. »Ehrlich gesagt, ich habe mich maßlos geärgert. Du bist mein Arbeitshandschuh oder mein Schraubenschlüssel, allerhöchstens meine Bohrmaschine, verdammt noch mal. Und Werkzeug, das nichts taugt, fliegt bei mir raus.«

Ich nickte: Ich hatte verstanden.

ZWÖLF

Timos lädierte Finger geisterten mir durch den Kopf, als ich im Supermarkt in Hakaniemi Salzgurken aus dem Fass fischte. Da klingelte mein Handy und ich musste mir den Beutel mit den Gurken unter den Arm klemmen, um antworten zu können.

Karpow rief aus Sortavala an.

»Viktor, setz dich hin und erschrick nicht.« Bei diesen Worten wurden mir die Knie weich.

»Deine Mutter liegt im Krankenhaus, es geht ihr ziemlich schlecht. Aber sie wird gut versorgt und kommt bestimmt durch.«

Meine Mutter hatte am Morgen einen Herzinfarkt gehabt, berichtete Karpow. Eine Nachbarin hatte sie vor der Haustür gefunden, wo sie zusammengebrochen war, die leere Einkaufstasche unter dem Arm. Sie war ins Krankenhaus gebracht worden. Als Karpow davon erfuhr, hatte er dafür gesorgt, dass die anderen Patienten aus dem Krankenzimmer verlegt wurden, er hatte dem Arzt eine kleine Extravergütung zugesteckt und sich darum gekümmert, dass die Klinik die nötigen Medikamente bekam.

Als Karpow seinen Bericht beendet hatte, schaffte ich es irgendwie, mich zu bedanken, und lehnte mich dann kraftlos an die Fleischtheke. Ich hatte geglaubt, all dies zur Genüge in Gedanken durchgespielt zu haben, als ich nach Finnland gezogen war und Mutter in Sortavala bleiben wollte. Doch die Wirklichkeit war etwas ganz anderes; sie traf mich ins Zwerchfell wie ein Schwergewichtsboxer und nach dem ersten Schock hinterließ der Haken eine diffuse Lähmung und Unruhe.

Ich zahlte meine Einkäufe und ging nach Hause. Dort versuchte ich, Essen zu kochen, aber meine Gedanken waren in Sortavala. Ich sah das Krankenzimmer vor mir, die Schwestern, wie sie auf Zehenspitzen durch die langen Flure schlichen, meine Mutter klein und verloren im Bett. Ich quälte mich, indem ich mir ihre Beerdigung vorstellte. Die Brust wurde mir eng, als ich an den Einzug des Frühlings in Sortavala dachte, an das zögerliche Grünen der Bäume, den ersten Huflattich, an all das, was meine Mutter vielleicht nie mehr sehen würde.

Ich konnte mich nur aus der Ferne um sie kümmern. Ich rief in der Klinik an. Eine Oberschwester versicherte mit harter Stimme, das Befinden meiner Mutter sei »normal«, sie sei müde und schlafe gerade. Mehr konnte oder wollte sie mir nicht sagen und der Arzt war angeblich gerade bei einer Operation.

Daraufhin rief ich Karpow an, entschuldigte mich für die Störung und sagte, ich würde nach Sortavala kommen und wäre wahrscheinlich am nächsten Morgen da. Karpow versprach, nach meiner Mutter zu sehen, und fügte hinzu, er garantiere, dass in der Klinik ständig jemand Wache hielt. Ich dachte an seine Mitarbeiter: glatzköpfige Lederjacken, die nur durch Einzelheiten ihrer Tätowierungen voneinander zu unterscheiden waren.

Meine Mutter brauche im Moment wohl weder Apfelsinen noch Schokolade, sagte ich, seine Jungs sollten also bitte auf dem Flur bleiben. Aber er selbst solle zu ihr gehen und ihr sagen, dass ich käme. »Sag es ihr, sag es ihr laut, auch wenn sie schläft«, bat ich.

Karpow versprach es und erinnerte mich daran, dass meine Mutter ihn oft durchgefüttert und unter ihrem Dach beherbergt hatte; selbstverständlich werde er gut für sie sorgen. In letzter Minute dachte ich noch daran, ihn zu bitten, mir zwei Boote, Modell Sowjetarmee, und eine Partie Pelzmützen zu besorgen. Ein Flohmarkthändler hatte die Sachen bei mir bestellt, aber ich hatte weder Zeit noch Lust, nach Wiburg zu fahren. Außerdem hatten die Armeeschlauchboote so reißenden Absatz gefunden, dass es in den Garnisonen in Karelien keine mehr gab; man musste sie in Russland suchen. Karpow versicherte mit ruhiger Stimme, er werde die Sachen besorgen, sie seien praktisch schon auf dem Weg.

Ich setzte mich hin, versuchte, mich zu beruhigen, und überlegte. Ich beschloss, meinen Schreibtisch aufzuräumen, mir ein für die weite Fahrt geeignetes Auto zu besorgen, ein paar Stunden zu schlafen und bei Nacht aufzubrechen. Zuerst rief ich jedoch meinen Bruder Aleksej in Moskau an. Metallische, ins All entschwindende Geräusche drangen aus dem Hörer, dann hörte ich Aleksejs Stimme, so klar, als säße er gleich nebenan. Kurz und bündig erklärte ich ihm, was passiert war. Ich sprach absichtlich Finnisch, obwohl Aleksej immer wieder nach Worten suchen musste.

Mein Bruder lebte bereits seit rund zwanzig Jahren in Moskau, er hatte eine gute Stellung im privatisierten Ölhandel, einen Nussbaumschreibtisch, eine faule Sekretärin und einen korrupten Boss, zu Hause eine Frau und einen fast erwachsenen Sohn, den ich kaum kannte, und in den Städten Kolomna und Rjazan an der Moskwa eine große angeheiratete Verwandtschaft. Unser Verhältnis war nicht direkt schlecht, wir hatten nur nicht besonders viel miteinander zu tun. Aber auch mein Bruder war der Sohn meiner Mutter. Er war erschüttert und versprach, so bald wie möglich nach Sortavala zu kommen.

Ich ging nach oben in meine Wohnung und packte zwei Reisetaschen, aß den Kühlschrank etwas leerer und vergewisserte mich, dass ich die Wohnung unbesorgt für ein paar Tage verlassen konnte.

Dann kehrte ich noch einmal in mein Büro zurück und las meine Mails. Ich schickte eine kurze Nachricht an Ryschkow und berichtete ihm von meiner Mutter und von meiner Reise. Dann rief ich Larsson an, doch er meldete sich nicht. Ich teilte ihm per Anrufbeantworter mit, dass ich kurz nach Sortavala fahren müsse, die Suche nach seiner Frau jedoch fortsetzen werde.

Mit Ruuskanen vereinbarte ich, dass er mir einen Mercedes bringen würde, der auf seine Firma zugelassen war, und dazu einwandfreie Papiere, damit ich an der Grenze keine langen Erklärungen abzugeben brauchte. Ruuskanen konnte mit dem Mondeo zurückfahren, der noch vor dem Haus stand.

Ich zögerte kurz, doch dann suchte ich die Webseite der Universität Helsinki und klickte mich zu den Mailadressen. *»Hallo Marja – hoffentlich bist du die richtige Marja Takala. Um es kurz zu machen, ich habe oft an dich gedacht. Es wäre schön, wenn wir uns wiedersehen könnten oder telefonieren oder so. Hoffentlich hältst du mich nicht für aufdringlich! Ich muss ein paar Tage verreisen, aber lass uns in Verbindung bleiben. Gruß, Kärppä.«*

Ich änderte den Schluss in *Herzliche Grüße* und schickte die Nachricht rasch ab, bevor ich es mir anders überlegen konnte.

Ich war erstaunlich ruhig, als ich auf der Schnellstraße 6 nach Norden fuhr. Kouvola, Lappeenranta, Imatra ... Die Ausfahrten zu den Städten flogen vorbei. Die Straßen waren leer, es fuhr sich angenehm, nur die Lichtbatterien der Laster auf der Gegenspur schossen ihr blendendes Trommelfeuer ab. Ich war ruhig, weil ich wusste, dass ich auf dem Weg nach Sortavala war. Erst wenn ich dort ankam, konnte ich etwas für meine Mutter tun.

Sirje Larsson, Jaak Lillepuus Drohungen, Arkadis Mikrofilme, Ryschkows bedenkliche Geschäfte und Timos Finger unter dem Holzklotz waren weit weg. Ich fuhr einfach durch die Nacht und hörte Musik aus dem hervorragenden Radio des Mercedes, der früher als Taxi Dienst getan hatte.

Ich war ohne Zwischenfälle bis Tohmajärvi gekommen, hatte gefrühstückt und stand nun in der Schlange vor dem finnischen Grenzübergang in Värtsilä, als mein Handy klingelte.

»Ich habe deine Nachricht bekommen«, sagte Gennadi Ryschkow voller Anteilnahme. »Bleib nur dort, solange es nötig ist, ich kümmere mich hier in Helsinki um alles.«

»Du hattest nach der Zigarettenlieferung gefragt, die Karpow gestohlen wurde«, fuhr er fort. »Du kannst Valeri sagen, dass da meiner Vermutung nach die Esten zugange waren. Einer von Lillepuus Männern brüstet sich damit, er hätte einen Iwan zu Stroganoff verarbeitet.«

Ryschkow sagte noch, er werde den Schnapsverkäufern auf dem Rastplatz an der Autobahn nach Porvoo persönlich Nachschub bringen, meinte, im Callgirlgeschäft komme er noch wochenlang mit den jetzigen Mädchen aus, und bestellte zum Schluss herzliche Grüße an meine Mutter. Ich war von den Socken. Ryschkow hatte freundlich und wortreich geredet und war mit keiner Silbe auf die Rüge einge-

gangen, die er mir erteilt hatte. Ich versuchte, mir einen
Reim darauf zu machen, und starrte in den eintönig grauen
Morgenhimmel. Die Wagen vor mir setzten sich in Bewegung, in der Schlange entstand eine Lücke von zwei Auto-
längen. Huptöne schreckten mich auf.

Ich stieß die Tür auf und ging zu dem Ungeduldigen, einem jungen Mann in Schlips und Kragen. Er drückte den
Verriegelungsknopf an der Tür seines Nissan herunter. Ich
klopfte ans Fenster, das daraufhin ein paar Zentimeter geöffnet wurde. Ich sprach den Mann zuerst auf Russisch an
und fragte dann in gebrochenem Finnisch: »Was ist, hast du
Problem?« Der Mann stammelte erschrocken, er habe versehentlich auf die Hupe gedrückt. Ich stiefelte wortlos zurück
zu meinem Wagen und fuhr zum Kontrollpunkt.

DREIZEHN

Der finnische Zoll winkte Reisende nach Russland fast ausnahmslos durch. Auf der russisch-karelischen Seite des Grenzübergangs wimmelte es wie üblich von ungemein schläfrigen Rekruten mit Maschinenpistolen, von Zollbeamten in blauen und Grenzschützern in grünen Uniformen und von schmierigen Bürokraten.

Sie sorgten dafür, dass sich von Zeit zu Zeit ansehnliche Schlangen bildeten, indem sie sich müßig in ein Hinterzimmer verzogen und erst nach langer Pause wieder auftauchten, um unleserliche Stempel auf Zollerklärungen und sonstige Papiere zu knallen, die auf ewig in irgendeinem Archiv begraben wurden.

Ich hielt den Mund, gab mich weder leutselig noch furchtsam und brachte die Formalitäten in zwanzig Minuten hinter mich. Selbst das Lächeln verkniff ich mir, obwohl ich an Karpows Spruch denken musste: »Wenn der Grenzbeamte Gummihandschuhe anzieht und dich auffordert, mitzukommen, wird's eng.«

Bei dem alten Kirchdorf Ruskeala bog ich von der Straße nach Sortavala ab. Ich hatte die Wegbeschreibung im Kopf und fand das Haus mühelos. Es stand an einem sonnigen Abhang, dessen weiße Schneedecke bereits löchrig wurde. Das Haus war in einem bunten Durcheinander aus Bohlen, Brettern und Backsteinen gebaut worden, oder besser gesagt: Es war immer noch im Bau. Über dem Warten auf den Anstrich war die Verschalung der Wände verwittert, das Dach über dem Vorbau war mit einer Plane abgedeckt und auf dem Hof lagen Zementblöcke, Leisten, rohe Bretter und Wellblech herum.

Selbst wenn es in Ruskeala eine Bauaufsichtsbehörde gegeben hätte, wäre das Haus unbeanstandet durchgegangen, denn es fügte sich nahtlos in seine Umgebung ein. Die vorherrschende Stilrichtung war der postsowjetische Realismus, der sich vor allem durch Halbfertigkeit auszeichnete.

Ich klopfte und trat ein. Ein etwa fünfzigjähriger Russe stand vom Tisch auf, gab mir die Hand und bot mir Tee an. Ich lehnte höflich ab, denn ich hatte es eilig und wollte so bald wie möglich weiterfahren. Der Mann beharrte nicht auf seinem Angebot, sondern holte einen zugeklebten Karton unter der Spüle hervor und gab ihn mir. Da ging die Tür zum Nebenzimmer auf, eine junge Frau in Lederhosen kam heraus, blieb aber abrupt stehen, als sie mich erblickte. Durch die offene Tür sah ich ein Kind, das auf dem Fußboden saß und fernsah. Auf dem Schreibtisch stand ein Computer, auf dessen Bildschirm geometrische Figuren kreisten. Die Frau machte auf dem Absatz kehrt und zog die Tür hinter sich zu.

Ich ging hinaus, setzte mich in den Mercedes und öffnete das Paket. Obenauf lag ein Pass, der mich als Igor Sergejewitsch Semjonow auswies, Nationalität russisch, geboren am 4. 2. 1963 in Wologda. Außerdem enthielt der Karton ein Schlüsselbund, eine Makarow-Pistole mit Schulterhalfter, Geldscheine im Wert von rund hunderttausend Rubeln, zerknüllte Quittungen und Papiere mit russischer Beschriftung und Stempeln.

Ich packte meinen finnischen Pass und zweitausend Mark

in die Schachtel. Einen Teil meines finnischen Geldes steckte ich mit den Rubeln in meine Brieftasche. Unter Semjonows Papieren war auch ein Visum für Finnland. Gelegentlich war es nützlich, dass Viktor Kärppä sich im Ausland aufhielt, wenn ein Semjonow, Larionow oder Kuznetzow nach Finnland kam. Diesmal plante ich zwar keine derartige Reise, aber Karpow war ein gründlicher Organisator.

Die Frau in der Lederhose kam auf den Hof und reichte mir ein Schlüsselbund. »Die haben Sie vergessen. Die *Hertz*-Filiale Ruskeala dankt für Ihr Vertrauen«, sagte sie mit ernster Miene, nickte zu der aus Zementquadern gemauerten Garage und hüpfte in ihren Pumps durch den Schnee zurück zum Haus.

Ich öffnete das solide Schloss am Garagentor, setzte den in St. Petersburg zugelassenen VW Passat heraus und fuhr den Mercedes hinein. Dann trug ich meine Reisetaschen von einem Kofferraum in den anderen, streifte Handschuhe über, nahm die Pistole und überprüfte das Magazin. Auf einer Waffe, deren Geschichte ich nicht kannte, wollte ich keine Fingerabdrücke hinterlassen. Wahrscheinlich befand sie sich der Inventarliste nach in der Waffenkammer irgendeiner mittelrussischen Garnison, aber es war ebenso gut möglich, dass sie benutzt worden war, um Leute zu erschießen, und dass die Kugeln, die aus den Leichen herausgeholt worden waren, in den Archiven der Miliz auf das Auftauchen der Waffe warteten.

Ich legte die Makarow unter den Sitz des Passat. Dann schloss ich die Garage ab und brachte die Schachtel ins Haus. Ich wartete nicht ab, wo der Hausherr sie versteckte. Er würde auf meine Sachen aufpassen, das wusste ich. Ich fuhr weiter nach Sortavala.

»Mutter«, sagte ich leise auf Finnisch. Klein und zerbrech-
lich lag sie im Bett und schlief. Schläuche waren mit Pflaster
an ihren Arm geklebt, ein Röhrchen führte in ihre Nase und
unter der Decke schlängelten sich irgendwelche Leitungen
hervor. Rundherum standen effektiv aussehende Messgeräte,
Infusionsflaschen und Monitore. Ein gelblich grüner Leucht-
streifen lief über den Bildschirm und hüpfte im Takt des
Herzschlags immer an derselben Stelle hoch. Offenbar hatte
Karpow die Ausrüstung für eine ganze Intensivstation ge-
kidnappt, auf die man jetzt in Moskau vergeblich wartete.

»Mutter ...«, wiederholte ich. Mutter schien zu schlafen,
doch plötzlich schlug sie die Augen auf. Ihr Blick irrte über
die Decke, doch dann wandte sie das Gesicht zu mir. »Ach,
da bist du ja, Viktor«, lächelte sie und streckte die Finger
nach mir aus. Ich nahm ihre kleine, weiche Hand zwischen
meine Pranken und drückte sie vorsichtig. Und ich lächelte.

Ich blieb etwa zwanzig Minuten bei Mutter, dann ließ ich
sie allein, damit sie sich ausruhen konnte. Sie war müde und
sprach langsam, mit langen Pausen. Ich erzählte ihr, dass ich
mehrere Tage in Sortavala bleiben und sie am Abend wieder
besuchen würde. Als ich zur Tür ging, schien sie wieder zu
schlafen.

Karpow erwartete mich vor der Klinik, an den Kotflügel
seines Mercedes gelehnt. Einer seiner hünenhaften Leib-
wächter mit der obligatorischen Sonnenbrille stand an der
anderen Seite des Wagens.

»Ryschkow hat angerufen und mir gesagt, dass du das Paket abgeholt hast. Alles in Ordnung?«, erkundigte sich Karpow. »Hier ist euer Hausschlüssel. Das Haus ist geheizt,
Vorräte sind auch da, kannst gleich einziehen.« Er warf mir
den Schlüssel mit dem altvertrauten Anhänger zu, einem
Männchen in roter Jacke.

Unsere Hütte, oder unser Haus, lag in Vakkosalmi am Ende eines Schotterwegs. Es war ein altes Haus, das ursprünglich von Finnen gebaut, aber später im Sortavala-Stil verbessert und vergrößert worden war. Schon im Vorraum spürte ich das Heimatgefühl und drinnen im Haus flutete es mir mit voller Kraft entgegen. Ich brachte meine Sachen in die Schlafkammer.

Auf dem Tisch in der Stube fand ich Konserven, Brot, Kuchen und vier Flaschen Wodka. Ich öffnete den Kühlschrank. Dort gab es Milch, Dauerwurst, deutsche Würstchen, in Finnland abgepackte Koteletts, Bier, sogar Apfelsinen und Quellwasser. Ich setzte mich an meinen Stammplatz am Tisch und stellte fest, dass ich Hunger und Durst hatte.

Am Abend saß ich eine Stunde lang bei Mutter. Ich hielt ihre Hand und fand nichts dabei, obwohl ich das zum letzten Mal als Grundschüler getan hatte. Mutter schlief immer wieder ein.

»Jetzt ist wohl alles in Ordnung«, sagte sie in einem ihrer wachen Momente. »Aber es war anstrengend und es hat wehgetan. Ich habe genau gesehen, dass dein Vater am Bettende saß.«

Ich hörte zu, antwortete mit leiser Stimme und versuchte, mir meine wachsende Besorgnis nicht anmerken zu lassen. Ich konnte mich nicht erinnern, dass Mutter jemals über Schmerzen oder Müdigkeit geklagt hätte. Ihre Haut war durchscheinend und glühend heiß.

Wenn ich nicht in der Klinik war, hielt ich mich meist im Haus auf. Die Stadt mied ich, so gut es ging. Es gab viele Männer in Karelien, die auf dumme Gedanken gekommen wären, wenn sie gewusst hätten, dass ich allein in einem klapprigen Häuschen wohnte. Ich fuhr mit dem Auto zum

Krankenhaus, um meine Mutter zu besuchen, und den Rest meiner Zeit verbrachte ich damit, Holz für den ohnehin schon vollen Schuppen zu hacken, die Fernsehantenne zu reparieren und zu lesen.

Es genügte, die Stadt durchs Autofenster zu betrachten, um in Trübsal zu versinken. Ich sah angeberische finnische Männer, die blutjunge Mädchen aufgabelten, und junge Burschen, die sich vor den Lokalen herumtrieben und auf betrunkene Touristen warteten, die sie ausrauben konnten. Während ich durch die Straßen fuhr, glaubte ich immer wieder, bekannte Gesichter zu sehen, doch als ich versuchte, sie zu identifizieren, den Gestalten Namen zu geben, begriff ich, dass ich in der falschen Altersgruppe suchte. Ich bemühte mich, junge Leute wiederzuerkennen, dabei waren meine Bekannten inzwischen mittleren Alters.

Es war dunkel und kalt geworden, der Mond stand hoch am Himmel, als ich auf der Straße vor unserem Haus einen Wagen halten hörte. Ich spähte zum Stubenfenster hinaus und sah einen schlammbespritzten, hellen Wolga. Er stand mit laufendem Motor vor dem Haus und spuckte reichlich Abgase aus.

Mein Handy klingelte, ich meldete mich, ließ aber die Straße nicht aus den Augen.

»Hallo, Viktor, Arkadi hier. Wie geht's?«

Sieben Sekunden lang war ich fassungslos. »Ja, ähm, ich bin gerade auf Reisen«, erklärte ich.

»Ich weiß«, sagte Arkadi. »Du bist in Sortavala. Meiner Meinung nach solltest du natürlich in Mikkeli sein, beziehungsweise hättest längst dort gewesen sein sollen. Ich möchte dich mit allem Nachdruck daran erinnern, dass die Sache mit den Mikrofilmen erledigt werden muss. Ich würde ungern zu Druckmitteln greifen.«

Arkadi sprach in förmlichem Ton und versetzte mir gleich noch einen Tiefschlag: »Wie schreitet übrigens die Genesung deiner Mutter voran?«

Meine Finger krampften sich um das Handy. Ich betrachtete den qualmenden Wolga, dessen Fenster im Dunkeln nur schwarze Flächen waren. Die Insassen waren nicht zu sehen. Vielleicht saß Arkadi dort, vielleicht war er in Moskau oder Helsinki, aber er hatte den Wagen hergeschickt, das wusste ich.

»Hör zu, Arkadi, ich erledige deinen Auftrag. Aber du kannst dich darauf verlassen, dass ich auch dich und viele andere erledige, wenn meiner Mutter etwas zustößt. Die Sache geht nur dich und mich etwas an. Halte die anderen da raus!« Ich gab mir Mühe, leise, ruhig und deutlich zu sprechen.

Arkadi legte wortlos auf. Der Wolga stand noch eine Weile auf der Straße, dann lief der Motor auf höheren Touren und der Wagen glitt davon.

Ich ging im Dunkeln auf den Dachboden und schob die Hand hinter die Bretterverschalung, in das Sägemehl. Der Sack lag noch da, wo ich ihn versteckt hatte. Ich schlug das grüne Bündel auseinander und nahm das Sturmgewehr AK-47 in die Hand, das Standardmodell der Armee, mit Holzkolben. Der Sack enthielt außerdem zwei Magazine und drei Schachteln Patronen.

Obwohl es dunkel war, schloss ich die Augen, kniete mich hin, zerlegte die Kalaschnikow und baute sie wieder zusammen. Meine Finger bewegten sich wie von selbst, ich schaltete auf Dauerfeuer, drückte mit dem Daumen den Verschlusshebel auf, nahm den aus Blech gepressten Kasten ab und stellte ihn auf den Boden, drehte den Schlagbolzen und den Verschlusskopf ab und ließ die Feder herausfallen.

Beinahe wäre ich aufgesprungen und hätte Grundhaltung eingenommen, bevor ich daranging, die Waffe wieder zusammenzusetzen. Das hatten wir in der Armee wieder und wieder geübt, bei Licht, im Dunkeln, mit einem Sack über dem Kopf, im Gelände.

VIERZEHN

»Hast du etwas von Lena gehört?«, fragte meine Mutter überraschend. Ich wurde rot, ein erwachsener Mann.

»Nein. Ich habe mich auch nicht nach ihr erkundigt. Sie soll in St. Petersburg leben, aber ich habe seit zwei Jahren nichts von ihr gehört.«

»Sie ist in St. Petersburg, ja. Sie wollte sich mit einem Ingenieur zusammentun, aber irgendetwas ist schiefgelaufen«, beharrte Mutter auf dem Thema. »Ich weiß doch, dass die Sache mit Lena dich bedrückt hat. Aber wer kann schon sagen, ob es überhaupt gut gegangen wäre. Sogar für dich war der Umzug nach Finnland schwer genug, obwohl du die Sprache beherrschst …«

Mutter redete weiter und ich musste lächeln, denn mir wurde klar, dass sie wieder bei Kräften war, obwohl sie noch im Bett lag und Hilfe brauchte. Der Monitor und die Infusionsgeräte waren entfernt worden. Mutter hatte sich gekämmt und ihre Augen blitzten.

Ich hielt ihre Hand und empfand es nicht als seltsam oder peinlich.

»Ich weiß genau, dass du mich am liebsten nach Finnland locken würdest. Aber ich habe immer hier gelebt und hier werde ich auch sterben.« Mutter übernahm das Reden ganz allein, sie ließ keinen Raum für ein Gespräch. »Aber jetzt noch nicht. Nach dem zweiten Infarkt war ich bereit zu gehen ... ich hatte Angst vor den Schmerzen. Ich halte keine Qualen mehr aus«, sagte Mutter gleichmütig, als ginge es um eine beliebige Alltagsangelegenheit. »Aber als du gekommen bist, das war, als hättest du mich zurückgerissen. Also habe ich mir gedacht, ich schaue mir diesen Frühling und den Sommer noch an ...«

Wir sprachen über Aleksejs bevorstehende Ankunft. Mutter fragte nach meiner Arbeit, ich stellte die Lage möglichst rosig dar und meinte dann, ich würde wohl in den nächsten Tagen nach Finnland zurückkehren.

»Natürlich kannst du fahren, sobald du willst. Ich komme jetzt wieder zurecht«, sagte Mutter. »Außerdem haben wir ja alles besprochen, ganz gleich, was passiert.«

Wir saßen eine Weile schweigend beieinander, bis eine Krankenschwester das Ende der Besuchszeit ankündigte.

»Mutter«, sagte ich zögernd. »Bitte bekomm jetzt keinen neuen Anfall – ich habe ein Problem. Glaubst du, Onkel Olavi könnte mir helfen?« Ich erzählte ihr von Arkadi, von den Kopien aus den Kirchbüchern und von meiner misslichen Lage.

Mutter hörte mir zu, hob die Augenbrauen und meinte, eigentlich sei sie es leid herumzulaufen und ihren erwachsenen Söhnen aus der Patsche zu helfen. Aber eine Mutter ist eben eine Mutter, seufzte sie theatralisch.

»Ich rufe Olavi an. Er wird sich mit dir in Verbindung setzen. So ist es sicherer.«

Als ich nach Hause fuhr, kam mir ein Fußgänger entgegen, ein alter Mann im grauen Anzug und mit einer Baskenmütze. Ich erkannte ihn sofort, hielt an und stieg aus.

»Guten Tag, Herr Lehrer, wie geht es Ihnen? Kennen Sie mich noch?«

»Viktor Nikolajewitsch, was kurvst du hier herum? Willst deine armen Vettern besuchen, wie? Oder deiner Mutter eine Freude machen –, aber ich glaube, gehört zu haben, dass deine Mutter gar nicht erfreut darüber ist, dass du mit dem Karpow-Bengel unter einer Decke steckst.« Pawel Semjonow, mein Grundschullehrer, brachte es fertig, genauso schulmeisterhaft zu klingen wie vor fast dreißig Jahren. Ohne meine Antwort abzuwarten, fuhr er in seiner eintönigen Tirade fort.

Ich half ihm beim Einsteigen und dachte daran, dass er im selben Jahr geboren war wie meine Eltern. So also würde mein Vater heute aussehen, wenn er noch am Leben wäre. Nein, doch nicht, Vater war viel größer gewesen. Ich erinnerte mich, wie er sich über die Sportbegeisterung des Lehrers lustig gemacht hatte, über das kleine Männchen, das sich vergeblich abrackerte.

»Tja, Vitja, du bist Skiläufer geworden, ich habe dir damals gleich angesehen, dass du das Zeug dazu hast. Und dein Vater hätte es auch weit bringen können, ihr Finskij seid die geborenen Skiläufer. Wenn Nikolai im Doppelstockschub lospreschte, bogen sich die Skistöcke! Na ja, heutzutage ist alles aus Kunststoff und Glasfiber.«

»Ich habe das Skilaufen auch bald an den Nagel gehängt, ich war nicht gut genug«, unterbrach ich ihn. »Aber Sie sind in bester Verfassung, Herr Lehrer. Ich bin gekommen, um meine Mutter zu besuchen, sie hatte einen Herzinfarkt. Einen ziemlich schweren. Jetzt scheint sie sich aber zu erholen.«

Der Lehrer sah mich mit offenem Mund an, dann legte sich sein Gesicht in traurige Falten. »Ach je, nein so etwas, davon habe ich gar nichts gehört! Das muss ich Nadja erzählen …, vielleicht kann sie deine Mutter besuchen, ihr Blumen bringen oder so etwas, oje, oje, da wird Nadeschda aber erschüttert sein, du meine Güte …«

Ich setzte ihn vor seinem Haus ab, das sich kaum verändert hatte. Nur schien es irgendwie geschrumpft zu sein. Auf dem Hof sah ich das uralte Reck und die Reifen an verwitterten Seilen, eine rostige Hantelstange ragte aus dem Schnee.

Der Lehrer lief zum Haus und winkte mir von der Vortreppe zu. Ein Vorhang bewegte sich, seine Frau Nadja hatte uns beobachtet.

Ich fuhr weiter, froh, dass ich freundlich mit dem alten Mann geredet hatte.

Ich erinnerte mich an die Zeit, als der Lehrer ein begeistertes Parteimitglied gewesen war, vor der Klasse politische Predigten gehalten und seinen kleinen Schülern das Gefühl eingeimpft hatte, sie seien alle Sünder, schlechte Kommunisten.

Nun versuchte er, mit wenig mehr als umgerechnet hundert Finnmark Rente über die Runde zu kommen – wenn sie überhaupt ausgezahlt wurde –, und musste mit ansehen, wie seine ehemaligen Schüler dem Alkohol verfielen, auf den Strich gingen oder sich nach Finnland absetzten. Zurück blieben nur seine immer gebrechlicheren Altersgenossen und die allmählich verfallenden Häuser. Ich hatte mir oft ausgemalt, wie ich als erwachsener Mann den Lehrer zurechtstutzen und ihn an seine Schikanen und Ungerechtigkeiten erinnern würde, aber jetzt hatte ich kein Bedürfnis mehr nach einer Abrechnung.

Am Abend fuhr ich auf die Insel Riekonsaari. Die Brücke war in schlechtem Zustand, ich musste warten, bis ein Belorus-Traktor seinen kleinen, wackligen Anhänger von der

Insel aufs Festland gezogen hatte, bevor ich meinen VW hinübersteuern konnte.

Ich fuhr in das Datschengebiet, wo die Mitarbeiter verschiedener Institute und Behörden sorgfältig bewirtschaftete Nutzgärten und Ferienhäuschen hatten. In Finnland hatte ich ganz ähnliche Anlagen gesehen, man nannte sie dort Schrebergärten. Die Wege waren sorgfältig vom Schnee freigepflügt, denn viele hielten sich auch im Winter in ihrer Datsche auf.

Ich stellte den Wagen ab und ging zu Fuß weiter. Das Häuschen von Lenas Eltern hatte sich nicht verändert, es wirkte gepflegt. Ich ging durch das Gartentor und stieg die mit gefrorenem Schnee bedeckten Stufen zur Haustür hinauf, spähte durch das Verandafenster und sah hinter der Spitzengardine die vertrauten getäfelten Wände, den lackierten Fußboden und die Möbel, und an der Wand die Gitarre, auf der ich gespielt hatte.

Ich setzte mich auf die Treppe und hing meinen Erinnerungen nach. Lena und ich waren aus Leningrad hierher gekommen; ich erinnerte mich an die beschwerliche Bahnreise, den Proviant, unseren Spaziergang am Feldrand, der mit hohem Gras und verwilderten Weidenbüschen bewachsen war. Lena hatte sich über einen Wachtelkönig gefreut und Pflanzen bestimmt, deren lateinischen Namen laut aufgesagt.

Ich erinnerte mich an die Wohnung von Lenas Eltern in Leningrad. Es war eine gute Wohnung in einem guten Haus, in dem alles, bis hin zum Geruch, trocken und sauber und warm war. Ich saß im Sessel und las ein Buch aus dem Regal, das die halbe Wand einnahm. Lena machte endlose Fingerübungen, ermüdende Wiederholungen, biss sich die Fingernägel ab und spielte mit Tränen in den Augen, weil der Lehrer am Konservatorium es so wollte, ein alter Mann mit einer Brille, deren Gläser aussahen, als stammten sie von alten Taschenlampen. Auch an ihn erinnerte ich mich und daran, wie Lena sich wunderte, dass ich die Geduld aufbrachte, ihr beim Üben zuzuhören. »Das ist keine Musik, das sind bloß aneinandergereihte Töne«, klagte sie. Ich begriff den Unterschied nicht, hörte die Musik kaum, aber ich genoss den hohen Raum, das Buch, den warmen, verträumten Nachmittag.

Lena wollte weder verstehen noch akzeptieren, dass ich sie für privilegiert hielt. »Ich komme aus einer Mittelschichtfamilie«, protestierte sie. Ich versuchte ihr zu erklären, wie groß der Abstand zwischen der Mittelschicht und den Armen war, obwohl es diese Begriffe in der Sowjetgesellschaft eigentlich nicht gab und folglich auch keine Klassen existierten. Ein eigenes Klavier, ein eigenes Bücherregal, Obst auf dem Esstisch, Fremdsprachen und Bekannte im Ausland … Es war weder Lenas Schuld noch meine, doch das verstanden wir damals nicht.

Das Handy rief mich zurück zu meiner Aufgabe, der Suche nach Sirje Lillepuu.

»Du bist auf Heimatbesuch«, sagte mein Sonera-Kontaktmann Perwuchin. Es war keine Frage, sondern eine Feststellung. »Ich habe zum Spaß dein Handy geortet. Also, du hattest nach dieser Frau gefragt. Von Sirje Lillepuus Anschluss sind seit zwei Wochen keine Gespräche geführt worden und außer dir hat auch niemand die Nummer angerufen oder Nachrichten hinterlassen. Außerdem ist das Telefon seit Tagen ausgeschaltet, daher kann ich dir nicht sagen, wo es sich befindet.«

Perwuchin beendete das Gespräch so rasch, dass ich mich

kaum bedanken konnte. Ich starrte mein Handy an und überlegte, welche Schlüsse seine Informationen zuließen.

Ich hatte Sirje Larssons Akte mitgenommen und blätterte in den spärlichen Notizen und dem dünnen Stapel Fotos. Aino Lillepuu hatte sie mir gegeben und mich schwören lassen, dass ich sie zurückbringen würde. Sie hatte mir auch Sirjes Briefe gezeigt, mir daraus vorgelesen und die Stellen, die ich nicht verstand, ins Finnische übersetzt. Mit leiser Stimme hatte sie von ihrer Tochter erzählt, die schön war und eine fleißige Schülerin, ein grundanständiges Mädchen.

Sirje hatte eine Ausbildung zur Sekretärin angefangen, aber bald Arbeit bei einer Firma gefunden, die im finnisch-estnischen Handel tätig war. Daher war sie nach Finnland gezogen und dort geblieben. Sie war Aarne Larsson zum ersten Mal am Arbeitsplatz begegnet, dann zufällig noch einmal im Konzert.

Sirje hatte gewusst, dass Aarne verheiratet war. Doch er hatte bald darauf die Scheidung eingereicht, und als er um Sirje anhielt, hatte sie nicht Nein gesagt. Sie habe sich nie darüber beklagt, dass ihre Ehe kinderlos blieb, hatte Aino Lillepuu erzählt, mir in die Augen gesehen und bedauernd gelächelt, sie werde wohl nie Großmutter werden.

Das Bild, das Aarne Larsson mir gegeben hatte, war neuer, aber es zeigte Sirje von vorn. Die Fotos, die ich von ihrer Mutter bekommen hatte, machten sie plastischer. Hübsch blieb sie dennoch, sie lächelte immer ein wenig geheimnisvoll, als stehe sie nicht im Mittelpunkt des Trubels, sondern irgendwie am Rand, als beobachte sie das Vergnügen der anderen. Die meisten Aufnahmen waren Amateurfotos: Das Leben war ein wenig schief und im falschen Takt eingefangen, das Blitzlicht machte die Gesichter flach und die Menschen lächelten ohne ersichtlichen Grund.

Nur ein Foto stach von den anderen ab. Es war kunstvoll nach den klassischen Lehren der Bildaufteilung arrangiert. Sirje stand auf der Straße, lachte verhalten, sodass ihre weißen Zähne zu sehen waren, ihre Wangen waren leicht gerötet von der frischen Luft, Licht und Schatten gaben ihrem Gesicht Charakter und Tiefe. Ich erkannte die Umgebung; das Foto war in der Lapinlahdenkatu gemacht worden, im Hintergrund war der graue Klotz der Marienklinik zu sehen. Ich war sicher, dass kein anderer als Esko Turunen diese Aufnahme gemacht hatte.

Ich fuhr zum Bahnhof, um Aleksej abzuholen, ging aber nicht in die Halle oder auf den Bahnsteig, sondern wartete auf dem Parkplatz im Auto. Als ich Aljoscha aus dem Bahnhofsgebäude treten sah, stieg ich aus, um mich bemerkbar zu machen. Mein Bruder trug einen dunkelbraunen, pelzgefütterten Wildledermantel und eine Pelzmütze, er hatte eine große Sporttasche über die Schulter gehängt. Wir gaben uns die Hand. Im Auto merkte ich, dass ich zu viel redete. Aleksej hörte zu, schwieg oder lachte freundlich, sagte, er müsse sich erst wieder ins Finnische hineinfinden.

Zu Hause aßen wir Brot und Wurst und Salzgurken, dann fuhren wir zum Krankenhaus. Mutter war wach und hielt uns beide stolz an den Händen. Wir saßen jeder auf einer Seite des Bettes. Nach einer Weile ließ ich Mutter mit Aleksej allein, fuhr nach Hause, heizte die Sauna und holte meinen Bruder dann wieder ab.

»Ich war seit zwei Jahren nicht mehr hier in der Sauna«, sagte Aljoscha, der in seiner üblichen Stellung auf der oberen Saunabank saß, mit angezogenen Beinen, den Rücken an die Wand gelehnt. Ich war an die Vorstellung gewöhnt, dass mein Bruder viel älter war und schwerer und erwachsener aussah als ich. Oft war ich überrascht, wenn ich mich im Vorbeigehen in einer Fensterscheibe oder einem Spiegel sah: Ich war Aljoscha sehr ähnlich geworden.

»Wenn Mutter stirbt, habe ich hier gar nichts mehr«, sagte er, sah mich aus blaugrauen Augen an, auch sie von meinem eigenen Spiegelbild vertraut, und mir wurde plötzlich klar, dass für mich dasselbe galt. Wir würden kein Elternhaus mehr haben, wir wären allein, Waisen.

»Hör mal, kleiner Bruder …« Aleksej zögerte, dann gab er sich einen Ruck und sprach weiter. »Was meinst du dazu, wenn ich nach Finnland ziehen würde? Mit dem Gedanken trage ich mich nämlich.«

An seinem scheinbar unschuldigen Blick erkannte ich, dass er die Sache schon weitgehend vorbereitet hatte. Ich goss reichlich Wasser auf die heißen Steine, sodass wir uns zusammenkrümmen mussten, als der Dampf gegen die geschwärzten Wände und die harzigen Sitzbretter schlug. Dabei überlegte ich, ob ich Aleksej nach Irina und nach seinem Sohn fragen sollte, nach dem Einreiseantrag und danach, ob er über Wohnung und Arbeitsplatz nachgedacht hatte und ob ihm klar war, dass das Leben auch in Finnland nicht immer leicht war.

Ich atmete die heiße Feuchtigkeit ein, goss mir aus der emaillierten Waschschüssel heißes Wasser über den Kopf und sagte schließlich nur: »Natürlich helfe ich dir. Aber du musst dir genau überlegen, was du tust.«

Wir saunten lange, legten zwischendurch Holz nach, tranken Bier und Wodka und sprachen über Ereignisse aus der Kindheit. Nicht immer stimmten unsere Erinnerungen überein, und über die Frage, ob ich die Vorführung einer Kosakengruppe auf dem Sportplatz gesehen hatte oder nicht, wäre es beinahe zum Streit gekommen.

»Ich erinnere mich ganz genau an die Pferde! Ich weiß noch, wie die Reiter in vollem Galopp von einer Seite auf die andere gesprungen sind und was sie anhatten. Und Onkel Eino war zu Besuch, er ist mit uns hingegangen.«

Schließlich gab Aljoscha zu, dass ich vielleicht doch dabei gewesen war.

Lange nach Mitternacht suchte mein Bruder seine leuchtend rote Ziehharmonika auf dem obersten Brett des Kleiderschranks und fand sie genau da, wo er sie vor zehn Jahren verstaut hatte. Er krümmte und dehnte seine dicken Finger eine Weile, begann dann aber überraschend gut zu spielen. Und wir sangen, Aleksej in seinem Zigeunertenor, ich im Bariton; wir sangen alte sowjetische Schlager und russische Volkslieder, in denen der Strom den Halm fortreißt wie unerwiderte Liebe, oder war es umgekehrt, und in denen die Getreidefelder wogen und in den Städten die Lichter verlöschen.

Und dann kamen uns die Tränen, als wir auf Finnisch ein namenloses Lied sangen, das Mutter uns beigebracht hatte, als wir klein waren, ein Lied von einem bunten Vogel, der seine Jungen füttert, während der Wind durch die Zweige fährt.

FÜNFZEHN

Der Mercedes von Top-Auto Ruuskanen erwartete mich in der Garage in Ruskeala. Ich tauschte mit dem schweigsamen Hausherrn Papiere und Schlüssel aus und ließ mein Alias Igor Semjonow für künftige Einsätze zurück.

Gleich hinter der Grenze wurde die Landschaft sauberer und heller – als wäre auch der Frühling hier bereits weiter. Ich fuhr über die Landstraße 6 nach Süden, der Dieselmotor tuckerte gleichmäßig und das Tempo wurde unmerklich höher, je länger ich an die Aufträge dachte, die in Helsinki auf mich warteten. Ganz oben auf der Liste stand Sirje Larsson, von der ich immer noch keine Spur gefunden hatte.

In Kouvola bog ich in Richtung Westen ab und kam am Nachmittag in Lahti an. Das Reihenhaus, in dem Aarne Larssons erste Frau wohnte, fand ich auf Anhieb.

Ich kippte die Lehne zurück, saß halb liegend im Auto, hörte die Sendung ›Heute Nachmittag‹ und beobachtete Helena Larssons Haus. Die Straße war so still, dass ich nach zwanzig Minuten befürchtete, aufzufallen. Erwachsene kamen im Auto von der Arbeit nach Hause, Schüler machten sich auf den Weg zu ihren Freizeitaktivitäten, Unihockeyschläger auf dem Rücken oder einen Reithelm unter dem Arm, aber in Helena Larssons Haus regte sich nichts.

Ich stieg aus und drehte eine Runde um die Reihenhäuser. Die Gärtchen, die dazugehörten, grenzten an einen tief verschneiten Park, in dem man ohne Stiefel nicht vorankam. Ich versuchte, über den Bretterzaun zu spähen, und wusste genau, wie verdächtig mein Verhalten wirken musste.

Kurzentschlossen ging ich zur Vorderseite der langen Häuserreihe zurück und klingelte bei Helena Larsson. Aus dem Haus war ein diffuses Stampfen zu hören. Als die Tür aufging, identifizierte ich den Lärm als basslastigen Metal-Rock.

Kimmo Larsson hatte eine gewisse Ähnlichkeit mit seinem Vater, allerdings waren dessen Züge in seinem Gesicht weicher, kleiner und sensibler kopiert. Der Junge, ungefähr so groß wie ich, war schlaksig und hatte lange Haare, die er mit beiden Händen aus dem Gesicht schob. Er hielt sich etwas krumm, seine Schlotterhose schleifte über den Boden. Er konnte alles Mögliche sein, ein Junkie, ein Nerd oder ein Gospelgitarrist – nur nicht gerade ein Eishockeyspieler, dachte ich.

»Tag, ich bin Viktor Kärppä aus Helsinki. Ich untersuche das Verschwinden von Sirje Larsson, und zwar im Auftrag von Aarne Larsson, deinem Vater, nehme ich an. Ist Helena Larsson zu Hause?«

»Mutter ist noch bei der Arbeit … oder beim Einkaufen oder sonst wo, na egal. Aber sie müsste bald hier sein. Äh … tja, kommen Sie rein«, sagte der Junge ein wenig wirr, aber mit überraschend klangvoller, tiefer Stimme. Ich überlegte, ob seine Mutter wohl einen Alt hatte; die Stimme seines Vaters war metallisch knarrend, seine eigene dagegen rund und weich. Man hätte sie eher aus der Kehle eines fülligen, ausgewachsenen Mannes erwartet.

Der Flur mündete in ein dunkelbraun eingerichtetes Wohnzimmer. Ich setzte mich in einen Sessel, in dem ich fast versank und der, wie die anderen Möbel, meiner Schätzung nach aus den Achtzigern stammte. Der Junge ging in sein Zimmer und stellte die Musik ab. Dann kam er zurück, lehnte sich ans Bücherregal und schien zu überlegen, was er mit seinen Armen anfangen sollte. Er hielt sie eine Weile vor der Brust gekreuzt und ließ sie dann unnatürlich locker herunterhängen.

Aus seinem Zimmer kamen zwei ähnlich gekleidete Burschen, die im Flur die Schuhe anzogen, sich in schwarze Anoraks warfen und irgendeine Abschiedsfloskel brummten. In Russland hätten sie nicht nur mir, sondern auch ihrem Freund die Hand gegeben, dachte ich, aber in Russland ist ja auch alles viel schlechter.

»Mutter und ich haben schon gehört, dass Sirje verschwunden ist. Nicht dass wir darüber besonders traurig gewesen wären, aber jubiliert haben wir auch nicht«, sagte der Junge plötzlich in sachlichem Ton. »Vater hat uns verlassen und Sirje geheiratet. Das war voll Scheiße, klar, aber shit happens. Mutter und ich haben mit Sirjes Verschwinden jedenfalls nichts zu tun«, versicherte er.

»Das behaupte ich auch gar nicht«, versicherte ich in einem Ton, der andeuten sollte, dass ich eben doch genau diesen Verdacht hegte. »Wann hast du deinen Vater oder seine neue Frau zuletzt gesehen?«

»Ich war in den Weihnachtsferien bei ihnen. Nur die paar Tage zwischen den Jahren, zu Silvester war ich wieder zurück in Lahti«, erzählte Kimmo Larsson und bemühte sich sichtlich, ruhig und gefasst zu wirken. Ich dachte an Larssons Haus und an das Gästezimmer, das so einladend wirkte wie das Wartezimmer beim Zahnarzt. Natürlich hatte der Junge es vorgezogen, mit seinen Freunden beim Millenniumsfest zu schwofen, statt seinem Vater beim Buchbinden zu helfen.

Die Haustür fiel ins Schloss. Ich hörte, wie im Flur Einkaufstüten abgesetzt wurden, Schlüssel klimperten, dann wurden die Tüten in die Küche getragen, die Kühlschranktür wurde geöffnet und die Einkäufe wurden kalt gestellt. Helena Larsson kam ins Wohnzimmer und erstarrte, als sie mich sah. Der Junge verschwand wortlos in seinem Zimmer.

Ich stemmte mich aus dem Sessel, stellte mich vor und erklärte, warum ich gekommen war. »Aha«, sagte die Frau unverbindlich, ging in den Flur und zog ihren Mantel aus. Bald darauf kam sie in Jeans und karierter Flanellbluse zurück. Sie sah nett aus, hatte lebhafte braune Augen, dunkles Haar, und ihr ganzes Auftreten verriet, dass sie sich nicht gehen ließ.

Helena Larsson setzte sich und rieb sich die Wangen, die von der Kälte glühten.

»Er wird über Nacht wieder strenger. Der Frost, meine ich, wenn die Sonne weg ist«, sagte sie lächelnd. Ihre Stimme war angenehm, aber ganz normal. Seine kräftigen Stimmbänder hatte der Junge auch von ihr nicht geerbt.

»Ich hoffe, dass ich Sie nicht kränke oder Dinge anspreche, die zu schmerzhaft für Sie sind, aber ich untersuche das Verschwinden von Sirje Larsson. Mit Kimmo habe ich mich auch schon unterhalten. Haben Sie vielleicht irgendeine Information oder Idee, die mir weiterhelfen könnte?«

»Ein Privatdetektiv also.« Helena Larsson lächelte immer noch. »Aarne hat sich Ende der Achtzigerjahre mit Volldampf, könnte man sagen, in diesen panfinnischen Blödsinn gestürzt. Das war eine wilde Zeit damals, der Rausch der Befreiung und so weiter, politisch und in Estland, meine ich. Und dann war er plötzlich noch von einer anderen Art Freiheit berauscht. Und er hat seine blau-schwarz-weiße Jungfrau geheiratet, dieses unbefleckte Estenmädchen ...«

Sie saß eine Weile still da, die Hände im Schoß.

»Natürlich hat es mir wehgetan. Und für Kimmo war es schlimm, verlassen zu werden. Aber Aarne war immer ein Mann der Extreme gewesen und unsere Ehe hätte ohnehin nicht gehalten. Derartige Charakterzüge treten mit zunehmendem Alter immer schärfer hervor, ich meine Fanatismus und Schroffheit. Ich selbst bin viel realistischer und ausgeglichener.«

Sie sah mich an und fügte kühl und sachlich hinzu: »Unsere Ehe war lange vor Sirje zu Ende. Ich habe ihm nicht nach dem Mund geredet und schon gar nicht akzeptiert, dass er mich schlug.«

Ich erstarrte. Vor Verblüffung entfuhr mir ein Laut, der zu meinem Schrecken fast wie ein Lachen klang. Ich versuchte, den Fauxpas durch eine teilnahmsvolle Frage auszubügeln, doch Helena Larsson unterbrach meine lahmen Bemühungen, ohne sich im Geringsten beleidigt zu zeigen. »Ja, Aarne hat einmal die Hand gegen mich erhoben. Einmal und nie wieder, dafür habe ich gesorgt.«

Sie bestand darauf, dass ich eine Tasse Kaffee trank, und ich nahm dankend an. Wir sprachen weiter über Aarne, über die gescheiterte Ehe und über Sirje. Helena Larsson erzählte lebhaft und unbefangen, es fiel mir nicht schwer, ihr zu glauben. Mein verschwommenes Bild von Sirje wurde ein wenig genauer, doch neue Schichten oder Schattierungen erhielt es nicht.

»Über Sirje gibt es nicht viel zu sagen. Sie ist sehr behütet aufgewachsen, ein unschuldiges Mädchen. Na ja, Mädchen ist vielleicht nicht das richtige Wort, so jung ist sie ja auch nicht mehr. Sie ist zufrieden mit Aarne, mit ihrer gesicherten Existenz, dem sauberen Haus, den kleinen Reisen. Und Aarne genügt das offenbar auch, obwohl er notorisch unzufrieden ist. Zumindest war das der Fall, solange er mit mir zusammen war.«

Ich klopfte noch bei Kimmo Larsson an, doch der Junge hatte sich stillschweigend verdrückt, während ich mit seiner Mutter sprach. Ich warf einen Blick in sein Zimmer. An den Wänden hingen Poster verschiedener Bands. Über seinem Schreibtisch hatte Kimmo eine Seite aus einer Illustrierten angepinnt, auf der riesige rote Buchstaben verkündeten: *Estnische Huren erobern Helsinki.*

Mit Sirjes Verschwinden hatte Aarne Larssons frühere Familie vermutlich nichts zu tun, doch der anonyme Schmähbrief konnte durchaus in diesem Zimmer entstanden sein.

SECHZEHN

Ich fuhr direkt zum Büro und hatte gerade den Computer eingeschaltet, als an die Fensterscheibe geklopft wurde. Marja Takala winkte zaghaft und nickte mir schüchtern zu. Ich öffnete die Tür und versuchte, gleichzeitig sachlich und freudig überrascht dreinzublicken.

»Hallo«, sagte Marja atemlos und schwieg eine Weile. Sie spielte mit ihrem Schal wie Pu der Bär, wenn er unschlüssig ist. »Ich bin gerade auf dem Weg zu einer Party hier in der Nähe und wollte mal sehen, wie es dir geht.« Wieder machte sie eine Pause. »Ich hab dir eine Mail geschickt, aber vielleicht hast du sie nicht bekommen oder ...«

»Ich war verreist. Meine Mutter besuchen. Sie war schwer krank. Bin gerade erst zurück«, erklärte ich, als wäre ich unfähig, längere Sätze zu bilden. »Hast du es eilig zu der Party? Setz dich doch. Oder lass uns Kaffee trinken gehen oder so. Die dienstlichen Mails kann ich mir auch morgen noch ansehen und dann lese ich auch deine Nachricht«, schlug ich vor.

Doch Marja hatte ihre eigenen Pläne, die mich offenbar einschlossen.

»Weißt du, eigentlich wollte ich dich fragen, ob du nicht Lust hättest, mit mir zu der Fete zu gehen. Sie ist bei Leuten, die ich von der Uni kenne, in der Toinen linja, ganz in der Nähe.«

In aller Eile sah ich die Briefpost durch, schaltete den Computer aus und schloss mein Büro ab.

»Komm, wir gehen kurz in meine Wohnung. Ich muss mich umziehen.«

»Ob ich das wagen soll, mit einem Ostmafioso wie dir?«, witzelte Marja vorsichtig.

»Ich arbeite für die Kreditaufsicht Sortavala AG, Abteilung Einschüchterung und Inkasso«, gab ich lächelnd zurück. Zur Hälfte stimmte das ja und das dachte Marja sicher auch.

Wir gingen durch die Hintertür ins Treppenhaus und über den Hof zum anderen Aufgang. Als wir im ruckelnden Aufzug nach oben fuhren, lächelte Marja über das Warnschild, dem irgendwer eine neue Fasson verpasst hatte: *Rinder unter 12 Jahren dürfen den Fahrstuhl nicht allein beschmutzen.* Lachend erzählte sie mir von einer Schaufensterreklame, in der *Sumpfhosen zu Sünderpreisen* angepriesen wurden, und von dem neuen Titel, den ihr Vetter in der Schule seiner Dostojewski-Pflichtlektüre verpasst hatte: *Schmand und Sülze.*

An der Wohnungstür entschuldigte ich mich bei Marja und ging als Erster hinein. Ich hob die Zeitungen, Rechnungen und Werbesendungen, die sich unter dem Briefschlitz angesammelt hatten, auf und sah mich rasch in der Wohnung um. Sie wirkte sauber und frisch, obwohl ich eine Woche fort gewesen war.

Ich führte Marja in die Küche und stellte meine Reisetasche ab. Meine Wohnung war zwar klein, doch sie hatte eine richtige Küche, ein ziemlich großes Wohnzimmer und daneben eine Schlafnische, die genug Platz für ein Doppelbett bot. Das Bad war altmodisch, aber meiner Meinung nach sauber.

Ich holte Salzgurken und fingergroße Peperoniwürstchen

aus dem Kühlschrank. Das war praktisch das Einzige, was er aufzuweisen hatte. Im Küchenschrank entdeckte ich Cracker, Schokolade und eine Flasche Wodka. Ich arrangierte die Speisen auf zwei kleinen Tellern und goss Wodka ein. Wir prosteten uns zu.

»Prosit! Willkommen in meinem Heim! Auf dein Wohl!«

Ich rasierte mich, verzichtete aber auf die Dusche. »Wie muss man sich da anziehen?«, rief ich aus dem Bad.

»Besonders fein zu machen brauchst du dich nicht. Du hast ja gesehen, was ich anhabe. Irgendwas in der Art«, rief Marja zurück.

Ich vermutete, dass die Anzüge aus Ryschkows Kollektion zu sehr nach Mafia-Eleganz aussahen. Nach einigem Überlegen entschied ich mich für eine schwarze Hose, einen schwarzen Pullover mit V-Ausschnitt und ein graues Jackett. Ich bürstete meine Schuhe blank.

»Die Klamotten sind cool genug.« Marja stand an der Wohnzimmertür und musterte mich. »Und deine Wohnung, du, die ist auch echt cool.«

Ihre Augen glänzten.

»Lauter Retrozeug, wie auf alten Fotos!« Sie schritt bewundernd von einem Möbelstück zum anderen, strich mit dem Finger über die Oberfläche. Der Bücherschrank mit der Glastür und der Couchtisch waren aus poliertem dunklem Holz, das einfache Sofa war mit gelb-grünem Noppenstoff bezogen und die grünen Sessel vertraten dieselbe Stilrichtung. Besonders stolz war ich auf meine Rigonda-Bolschoi-Stereoanlage und auf die lettischen Lautsprecherboxen mit der beachtlichen Größe von einem halben Kubikmeter.

»Ich hab versucht, das Wohnzimmer so einzurichten, wie ich es mir als Kind gewünscht habe. Damals hab ich mir ausgemalt, wir würden in Leningrad leben, Mutter wäre

Lehrerin, und bei uns sähe es so aus wie in den Wohnungen, die manchmal im Fernsehen gezeigt wurden. Eine Traumwohnung der Sechziger- und Siebzigerjahre im Lande der Sowjets«, versuchte ich zu erklären, ohne mich für meinen Geschmack zu genieren. Ich vertraute darauf, dass Marja mich verstand.

»Toll! Hast du auch einen Wolga und ein Ural-Motorrad? Aber im Ernst, du, das ist ja eben der Kern der Nostalgie. Die Menschen sehnen sich nach den Dingen, die wichtig waren oder ihnen wichtig erschienen, als sie Kinder waren.«

»Aber nach meiner Zeit als Pionier oder nach der Komsomol-Mitgliedschaft sehne ich mich keineswegs«, wandte ich ein.

Ich verschwieg, dass ich tatsächlich einen Wolga besaß, der in Ryschkows Lagerhalle in Vantaa auf Instandsetzung wartete. Seine Gallionsfigur, ein Hirsch, stand neben der kleinen Leninbüste auf meinem Schreibtisch im Büro. Wladimir Iljitsch musste ich allerdings gelegentlich in die Schublade stecken, weil er bei einigen meiner Kunden Unbehagen auslöste. Ich überlegte, ob ich Marja vom Geruch des Wolga erzählen könnte, von dem Armaturenbrett, das eine durchsichtige Abdeckung hatte und im Dunkeln einen blauen Schein an die Windschutzscheibe warf, und ob ich ihr begreiflich machen könnte, dass die Reifen noch mit Sowjetluft gefüllt waren.

»Nein, nicht direkt, aber du schätzt die Werte, die man dir damals vermittelt hat, die guten Dinge aus dieser Zeit bleiben für dich gut und erstrebenswert«, erklärte Marja. Ich hatte beinahe schon vergessen, worauf sich ihre Antwort bezog.

Marja Takala war erstaunlich verständnisvoll. Ich würde ihr vieles erzählen können, schätzte ich. Vielleicht würde ich auch meine Gitarre stimmen und russische Lieder für sie singen, sodass sie nur noch »Wunderschön ...« stammeln konnte. Aber noch nicht.

Ich war zweifellos fehl am Platz. Die Wohnung in der Toinen linja war zum Bersten voll mit lärmenden Menschen. Im Wohnzimmer tanzten ein paar Leute, wobei sie seltsame Verrenkungen und Sprünge ausführten, und in der Küche wurde Rotwein ausgeschenkt. Auf dem Esstisch standen Schüsseln mit diversen Salaten, dazu gab es in Stücke gebrochenes Stangenbrot und schräg aufgeschnittenen Käse. Die Raucher drängten sich auf dem Balkon.

Ich schnappte hier und da Gesprächsfetzen auf, doch sie wimmelten von sorglos hingeworfenen, fremdartigen Ausdrücken, sodass ich nicht folgen konnte – oder vielmehr, ich tat genau das, ich hechelte den Gesprächen hinterher. Ich fühlte mich dumm, alt und allein.

Marja hatte mich den etwa zwanzig Partygästen vorgestellt. Jetzt ging sie mit dem Weinglas in der Hand von einem Grüppchen zum anderen. Ab und zu schaute sie zu mir herüber und dann hob ich mein Glas und versuchte auszusehen, als fühlte ich mich wohl. Einige Frauen zogen mich höflich ins Gespräch, aber ebenso höflich ging ich jeder direkten Anmache aus dem Weg, obwohl ich ihr Interesse spürte. Sie betrachteten mich abwägend und fast unbewusst blies ich die Lungen auf, spannte die Brustmuskeln und stand aufrecht da wie ein Turnveteran. Doch der Gedanke, dass ich sie nur als exotischer Halbausländer faszinierte, holte mich immer wieder auf den Boden zurück.

Eigentlich bin ich Nichtraucher, doch um nicht länger dumm in der Gegend herumzustehen, ging ich auf den Balkon. Ich schnorrte eine Zigarette, lehnte mich ans Geländer und betrachtete das Amtsgebäude mit seinen 1001 Fenstern. In einigen Büros brannte Licht. Ich fragte mich, warum.

»Schau an, der Mann aus Russland«, sagte ein ganz normal aussehender, bebrillter junger Bursche. Bevor ich mich irgendwie äußern konnte, setzte er zu einem Vortrag an. »Ein verrückter Beschluss von Koivisto, den Ingermanländern Rückwandererstatus zu geben. Jetzt hocken sie zu Tausenden hier und die Probleme häufen sich. Obendrein verödet Russisch-Karelien endgültig, weil die aktivsten Bevölkerungsteile, die Finnischstämmigen, hierher abwandern. Dich persönlich meine ich damit natürlich nicht«, schloss er begütigend.

Meiner Interpretation nach meinte er genau das: Leute wie mich hätte man nicht ins Land lassen sollen.

»Aber erzähl mal, warst du da drüben bei der Armee? Hattest du Ärger, weil du kein Russe bist? Oder welche Nationalität steht in deinem Pass? War dein Vater so schlau, sich zum Russen erklären zu lassen, zum ordentlichen Staatsbürger, oder war er gar Parteimitglied? Man hört ja allerhand über die russischen Gefängnisse und über eure Armee. Wer kein Russe ist, wird unterdrückt und schikaniert und in den Arsch gefickt«, laberte der Mann weiter.

Irgendwie erinnerte er mich an Wassilij Solowjew, der aus Buchara zum Studium nach Leningrad gekommen war und in unserer Viermannbude wohnte. Wenn er betrunken war, bekam er regelmäßig eins auf die Nase. Er baute sich vor irgendeinem großen Kerl auf und fing an zu stänkern: »Doofkopp, du siehst total blöd aus ...« Dieses Spielchen trieb er so lange, bis auch der Friedfertigste die Nerven verlor und ihm die Faust ins Gesicht pflanzte. Dann rappelte Wassilij sich auf und murmelte: »... total blöd, der Kerl, der schlägt Kleinere.« Wassilij Solowjew war eine Gefahr für sich selbst, genau wie dieser finnische Pekka oder wie immer er hieß.

»Ich hab weder in Russland noch in der Sowjetunion im Gefängnis gesessen, und in meinem Pass stand, dass ich *finka* bin, Finne, wie mein Vater. Und der war Parteianwärter«, antwortete ich und bemühte mich, sachlich zu bleiben. »Im eigentlichen Wehrdienst war ich knapp zwei Jahre, den Rest habe ich stückweise absolviert, als Teil des Studiums. Studenten werden nämlich entweder ganz befreit oder bekommen eine Spezialausbildung. Die hab ich absolviert.«

Ich wollte nicht der blöde Kerl sein, der Kleinere schlägt. Der Bursche wog vielleicht sechzig Kilo, ich neunzig. Ich schob mein Gesicht ganz nah an seins.

»In der Kaserne gibt es zweierlei Typen: Arschficker und solche, die gefickt werden. Weißt du, das ist so eine Art Relativitätstheorie. Beide haben den Schwanz im Arsch, aber der eine ist relativ gesehen in der besseren Situation. Kommt natürlich ganz darauf an, was man lieber mag.«

»Verdammt noch mal, der Iwan wird frech«, rief der Brillenträger empört.

Die Rauchergruppe beobachtete uns schweigend. Mein Gegenüber schien zu überlegen, was er als Nächstes sagen oder tun sollte. Er entschied sich dafür, seine Bierflasche als Schlagwaffe zu verwenden. Ich bückte mich, schlug ihm aufs Handgelenk, packte seinen linken Arm und drehte ihn auf den Rücken. Dann stieß ich den Mann gegen das Geländer, fasste ihn mit der freien Hand am Hosenboden und zwang ihn, sich über das Geländer zu beugen.

»Ich hab große Sympathie für den Besitzer des Nissan da unten. Deshalb schmeiß ich dich nicht auf sein Auto. Deine Beschleunigung wäre 9,81 Meter pro Sekunde, und ich glaube nicht, dass du beim zweiten Stock bremsen könntest.

ABS und Airbag kannst du sowieso vergessen«, flüsterte ich in seinem Nacken. »Jetzt stell ich dich wieder auf die Füße und du benimmst dich artig, nicht wahr? Wir lachen beide, dann denken die anderen, wir hätten nur Spaß gemacht, und du brauchst nicht zu befürchten, dass du vor deinen Freunden das Gesicht verlierst. Kapiert?«

Der Brillenkopf nickte eifrig und ich zog ihn zurück auf den Balkon. Er zitterte am ganzen Leib, versuchte aber zu lachen. »Mannomann, Kärppä, das war 'ne echte Rosskur. Darauf brauch ich ein Bier.« Damit verzog er sich nach drinnen.

Marja, die an der Balkontür gestanden hatte, trat zu mir. Wir drehten uns um und lehnten uns an das Geländer. Marja trank einen Schluck Wein. Sie verzog das Gesicht, doch die Geste galt nicht ihrem Getränk.

»Musste das sein? Ilkka benimmt sich jedes Mal so, wenn er betrunken ist, am besten lässt man ihn einfach stehen. Oder bist du etwa immer so ein Gorilla?« Sie sah mich vorwurfsvoll an.

»Nein, bin ich nicht. Aber die Leute haben mich behandelt, als wäre ich einer, verstehst du? Sie reden dummes Zeug und kümmern sich nicht um andere. Wenn ich etwas sage, meiner Meinung nach etwas ganz Vernünftiges, dann fragen sie: ›Tatsächlich?‹, mit hochgezogenen Augenbrauen, als hätte ich Blödsinn geredet, und dann sprechen sie weiter, als wäre ich gar nicht da. Unsereins taugt nur zum Müllmann.«

Marja stand eine Weile reglos neben mir. Dann schob sie ihre Hand unter mein Jackett. Sie streichelte meinen Rücken, ihre Fingerspitzen zogen weiche Kreise, mit so sanftem Druck, dass ich mir die Muster eher einbildete, als sie wirklich zu spüren.

»Ich versteh dich schon, obwohl ich dir nicht in allem zustimme. Natürlich siehst du das Treiben hier aus deiner eigenen, engen Perspektive. Aber du kannst doch keinen vom Balkon werfen, bloß weil er dir dumm kommt! Außerdem hast du den Leuten hier nicht allzu viel Zeit gelassen, dich abschätzig zu behandeln.«

Wieder schwieg sie und wirkte nachdenklich. Dann lächelte sie: »Oder wolltest du mir zeigen, wie männlich du bist? Vergiss nicht, dass ich eine moderne, emanzipierte Frau bin. Testosterongeschwängerte Drohgebärden wirken bei mir nicht.«

Ich sah ihr in die Augen; die Pupillen hatten sich im Halbdunkel weit geöffnet. »Ich bin alt genug, um zu wissen, dass sie sehr wohl wirken. Oder würdest du jetzt lieber mit irgendeinem Bibliothekar nach Hause gehen?«

»Sei nicht so überheblich, sonst tu ich's vielleicht. Und überhaupt: Was hast du gegen Bibliothekare?«

SIEBZEHN

Wir gingen an der Markthalle von Hakaniemi vorbei. Marja blieb stehen und sah mich an. »Die Metro fährt nicht mehr und in den Nachtbussen geht's wüst zu. Kann ich bei dir übernachten?«

»Tja, das lässt sich wohl machen. Ich kann dir das Sofa herrichten«, sagte ich mit gespieltem Ernst. Auf zärtlich umzuschalten, blieb mir keine Zeit mehr, denn in der nächsten Sekunde kurvte ein weißer VW Golf direkt vor uns auf den Bürgersteig.

»Na, Kärppä, versuchst du wieder dein Glück bei der Damenwelt?«, rief Korhonen, der Kriminalbeamte, mir zu. Parjanne saß am Steuer. Ich sagte zu Marja, die beiden Komiker seien meine Mitspieler im Polizeifußballclub, und bat sie, ein Stückchen vorzugehen.

»Ja, unser Viktor schießt gern mal ein Eigentor«, rief Korhonen. »Pass auf, das weißt du bestimmt: Wie heißen die Brüder Klimenko? Leicht zu merken, es steht auf jeder Marlboro-Schachtel: Veni, Vidi und Vici.«

Er stieg aus, fasste mich am Arm und zog sich mit sich zur Hallenwand.

»Ich weiß, dass man deinem Karpow Marlboros im Wert von mindestens einer Million Mark geklaut hat. Oder Machorka-Marlboros, was auch immer. Und Jura Koschlow ist in einer Sandgrube in Lapinjärvi, in der Nähe eines Motels, filetiert worden. Eine Hure will gesehen haben, wie sich die Mörder an der Tankstelle das Blut von den Schuhen abgewaschen und die Fleischtüten in den Kofferraum gepackt haben. Aber die Täter sind garantiert nicht mehr in Helsinki, und wenn sie je zurückkommen, haben sie neue Namen. Die Nutte ist auch nicht mehr da, die hat ihre Zweigstelle längst in ein anderes Gouvernement verlegt.«

Korhonen fasste mich am Revers und trat so nah an mich heran, dass ich die Wärme seines Atems im Gesicht und den Geruch nach Essen und Zigaretten in der Nase spürte.

»Ich war bei Jaak Lillepuu und habe ihm gesagt, ich wüsste, dass er hinter dem Zigarettenraub und dem Mord an Koschlow steckt. Er hat mir ins Gesicht gelacht und mir Qualm in die Augen gepustet. Der weiß haargenau, dass ich gegen ihn null Komma nix in der Hand habe, nicht den kleinsten Beweis. Erzählen tun mir viele was, aber als Zeuge vor Gericht will keiner erscheinen. Okay, und du breitest gleich mal die Arme aus und tust so, als hätte ich dich was gefragt. Parjanne muss nicht mitkriegen, was wir bereden«, zischelte Korhonen. »Also, zur Information für dich und alle, die es was angeht: Es war Lillepuu, garantiert.«

Damit ließ er mich abrupt los. Ich zog meine Jacke zurecht und ging zu Marja. Der Polizistengolf fuhr an der Gehwegkante entlang und das Trittbrett knirschte, als Parjanne ihn auf die Fahrbahn lenkte.

»Was hatte das denn zu bedeuten?«, fragte Marja.

»Ach, die wollten bloß angeben«, erklärte ich ausweichend und fasste nach ihrer Hand.

Wir waren bis zur Ecke des Marktplatzes gekommen, da sah ich einen dunklen BMW vor meinem Büro stehen. Ich zog Marja enger an mich und änderte die Richtung, sodass wir vor der geschlossenen Würstchenbude landeten.

»Was für ein romantischer Ort«, kicherte Marja.

»Du, jetzt ist die Kacke am Dampfen, im Ernst«, sagte ich hastig. »Vor meinem Büro steht ein Wagen, und wenn mich nicht alles täuscht, sitzen drei Esten drin. Die sind garantiert schon in meiner Wohnung gewesen und haben gesehen, dass ich ausgegangen bin und dass mein Auto auf dem Hof steht. Jetzt warten sie auf mich. Ich glaube nicht, dass sie mich umlegen, jedenfalls nicht hier. Aber irgendwas wollen die von mir.«

Ich löste zwei Schlüssel von meinem Schlüsselbund. »Hier, nimm die und geh durch das Tor vom Nachbarhaus auf den Hof. Von da kommst du in unser Treppenhaus und steigst rauf bis zum Dachboden. Geh auf keinen Fall in meine Wohnung, sondern warte da oben. Sollte was schieflaufen, kommst du mit den Schlüsseln in jedes Haus auf der ganzen Straße. Wenn du innerhalb der nächsten halben Stunde nichts von mir hörst, rufst du Korhonen an, den Polizisten von eben. Ich geb dir seine Nummer.«

Marja nickte mit ernstem Gesicht; sie stellte keine Fragen und bat mich auch nicht, meine Anweisungen zu wiederholen. Sie speicherte Korhonens Nummer in ihrem Handy.

»Ich komm dich dann holen – und übrigens, mein Leben ist nicht immer so rasant«, versicherte ich mit gespielter Sorglosigkeit. Marja lächelte zaghaft und ging.

Ich schlenderte quer über den Markt zum Haus der Metallergewerkschaft und fragte mich, ob mir die Scheiße bis zu den Knöcheln oder schon bis zum Hals stand. Jedenfalls schien sie immer höher zu steigen. Die drei Männer in ihrem geheizten Wagen würden so lange warten, bis ich entweder nach Hause oder ins Büro kam. Also brachte ich die Sache am besten sofort hinter mich.

Ich ging am Taxistand vor dem Metallerhaus vorbei und

schlug den Weg zum Hochhauskomplex Merihaka ein. Nach zweihundert Metern machte ich kehrt, und als ich mich der Viherniemenkatu näherte, drückte ich mich dicht an die Hauswand. An der Straßenecke holte ich tief Luft, bückte mich und spähte vorsichtig auf die Straße. Der BMW stand mit abgestelltem Motor da.

Ich überlegte mir, dass die Männer den Motor von Zeit zu Zeit laufen lassen mussten, sonst wurde es kalt und die Fenster beschlugen. Mein Volvo stand als Erster an der Bordsteinkante, dahinter kam ein Toyota, dann der dunkle BMW. Und im Kofferraum des Volvo lag eine Waffe.

Vorsichtig zog ich den Kopf zurück, holte mein Handy heraus und wählte die Nummer der Taxizentrale. Ich bestellte ein Taxi in die Viherniemenkatu 6.

»Bestellnummer 614«, teilte mir die anonyme Frauenstimme mit.

Fünf Minuten später kam der Nissan Diesel. Er wendete am Ende der Straße und hielt ein paar Meter vor dem BMW.

Gebückt rannte ich zum Volvo, schloss den Kofferraum auf und öffnete den Deckel so weit, dass ich den Arm darunterschieben konnte. Ich hoffte, dass die Kofferraumbeleuchtung vom BMW aus nicht zu sehen war.

Ich tastete nach der Werkzeugtasche neben dem Ersatzreifen, holte einen Stoffbeutel heraus und drückte den Kofferraumdeckel leise zu. Der Beutel enthielt eine chinesische Kopie der deutschen SIG Sauer Großkaliberpistole, eine gute, billige Waffe.

Mit gesenktem Kopf ging ich dicht an den geparkten Wagen entlang zu dem BMW und riss die Fahrertür auf. Jaak Lillepuu drehte den Kopf und sah direkt in die dunkle Mündung meiner Pistole.

»Na, mein Bester, wie geht's? Sag deinen Jungs, sie sollen

mit dem Taxi zur Eishalle fahren und auf die Ausscheidungskämpfe warten. Wir beiden Hübschen plaudern unterdes ein bisschen. Andernfalls wirst du mindestens einen Zahnarzt brauchen, meine Hand zittert nämlich fürchterlich. Ich kriege bestimmt gleich einen Krampf.«

Lillepuu sah abwechselnd mich und meine Pistole an. Beim Versuch, den Lauf zu sehen, der sich gegen seinen Mundwinkel drückte, schielte er. Doch mir war nicht zum Lachen. Lillepuus Handlanger waren in Napoleon-Pose erstarrt: Beide hatten eine Hand in die Jacke geschoben und auf halbem Wege zum Schulterhalfter innegehalten.

»Jungs, nehmt das Taxi und fahrt zur Tankstelle am Tiergarten. Ich komme nach. Keine Sorge, Kärppä bringt mich nicht um. Wir hatten übrigens auch nichts Derartiges vor«, erklärte Lillepuu auf Finnisch, ebenso sehr an seine Männer gewandt wie an mich. Seine Gorillas zogen die Hände langsam hervor, stiegen aus und gingen mit unnatürlich abgespreizten Armen zum Taxi. Der Nissan stieß zum Abschied eine Rußwolke aus.

»Na?«, sagte ich auffordernd und setzte mich auf die Rückbank, die Pistole einsatzbereit in der Hand. Lillepuu blieb sitzen. Seine Hände lagen gut sichtbar auf dem Lenkrad.

»Wir wollten dich nur an das erinnern, worüber wir schon auf dem Schiff gesprochen haben. Ich hab meine eigenen Geschäfte und die gehen dich nichts an. Konzentrier du dich auf Sirje. Meinetwegen kann ich dich engagieren, sie zu suchen. Weißt du, ich kann nicht … wenn ich irgendetwas erfahre, kann ich damit nicht zur Polizei gehen, sonst drehen die mir am Ende noch einen Strick daraus.«

»Besten Dank, aber ich arbeite immer nur für einen Auftraggeber. Und das ist in diesem Fall Larsson.«

Lillepuu schwieg einen Moment. »Ja, das ist gut«, sagte er

dann. »Konzentrier dich auf diesen … Larsson. Kapierst du, bei ihm liegt die Lösung.«

Er drehte sich zu mir um, behielt die Hände aber vorsorglich auf dem Lenkrad. Er schien keine Angst zu haben, obwohl der Lauf meiner Pistole nur einen Zentimeter von seiner Nasenspitze entfernt war. Ich zog mich langsam zurück, schlug die Wagentür zu und ging rückwärts davon. Lillepuu ließ den Motor an und fuhr los, er ließ die Reifen nicht kreischen, blickte sich auch nicht um, sondern beschleunigte gleichmäßig. Der BMW glitt davon.

Ich stieg die Treppe hinauf und bemühte mich, hörbar aufzutreten und harmlose, natürliche Geräusche zu machen. Als ich leise nach Marja rief, spähte sie zwischen den Geländerstreben nach unten.

»Solche Angst habe ich noch nie ausgestanden. Was waren das für Typen? Was hast du angestellt, Mensch?«, fauchte sie.

»Ich suche immer noch nach diesem estnischen Mädchen. Ihr Bruder ist ein Ganove und mag es nicht, dass ich mich nach ihm erkundige«, erklärte ich, nahm Marjas Hände und massierte ihre Finger. »Am meisten Angst hatte ich davor, dass du verschwinden würdest. Ich hätte es dir nicht mal verdenken können, nach allem, was heute Abend passiert ist.«

»Ich konnte nicht weglaufen, ich war ja steif vor Schreck. Himmeldonnerwetter!« Der Fluch kam von Herzen.

Marja Takalas Punktestand stieg gewaltig.

In der Nacht hatte ich wieder einen Traum:
Ich bin in der Grundschule. Wir haben Kunstunterricht, malen mit Buntstiften einen Wald – jedenfalls bin ich dabei, eine Fichte zu zeichnen. Gerade habe ich geprahlt, ich hätte

herausgefunden, wie man Äste und Nadeln so malt, dass sie natürlich aussehen, da kann ich es plötzlich nicht mehr. Mein Baum sieht aus wie ein brauner Kaktus. Die Lehrerin kommt, um mir zu helfen, eine junge Frau in blauem Kleid mit brauner Brosche. Ihre Haare sind toupiert und sie hat Sirje Larssons Gesicht. Auf der hinteren Bank, der Strafbank, sitzt Jaak Lillepuu. Er hat kaum Platz hinter seinem Pult. »Du hast meine Uhr kaputtgemacht, dafür wirst du büßen«, flüstert er mir zu. Ich rieche seinen schlechten Atem und sehe die zerlöcherten Zähne. Er macht mir Angst.

Ich schrak auf und fand mich in meinem Bett wieder. Marja hatte die Decke an sich gezogen und sich darin eingerollt, ein warmes Bündel. In der Nacht hatte sie über meine russischen Bettbezüge gelacht, über die quadratische Öffnung in der Mitte, durch die man die Decke hineinsteckt. Meine Argumente für die Genialität dieser Lösung hatte sie nicht gelten lassen, obwohl ich sogar noch die Tatsache angeführt hatte, dass die Russen immerhin seit Jahrzehnten Weltraumflüge machten.

Ich war hellwach. Es war halb sechs, die Stadt summte ihr Morgenlied. Ich presste mich an Marja, wir lagen wie die Löffel in der Schublade beieinander. Ich schob einen Arm unter ihren Leib und drückte sie an mich, legte eine Hand um ihre Brust, die andere auf ihre Hüfte. Marja spürte meinen Körper und meine Hände, wurde aber nicht wach, wehrte sich nicht, schob mir im Schlaf ihre Hüften entgegen. Ich spürte plötzlich schwarze Eifersucht. War ihr die Situation so vertraut, dass sie nicht einmal wach wurde, wenn sich nachts jemand an sie schmiegte?

Ich schloss die Augen und versuchte wieder einzuschlafen. Ich wollte noch einmal neben Marja aufwachen, den Kopf voll lichter Gedanken.

ACHTZEHN

Die letzten Schneereste auf schattigen Höfen und Sandhaufen waren verschwunden. Die Kehrfahrzeuge summten wie vorzeitig geschlüpfte Wespen, die die Straßen von Helsinki bestäubten. Ich fühlte mich übermütig und sorglos, obwohl Stachanow, der Held der Arbeit, mir gelegentlich im Kopf herumspukte und mich an meine unvollendeten Aufträge erinnerte, vor allem an den Fall Sirje Larsson. Ihr Mann hatte mich großzügig bezahlt, aber ich hatte kaum etwas vorzuweisen.

Mutter war aus der Klinik entlassen worden. Aleksej und ich hatten sie mit Mühe dazu überreden können, einmal wöchentlich eine Putzfrau kommen zu lassen. Karpows Männer hatten versprochen, ihr die Einkäufe ins Haus zu bringen und sich um das Brennholz zu kümmern.

Ich telefonierte mit Aleksej. Er war noch in Sortavala, würde aber bald den Zug nehmen und in seinen Moskauer Alltag zurückkehren, tausend Kilometer weit weg. Er sprach nicht von seinen Auswanderungsplänen und ich stellte keine Fragen.

»Weißt du, Vitja, es war schön, dich zu sehen und mit dir zu reden«, sagte er immerhin. »Hoffentlich sehen wir uns bald mal wieder … aber nicht zu einer Beerdigung.«

Mutters Erkrankung hatte meinen Bruder noch härter getroffen als mich. Er wollte nicht über den Tod sprechen.

Mutter hatte sich darüber geärgert, denn sie hatte auf ihre kühle, vernünftige Art die praktischen Dinge klären wollen. Sie hatte gesagt, dass sie sich eine Beerdigung im kleinen Kreis wünsche, und uns gezeigt, wo sie ihre Sparbücher versteckt hatte – obwohl die Rubel ja kaum noch etwas wert seien, hatte sie dabei gelacht. Ihre Ruhestätte neben Vater habe sie bereits bezahlt, aber wir sollten daran denken, dass die sterbliche Hülle unwichtig sei und weder ein Mausoleum noch Blumen brauche.

Ich musste noch jemanden in Sortavala anrufen und dieses Gespräch fiel mir noch schwerer. Ich ging über den Markt zum Kiosk, kaufte eine Telefonkarte, suchte eine Telefonzelle und wählte Karpows Nummer. »Hallo?«

Ich nannte meinen Namen nicht und fasste mich kurz: »Es ist sicher: Die Zigaretten, das fehlende C und so weiter – es war Lillepuu.«

»Sie haben sich wohl verwählt. Ich habe keinen Schimmer, wovon Sie reden«, erwiderte Karpow.

Ich zerriss die Telefonkarte und verteilte die Schnipsel auf verschiedene Abfalleimer. Auch die Quittung würde ich nicht an meine Steuererklärung heften. Sowohl meine Freunde als auch meine Auftraggeber wechselten ständig die SIM-Karten ihrer Handys, aber man musste trotzdem aufpassen, was man sagte. Ich hatte den Verdacht, dass im Keller jedes Polizeireviers Typen hockten, deren Aufgabe einzig und allein darin bestand, Gespräche abzuhören und Informationsbrocken zu sammeln. Und wenn man es mit einem Feldgericht zu tun hatte, das ausschließlich die Todesstrafe verhängte, war ganz besondere Vorsicht geboten.

Stachanow flüsterte erneut Sirjes Namen und ich bemühte mich, meine Norm zu erfüllen. Ich checkte mein Kontaktnetz ab, erfuhr aber nichts Neues über Sirje Larsson oder

Lillepuu. Ich fragte nach Kontakten in Schweden und sorgte dafür, dass der Fall in den estnischen Kreisen Stockholms bekannt wurde. Falls Sirje sich nach Westen abgesetzt hatte, würde ich davon erfahren, glaubte ich.

Zu tun hatte ich auch ohne Sirje. Für Ruuskanens steuerfreien Autohandel – Mercedes, BMW und Audi, die aus Deutschland nach Finnland verschifft und nach Russland weitergeliefert wurden – füllte ich Formulare aus und übersetzte Frachtpapiere, nebenbei organisierte ich den Transport von zwei Ladungen Buntmetall in den Hafen von Kotka. Gennadi Ryschkow schickte mir einen Unternehmer, dem ich bei der doppelten Rechnungsstellung behilflich sein sollte. Die erste Rechnung war für die Bemessung von Zöllen und Steuern bestimmt, auf der zweiten stand der tatsächliche Wert der Ware und des Transports.

Ich erledigte die Sache gegen Barzahlung und ohne Quittung. Viktor Kärppä war nachweislich nicht in illegale Geschäfte verwickelt. Jedenfalls nicht gern und schon gar nicht umsonst.

Unter den Kunden, die mich an diesem Tag kontaktierten, empfand Witali Ponomarjow, ein Eishockeyprofi aus Tscheljabinsk, der jetzt in Espoo spielte, sich selbst wohl als schlimmsten Verbrecher.

Er sprach nur Russisch und war erst seit einigen Monaten im Ausland, zum ersten Mal in seinem Leben. Er rief mich an, nachdem er vergeblich versucht hatte, seinen finnisch-russischen Agenten zu erreichen.

»Eine schlimme Sache«, begann er, und ich hörte an seiner Stimme, dass er Angst hatte. »Bei mir haben Leute geklingelt und eine Karte vorgezeigt und irgendeine Genehmigung verlangt. Ein *Bumaga!* Und dann, am nächsten Abend, hat es wieder geklingelt, und durch den Türspion habe ich gesehen, dass da zwei Soldaten standen. Ich habe mich nicht getraut, aufzumachen.«

Ich beruhigte den harten und jetzt so hilflosen Verteidiger. Seine Arbeitsgenehmigung sei einwandfrei, sagte ich, Steuern und Miete habe er auch bezahlt. Bestimmt sei alles in Ordnung. Ich versprach, die Sache zu klären.

Ich rief beim Hockeyclub und bei der Espooer Polizei an, trieb den Agenten auf und fuhr schließlich nach Matinkylä, um Ponomarjows Nachbarn zu befragen. Dann ging ich zu ihm.

»Du kannst ganz unbesorgt sein, Witali«, versicherte ich ihm. »Die Leute, die nach deinem Bumaga gefragt haben, wollten kontrollieren, ob dein Fernseher angemeldet ist. Dein Verein hat versprochen, die Sache zu erledigen. Du hast doch ein Fernsehgerät?«

Ponomarjow nickte.

»Und das mit den Soldaten, das ist so eine finnische Wohltätigkeitsaktion, die ›Gemeinsame Verantwortung‹ heißt. Da werden Rekruten ausgeschickt, um Geld zu sammeln.«

Von Matinkylä fuhr ich über die Schnellstraße nach Helsinki, bog in Ruoholahti in Richtung Stadtzentrum ab und musste an der Ecke beim Geschäftszentrum Forum an der Ampel halten. Durch den Eingang zum Shoppingcenter strömten eilige Passanten, darunter eine schwarzhaarige Frau. Eigentlich waren es nur Farbe und Gestalt, die mir auffielen, das Gesicht und das Profil erahnte ich eher, als dass ich es sah. Ich steuerte meinen Volvo mit aufheulendem Motor auf den Bürgersteig, klemmte ein Schild *REPARATUREN – Elektro-Ketola* an die Windschutzscheibe und rannte der Frau nach.

In der Eingangshalle waren Hunderte von Menschen auf

dem Weg nach oben, nach unten, nach rechts, nach links, zu mir hin und von mir weg. Ich versuchte, die Umgebung systematisch mit den Augen abzusuchen, Sektor für Sektor, um den kurzen roten Mantel und die dunklen Haare wiederzufinden. Mein Blick registrierte einen Blouson der Eishockeymannschaft HIFK, eine rote Mütze mit Schal im Schaufenster von Seppälä, rote Reklameschilder. Dann endlich entdeckte ich die Frau, die auf der Rolltreppe stand und fast schon oben angekommen war.

Ich setzte mich in Bewegung, stieß Leute beiseite, murmelte immer wieder 'tschuldigung, 'tschuldigung, sorry, sorry, während ich die Rolltreppe hochrannte. Schließlich sah ich die Frau auf dem oberen Innenhof wieder, sie betrachtete das Schaufenster eines Sportgeschäfts, das in großen Buchstaben den Schlussverkauf ankündigte. Ich verlangsamte meine Schritte, sagte leise »Sirje« und berührte sie leicht an der Schulter. Die Frau kreischte nicht und schrie nicht, sie wich nur zurück und sah mich fragend an. Sie war schön, aber sie war nicht Sirje Larsson.

»Entschuldigung … Ich habe Sie mit jemandem verwechselt, tut mir leid.« Ich wandte mich ab und ging zum Wagen. Es war Zeit für einen Besuch bei Esko Turunen.

Die Fußgänger sahen mich missbilligend an, als ich den Volvo vom Bürgersteig auf die Straße lenkte. Ich fuhr auf die Mannerheimintie, bog nach rechts in die Lönnrotinkatu ab und gelangte über die Fredrikin- in die Lapinlahdenkatu. Dort parkte ich und nahm meine Schultertasche mit. Ich brauchte nur zehn Minuten zu warten, dann ging die Haustür auf, und das Mädchen, das ich vom letzten Mal bereits kannte, schlurfte heraus. Sie blickte ebenso mürrisch in die Welt wie beim vorigen Mal. Ich sagte Hallo, als wären wir

alte Bekannte, und das Mädchen knurrte etwas Undefinier-
bares. Diesmal hatte sie keine Gummibänder in den Haaren,
sondern irgendwelche gitterartigen Haarklemmen.

Ich ging auf den Hof und sah, dass in Esko Turunens
Wohnung Licht brannte. Leise ging ich in den zweiten Stock
hinauf und legte das Stethoskop an die Tür. Musik schwapp-
te an mein Ohr, dann näherten sich energische Schritte. Ich
befürchtete schon, jemand würde mir gleich die Tür ins
Gesicht schlagen und unangenehme Fragen stellen, doch da
hörte ich ein ausgiebiges Plätschern, die Klospülung und das
Rauschen des Wasserhahns.

Ich drückte ausdauernd auf die Klingel. Und gleich noch
einmal. Zehn Sekunden Pause, dann klingelte ich zum dritten Mal. Ich legte das Ohr an die Tür und horchte anschließend wieder mit dem Stethoskop. Turunen spielte dasselbe
Spiel wie beim letzten Mal.

Ich setzte mich auf die Treppe und wartete eine Weile.
Vom Hof aus hatte ich gesehen, dass Turunens Fenster
offen stand und nur gut einen Meter vom Lüftungsbalkon
entfernt war. Der akrobatische Akt erschien mir nicht un-
möglich, begeisterte mich allerdings auch nicht. Ich bin
nicht gerne hoch oben; mir ist unbegreiflich, dass jemand
sich zum Spaß auf Aussichtstürme und in die hoch aufra-
genden Dinger in den Vergnügungsparks begibt. Aber was
sein muss, muss sein. Ich holte tief Luft und ging leise auf
den schmalen Balkon.

Die abendliche Dunkelheit war ein Segen. Falls zufällig
jemand aus dem Fenster schaute, würde er mich nicht sehen,
denn die Hoflampen beleuchteten nur die Türen und die
Mülltonnen. Ich testete die Teppichklopfstange, indem ich
an ihr rüttelte und einen Klimmzug machte; sie hielt. Einigermaßen beruhigt holte ich ein Seil aus der Schultertasche

und verknotete ein Ende an der Stange, wickelte es um den linken Arm, ließ es hinter dem Rücken locker zum rechten Arm laufen und nahm den Rest aufgerollt in die rechte Hand. Dann stieg ich auf das Geländer. Ich fixierte Turunens Fenster, lehnte mich gegen das Seil und sprang in waagerechter Haltung zur Seite, wie ich es in der Sowjetarmee gelernt hatte. Sobald ich das Fensterbrett unter meinem Fuß spürte, zog ich fest an dem Seil, hievte mich in die Vertikale und hielt mich am Fensterrahmen fest.

Das Lüftungsfenster war ein altmodisches Modell, bei dem sich der eine Flügel nach außen und der andere nach innen öffnete. Mir kamen die Bauzeichnungen in den Sinn, die ich studiert hatte, als ich gleich nach meiner Ankunft in Finnland als Hilfsarbeiter auf dem Bau gearbeitet hatte. Ich schob den Haken hoch, zwängte mich durch das Fenster und landete auf einem Küchenstuhl, der zu kippen drohte. Es gelang mir gerade noch, die Balance zu halten. Die Küche war leer und ordentlich. Der Esstisch war abgeräumt, das Wachstuch sauber gewischt, und auf der Spüle stand kein schmutziges Geschirr herum.

Ich ging ins Wohnzimmer. In der Mitte des Zimmers, auf einem rot gestreiften Flickenteppich, stand Esko Turunen. Er trug eine schwarze Hose und ein schwarzes Hemd.

»Du hast mein Klingeln wohl nicht gehört«, sagte ich im schärfsten Schuldeneintreiberton, zu dem ich fähig war.

Als Turunen sich in Positur warf, sah ich, dass er groß war. Er war geradezu riesig. Nicht nur hochgewachsen – zwei Meter plus/minus ein paar Zentimeter –, sondern auch massig, robust, solide, muskulös. Alles an ihm war groß, kräftig und massiv. In Körperbau und Proportionen wirkte er wie eine gigantische Kopie des Jesuskindes auf den Gemälden alter italienischer Meister.

Augenblicklich bereute ich mein Eindringen und mein forsches Gerede. Turunen würde mich zwischen seinen Pranken zerdrücken, mich mit seinem ganzen Gewicht an die Wand quetschen oder mich einfach zum Fenster hinauswerfen. Ich hatte keine Zeit mehr, einen Rückzieher zu machen, mein Auftreten zu mildern, einige freundliche Konditionale und höfliche Bitten einzuflechten, denn der Riese begann zu reden.

»Könnt ihr mich nicht endlich in Ruhe lassen? Ich habe doch schon oft genug gesagt, daß ich nicht weiß, wo Sirje steckt. Wir sind befreundet, das stimmt, wir unterhalten uns auch über andere Dinge als die Malerei, aber wir haben kein Verhältnis miteinander. Sirje ist so still und zurückhaltend, sie würde nichts Böses tun. Und ich auch nicht, auf keinen Fall ...«

Turunen stand reglos da, die Füße leicht nach innen gedreht, mit hängenden Armen. Er sprach gedämpft, fast leise, nach Helsinkier Art ein wenig durch die Nase, was seiner Stimme einen jungenhaften Klang gab. Als ich näher kam, zuckte er zusammen und hob die Hände etwas höher, als wolle er seinen Unterleib schützen. Erst jetzt sah ich, dass der Zeige- und Mittelfinger sowie der Daumen der rechten Hand geschient waren; die Schiene und die weiße Binde bedeckten die Handfläche, und ich schätzte, dass der Verband bis über das Handgelenk reichte.

»He, Friede, Friede, Friede«, beschwichtigte ich und hätte beinahe auch noch Freundschaft und Solidarität hinzugefügt. »Ich heiße Viktor Kärppä und versuche, Sirje Larsson zu finden. Sie ist verschwunden. Ihr Mann, ihre Eltern und ihr Bruder sind ernsthaft besorgt. Ich tue Sirje nichts, dir auch nicht. Ich bin kein estnischer Gangster, ich habe lediglich den Auftrag, Sirje zu suchen.«

145

Esko Turunen sah mich prüfend an. Ich gab mir Mühe, ruhig und vertrauenswürdig auszusehen, wie ein Wohnungsmakler, der einem zaudernden Kunden lächelnd versichert, er solle sich ruhig Zeit lassen, obwohl er ihn am liebsten anfahren würde: Kauf die verdammte Bude oder verpiss dich, ich muss in einer Viertelstunde eine Dreizimmerwohnung mit Sauna zeigen und die Schilder muss ich vorher auch noch aufstellen!

Turunen wirkte ein wenig verwundert. »Ich weiß. Man hat mich schon nach Sirje gefragt.« Er hob die Hand, zeigte auf seine geschienten Finger. »Sirje hatte mir erzählt, was ihr Bruder treibt. Aber Jaak Lillepuu hat sich ganz anständig benommen. Das hier ist Aarne Larssons Werk.«

NEUNZEHN

Ich saß auf meinem Beobachtungsposten in Pakila in einem Opel Vectra, den ich mir von Ruuskanen geliehen hatte. Am Tag zuvor hatte ich Aarne Larsson und sein Geschäft von einem Renault aus beschattet. Larsson hatte seinen Laden pünktlich um achtzehn Uhr geschlossen; ich war seinem Saab bis nach Pakila gefolgt und hatte den ganzen Abend lang sein Haus beobachtet, in dem sich nichts tat. So sah es zumindest aus. Larsson hatte beim Heimkommen Licht gemacht und es kurz vor Mitternacht gelöscht.

Auch dieser Abend schien nicht ereignisreicher zu werden. Marjatta Nyqvist aus dem Nachbarhaus joggte mit ihrem Setter vorbei, doch ich stieg nicht aus, um Hallo zu sagen, sondern rutschte auf meinem Sitz noch tiefer, damit sie mich nicht sah. Es wunderte mich, dass alle anderen Nachbarn in ihren Häusern blieben.

Durch die Fenster konnte man auch hier den Wechsel der Fernsehprogramme verfolgen. Das Licht flackerte fast überall im selben Takt, und ich versuchte, mich zu erinnern, was die einzelnen Sender an diesem Abend zu bieten hatten. In den Kinderzimmern wurde es schon vor zehn Uhr dunkel, die Eltern holten sich in der Küche noch eine Kleinigkeit zu essen und in überraschend vielen Häusern ging man spätestens um elf schlafen. Larsson löschte das Licht um dieselbe Zeit wie am Abend zuvor.

Bei der Begegnung mit Esko Turunen hatte ich mindestens so viel über Sirje erfahren wie bei meinen Stippvisiten in Pakila und Tallinn. Ich glaubte Turunens Beteuerungen, Sirje und er seien gute Freunde, aber kein Liebespaar. Sirje sei immer schüchtern und still gewesen, fast gehemmt, doch nach und nach habe sie ihm von ihrer Kindheit, ihrer Schulzeit, ihrer Ehe erzählt.

Turunen glaubte nicht, dass Sirje ausgerissen war. Sie hatte sich nicht fortgesehnt, nicht von Abenteuern geträumt. Gewiss, räumte er ein, Aarne Larsson war ein strenger Mann, der für Ölmalerei und ähnliche Kindereien wenig Verständnis aufbrachte. Aber er war Sirjes Ehemann und sie hatte ihre Heirat nicht bereut.

Nachdem Sirje ein paarmal nicht zum Malkurs gekommen war, hatte Turunen bei ihr angerufen; Aarne hatte sich gemeldet und gesagt, Sirje sei nicht zu Hause. Dann war Aarne bei Turunen aufgekreuzt, hatte vorwurfsvoll erklärt, Sirje sei verschwunden, und als Turunen beteuerte, er wisse von nichts, hatte Aarne ihn als Schwulen und Clown und Weichei beschimpft und ihm den Arm umgedreht, sodass Turunen zum Arzt musste. Dort hatte er behauptet, er sei gestürzt, und war zwei Wochen krankgeschrieben worden. Schreiber bei der Post, Abteilung Wertsendungen, hatte er auf die Frage nach seinem Beruf geantwortet. Mit Sehnenriss und gequetschten Fingern konnte er die Sendungen weder sortieren noch quittieren.

Esko Turunen war erleichtert gewesen, mir sein Herz ausschütten zu können. Auch Jaak Lillepuu war bei ihm gewesen, hatte sich aber mit der Auskunft zufriedengegeben, dass Esko Sirje seit Wochen nicht mehr gesehen hatte. Ich hielt mich nicht für besonders empathisch, aber im Vergleich zu Jaak Lillepuu wirkte ich wahrscheinlich wie die verständnisvollste aller Briefkastentanten. Warum Aarne Larsson gewalttätig geworden war, konnte Turunen mir nicht sagen. Aarne habe genau gewusst, dass er – Turunen – nichts mit Sirje gehabt hatte. Vielleicht war er einfach mit den Nerven am Ende gewesen, meinte Turunen verständnisvoll. Das dachte ich auch, und außerdem dachte ich, dass Esko Turunen irgendwie zart und verletzlich wirkte. Er hatte etwas an sich, das dazu herausforderte, ihn zu kränken und zu unterdrücken.

Allmählich wurde ich es leid, Larssons schlummerndes Haus zu betrachten. Gerade als ich nach dem Zündschloss tastete, sah ich im Rückspiegel ein schwarz glänzendes Auto herangleiten. Ich lehnte mich zurück und versuchte, mit Sitz und Nackenstütze zu verschmelzen. Der BMW fuhr an Larssons Haus vorbei, wendete nach hundert Metern und hielt neben einem grauen Peugeot. Ein Mann steckte den Kopf zum Fenster hinaus und schien mit jemandem in dem Peugeot zu sprechen. Ich ließ das Fenster einen Spaltbreit herunter, hörte aber nur das Schnurren des Motors.

Der BMW fuhr langsam an und passierte Larssons Haus, ohne noch einmal anzuhalten. Im Rückspiegel sah ich, wie an der Kreuzung die Bremslichter aufflackerten, die Ampel blinkte gelb, und der Wagen verschwand in Richtung Tuusulantie. Der Peugeot blieb am Straßenrand und ich auch. Ich wartete.

Gegen zwei bekam ich den Fahrer des Peugeot zu Gesicht. Er stieg aus und dehnte die vom Sitzen steifen Glieder. Dann pinkelte er an die Weißdornhecke, spazierte an Larssons Haus und meinem Wagen vorbei und kam auf demselben Weg wieder zurück. Er hatte die Hände lässig in die Taschen gesteckt und tat betont harmlos, wie ein Autodieb, der das passende Objekt auswählt. Nur das Pfeifen fehlte.

Ich fragte mich, ob er wusste, dass ich Wache schob; da ich ihn nicht bemerkt hatte, war es durchaus möglich, dass er mich seinerseits ebenfalls nicht gesehen hatte.

Diesen Mann aus Lillepuus Bande kannte ich noch nicht. Er war mittelgroß, trug einen blauen Anorak, einen Rollkragenpullover und Jeans, hatte dunkle Haare, keinen Bart, einen Ohrring. Er kehrte zu seinem Peugeot zurück und fuhr los; an der Kreuzung bog auch er in Richtung Autobahn ab.

Ob die Esten wussten, dass ich Larsson observierte, war mir eigentlich egal. Lillepuu hatte mich ja praktisch dazu aufgefordert. Aber ich fragte mich, weshalb Jaak Lillepuu das Haus seiner Schwester und seines Schwagers auch von seinen eigenen Leuten beobachten ließ.

ZWANZIG

Am nächsten Morgen fuhr ich in Ryschkows Auftrag nach Kouvola. Die Spikereifen des Volvo lärmten auf dem trockenen Asphalt, doch ich genoss es zu fahren, die Lieder im Radio mitzusingen und mit Marja Takala zu plaudern. Ich hatte sie eingeladen mitzukommen und sie hatte genau fünf Sekunden überlegt, ob sie mich begleiten oder ihr Referat ausarbeiten sollte. Das Thema hatte irgendetwas mit dem bolschewistischen Feminismus zu tun, und obwohl ich glaubte, einiges über dessen alltägliche Ausprägung zu wissen, war ich klug genug gewesen, den Mund zu halten.

Unterwegs rief ich meine Mutter an, die stolz berichtete, dass vor dem Haus bereits die Krokusse blühten, obwohl vom Ladogasee her noch ein kalter Wind wehe.

In Kouvola fuhr ich zum Bahnhof und wir gingen durch die Unterführung zum mittleren Bahnsteig. Ein Dutzend Leute warteten auf den Frühzug aus St. Petersburg, unter ihnen auch ein Bekannter, der aus dem ehemaligen Harlu nach Finnland gezogen war. Er kam zu uns, drückte mir die Hand, hielt Marjas Hände lange in seinen warmen Pranken und hüllte uns in seinen sanften Singsang ein. Ich hatte ihm und seiner Frau Nasti beim Umzug und bei der Ansiedlung in Finnland geholfen. Nun lebten die alten Leutchen in Kuusankoski und erwarteten Nastis Schwester zu Besuch. Die wenigen Minuten Wartezeit genügten dem guten Mann, um mich auch über das Befinden seiner Kinder und Enkel ins Bild zu setzen.

Der Zug lief pünktlich ein. Ihm entstiegen korrekt gekleidete finnische Dienstreisende, junge Russen in Lederjacken, Babuschkas mit Kopftuch und alte Männer in Steppmänteln. Ich sprach einen kleinen Mann mit Pelzmütze an, der ein flaches, in braunes Papier gewickeltes Paket unter den Arm geklemmt hatte und in der anderen Hand einen kleinen Kunstlederkoffer trug. Er stellte das Paket vorsichtig ab. Wir schüttelten uns die Hand, ich nahm das Paket und wir gingen alle drei zum Parkplatz.

Marja setzte sich auf die Rückbank, ich verstaute Paket und Koffer im Kofferraum und komplimentierte den Mann auf den Beifahrersitz. Er griff erst nach dem Sicherheitsgurt, als ich ihm sagte, dass in Finnland Anschnallpflicht herrschte. Ich behielt den Rückspiegel im Auge und versuchte festzustellen, ob uns jemand folgte.

Ich fuhr zum Hotel Vaakuna. Der stille Russe wunderte sich über die rosa Fassade, stimmte mir aber zu, als ich sagte, die Farbe werde seinen Schlaf gewiss nicht stören. Wie Ryschkow mir aufgetragen hatte, gab ich ihm einen Tausender. Der Mann bedankte sich und sagte, er wisse, was er zu tun habe.

Wir stiegen aus, gaben uns die Hand, dann reichte ich ihm den Koffer und das braune Paket.

»Das war alles?«, fragte Marja, als wir abfuhren. »Du musst in aller Herrgottsfrühe von Helsinki nach Kouvola fahren, um einen alten Mann zum Hotel zu kutschieren?«

»Genau das stört mich an der finnischen Lebensweise: Man kümmert sich nicht um die alten Leute«, scherzte ich und fuhr in Richtung Kuusankoski zur Landstraße 6.

»Aber im Ernst ... eigentlich solltest du es gar nicht wissen, ich erzähle es dir trotzdem, weil du die Hälfte schon gesehen hast. Der Mann ist ein ganz guter Maler, aber er wird seine abstrakten Werke nicht los, weder in St. Petersburg noch in Helsinki. Also malt er Landschaften, den Ladogasee, die Insel Valamo, das alte Wiburg et cetera und verkauft sie dann in Finnland auf Märkten und so. Davon lebt er.«

»Aber wozu wirst du dabei gebraucht?«

»Na ja, zwischen seinen Werken oder unter der Leinwand seiner Landschaftsbilder bringt er wertvolle Gemälde oder Ikonen mit. Ryschkow hat einige Kunden, die so etwas bestellen. Die Dinger landen an der Wand einer großbürgerlichen Wohnung oder im Auktionshaus.«

»Dann bringt der Mann sie also morgen nach Helsinki? Ich verstehe immer noch nicht, wieso du deshalb nach Kouvola fahren musstest. Um ihm das Geld zu übergeben?«

»Das Paket mit den Bildern liegt jetzt in meinem Kofferraum. Ich hatte ein ähnliches Paket dabei, Marktbudenkunst, wahrscheinlich die Bilder, unter denen die vorige Lieferung versteckt war. Das neue Paket bringe ich zu Ryschkow«, erklärte ich.

Ich fuhr in Richtung Lahti. Marja schwieg nachdenklich.

»Aber es ist doch nicht in Ordnung, Kunstwerke zu schmuggeln«, meinte sie schließlich vorwurfsvoll. »Wo kommen diese Ikonen überhaupt her?«

»Aus Privatwohnungen: Die Heiden verkaufen ihre ererbten Gottesbilder. Und natürlich aus Valamo und Konevitsa und aus allen möglichen Kirchen in Russland. Kirchen gibt's da genug, so schnell gehen denen die Ikonen nicht aus. Und andere Kunstwerke bekommt man im Museum, wenn man Geld hat. Man braucht dafür nicht mal große Summen. Das ist einfach Sozialisierung oder Privatisierung, wie man's nimmt. Natürlich ist es Unrecht, aber um zu überleben, verkaufen die Leute halt, was sie haben oder beschaffen können.«

»Okay, okay, die Leute stehlen, weil sie Hunger haben, aber du und Ryschkow, ihr braucht nicht zu hungern. Ihr verdient doch an der Sache«, entrüstete sich Marja.

»Ich habe nie behauptet, ich wäre Robin Hood. Glaub mir, ich hab über all das nachgedacht und ich weiß, dass meine Mutter weniger graue Haare und vielleicht auch ein gesünderes Herz hätte, wenn ich Ingenieur bei Nokia oder Bauer in Karelien wäre. Aber das hat einfach nicht geklappt, nicht in Leningrad, nicht in Sortavala und auch nicht in Finnland. Versteh mich nicht falsch, ich will mich nicht beklagen und auch niemandem Vorwürfe machen, aber ich gestatte mir, so zu sein, wie ich bin. Ich verlange nicht, dass man mir hier in Finnland eine Stelle als Trainer oder sport-medizinischer Forscher gibt, die meiner Ausbildung ent-sprechen würde. Aber ich schufte auch nicht zehn Jahre als Abflussreiniger, bloß um mir demütig das Recht zu verdie-nen, Finne zu sein. Nein, zum Teufel!«

Ich merkte, dass ich mich ereiferte, meine Stimme wurde lauter und härter.

»Weißt du, wenn ich lese, die größte Kluft im Lebens-standard würde von der Grenze zwischen Mexiko und Kali-fornien markiert, kann ich nur lachen. Das ist doch Quatsch mit Soße! Die tiefste Kluft liegt da drüben in Värtsilä, wenn du nach Ruskeala rüberfährst. Da geht's los, Bettler, Dreck, schmutzige Lumpen und Tuberkulose. Einbeinige Kriegs-versehrte, die auf dem Markt ungebrauchte linke Schuhe verkaufen. Das alles ist wahr, und solange ihr diese Wirk-lichkeit stillschweigend hinnehmt, seid ihr reichen Finnen genauso kriminell wie ich.«

Marja saß schweigend da. Sie schien im Seitenspiegel die schmale Asphaltstraße zu betrachten. Ich konnte ihr Gesicht nicht sehen.

»Sorry, dass ich dir Vorträge halte, aber das ist eine riesige Frage ... zu groß für mich. Wo verläuft die Grenze der Moral, wie weit reicht die Forderung, das Richtige zu tun? Ich töte nicht, schlage nicht und raube nicht, aber wenn ich bei Dingen helfen soll, durch die ein Staat oder ein reicher Mensch ein bisschen weniger einsackt, und wenn ich dadurch meinen Lebensunterhalt verdiene, dann bin ich dabei. Und das raubt mir nicht den Schlaf. Basta.«

Ich drehte das Radio leise. Die Ansagerin kündigte an, in der Sendung ›Heute Nachmittag‹ werde ein finnischer Experte über die Dürre in Ostafrika, über Hungersnot und Hilfsaktionen interviewt, aber ich wollte kein störendes Hintergrundgeräusch.

»Das hätte ja direkt zum Thema gepasst«, sagte Marja und ich überlegte, ob das ein Einlenkungsversuch sein sollte. »Sagen wir so: Ich verstehe, was du mir erzählt hast, und ich begreife deine Logik, aber gutheißen kann ich sie nicht. Ich will niemanden verurteilen. Du hast recht, die Frage, wie weit die Forderung nach Rechtmäßigkeit reichen soll, ist nicht so leicht zu beantworten. Aber eine Ungerechtigkeit rechtfertigt keine zweite, daran versuche ich mich zu halten.«

Wir fuhren einige Kilometer, ohne zu sprechen.

»Okay, ich vertraue dir«, sagte ich schließlich. »Wenn das, was ich vorhin gesagt habe, eine Wahrheit für Anfänger war, für die erste Klasse sozusagen, dann kommt jetzt ein Teil der Wahrheitsklasse zwei: Es kann sein, dass zum Beispiel im Kloster Valamo kunstfertige Mönche leben, die sich darauf verstehen, ganz echte, alte Heiligenbilder zu malen, und es kann sein, dass irgendein Kunstmaler eine besondere

Begabung dafür hat, Meisterwerke zu kopieren. So könnte es sein.«

Marja sah mich im Rückspiegel an.

»Das klingt so hübsch, dass ich dich bitte, mich mit der Wahrheit der dritten Klasse zu verschonen. Und noch was: Ich bin froh, dass du mir das alles erzählt hast.«

Wir lächelten uns im Spiegel an.

EINUNDZWANZIG

Ich fuhr nach Asikkala und suchte auf der GT-Karte den Weg zum Sommerhaus der Larssons. Aarne Larsson hatte ausdrücklich betont, dass es sich nicht um eine winterfeste Freizeitvilla handelte. Seine Exfrau Helena hatte ihrerseits berichtet, das Haus sei nach wie vor gemeinsamer Besitz und werde im Sommer abwechselnd benutzt.

Die Straßen wurden schmaler, an schattigen Stellen glitzerte noch Eis und ich ließ den Volvo zum Spaß schlingern. Marja fand das gar nicht lustig.

An einem Bauernhof hielt ich an und fragte nach dem letzten Stück Weg. Der Bauer ließ den Traktor stehen, den er gerade reparierte, führte mich an die Stallecke und zeigte mir die Landspitze, hinter der Larssons Sommerhaus lag. Er fragte nicht, was wir dort wollten, und ich bot ihm auch keine Erklärung an. Gleichmütig kehrte er zu den Hydraulikschläuchen seines Massey-Ferguson zurück.

Die Zufahrt zum Sommerhaus hatte den ganzen Winter über keinen Schneepflug gesehen. Wir unterhielten uns darüber, wie unterschiedlich schnell der Frühling Einzug hielt: In Helsinki wurde das Gras bereits grün, während hier der Schnee noch knöcheltief lag. Das Sommerhaus stand an der Sonnenseite eines Abhangs, der bereits einige schneefreie Flecken aufwies. Die Vögel sangen ihr Frühlingslied.

Marja und ich saßen mit geschlossenen Augen auf dem

157

Bootssteg und ließen uns die Sonne ins Gesicht scheinen. Wir plauderten über Unverfängliches.

Ich dachte bei mir, dass diese gemeinsame Reise darüber entscheiden würde, wie es mit uns weiterging. Entweder akzeptierte Marja, was ich tat, oder eben nicht. Ich hatte ihr ein Bild von meinem Leben entworfen und ich hatte nicht die Absicht, es schönzufärben oder irgendetwas wegzuradieren.

Sirje Larsson kam mir in den Sinn, wie eine Nebenbuhlerin, ein beklemmendes Gewicht, das sich auf meine Brust legte. Im Sommerhaus gab es keinerlei Hinweise auf Besucher, nicht einmal Skispuren im Schnee oder das Eisloch eines Anglers im See. Auch hier hatte ich Sirje nicht gefunden, aber immerhin konnte ich einen weiteren Punkt von meiner Liste streichen.

Dummerweise war es so ungefähr der letzte Punkt.

Als wir gerade den Schnee von den Schuhen klopften, klingelte mein Handy. Auf dem Display stand: *Unbekannter Anrufer.* Ich bat Marja, im Auto zu warten, ging hinter den Volvo und setzte mich auf die Stoßstange, bevor ich das Gespräch annahm.

»Onkel Olavi hier.« Die Stimme war mir vertraut, obwohl sie hallte und von weit her zu kommen schien. »Deine Mutter hat mir erzählt, dass du ein Problem hast und Hilfe brauchst. Nett, dass du dich an deinen Verwandten erinnerst. Es dürfte wohl zehn Jahre her sein, seit du dich zuletzt gemeldet hast, stimmt's, Viktor?«

»Na ja, ich hab dir keine Väterchen-Frost-Karten geschickt, das gebe ich zu. Aber ich wage es trotzdem, dich um Hilfe oder Rat zu bitten, denn ich sitze ganz schön in der Patsche. Ist diese Verbindung sicher?«

Ich hörte meine eigene Stimme, die nach einigen Zehntel-
sekunden nachhallte, und stellte mir vor, wie meine Worte
sich in Bits verwandelten und über Satellitensender, Licht-
kabel und Kupferdrähte wanderten.

»Es ist eine sichere Verbindung. Zumindest für mich.
Sonst würde ich gar nicht erst mit dir reden. Na, dann erzähl
deinem Onkel mal, wo der Schuh drückt«, sagte Olavi. Oder
richtiger: sagte Oleg, denn Olavi Mylläri war Oleg Melni-
kow, war es sein Leben lang gewesen.

Mein richtiger Onkel war er auch nicht, sondern ein Vetter meiner Mutter, aber ich hatte ihn von klein auf Onkel
Olavi genannt.

Olavi war in Olonetz geboren geworden. Sein Vater
Veikko war Ende der 1920er-Jahre aus Finnland über die
Grenze spaziert, hatte in der Karelischen Brigade der Roten
Armee gedient und war zum Offizier aufgestiegen, doch im
Zuge der stalinistischen Säuberungen wurde er nach Worku-
ta ins Bergwerk verbannt. Der Krieg hatte ihn gerettet: Für
Patrouillen nach Finnland brauchte man finnischsprachige
Hauptleute. Veikko war gestorben, als ich noch klein war,
aber über seine Abenteuer hinter den feindlichen Linien
hatte ich viel gehört.

Ich erinnerte mich glasklar an einen strahlenden Sommer-
tag, an dem Olavi und sein Vater uns besuchten. Sie kamen
mit dem Motorrad, einem großen Dnjepr oder Ural mit
Boxermotor. Olavi verbot mir, es anzufassen, er sagte, es sei
brandneu. Ich machte einen großen Bogen um das schwarze
Ungetüm, denn ich hatte Angst, mir daran die Finger zu
verbrennen.

Auch an die glühende Hitze dieses Tages erinnerte ich
mich und an den Geruch des trockenen Rasens. Ich war um
Olavi, Oleg, herumgestrichen und hatte ihn gefragt, warum

er einen normalen Anzug trug und keine Uniform wie mein Vater. Und Olavi hatte gesagt, er sei ein besonderer Soldat, er hatte mir ein kleines rotes Buch gezeigt, mit einem hübschen Kranz, der sich um Hammer und Sichel rankte, und einer Aufschrift.

Als ich lesen lernte, bastelte ich mir einen solchen Ausweis. Ich malte das Muster mit Buntstiften und schrieb mit Vaters Kugelschreiber in sauberen Buchstaben *Komitet Gosudarstwennoj Bedschopasnosti* und darunter, etwas größer, *KGB*. Vater lächelte über mein Werk, aber Mutter sah pikiert aus und sagte, mit ernsten Dingen dürfe man keinen Spaß treiben.

Inzwischen war Olavi oder Oleg schon über sechzig. Ich erzählte ihm rasch von Arkadi und den Gefälligkeiten, um die er mich gebeten hatte. Olavi hörte zu, ohne mich zu unterbrechen. Auch als ich fertig war, schwieg er, und ich befürchtete schon, die Verbindung sei abgebrochen.

»So, so«, brummte er schließlich. »Ich dachte, ich hätte dich aus den Listen getilgt, als Abgang registriert. Diesen Arkadi kenne ich nicht, aber ich nehme mal an, dass er neu bei der Botschaft ist und dich von einem unserer früheren Residenten übernommen hat. Direkt aus dem Botschaftsarchiv, ohne Rücksprache mit Moskau.«

Wieder blieb es eine Weile still.

»Also gut. Pass auf: In ein paar Wochen lasse ich Arkadi eine Order zukommen, in der du als unbrauchbarer Agent eingestuft wirst, der so unbedeutend ist, dass wir ihn in Ruhe lassen. Deine Akte wird hier bei uns archiviert. Vielleicht ergibt sich dabei irgendein Schreibfehler, sodass du endgültig verschwindest, sozusagen im Alphabet begraben. Und für Arkadi denke ich mir eine neue Beschäftigung aus«, skizzierte Onkel Olavi seinen Plan. »Aber die Belange des

Vaterlandes dürfen wir nicht ganz vergessen. Diesen Mikke-li-Auftrag musst du noch erledigen.«

»Ich glaube, ich habe kein Vaterland. Aber deine Bedingung finde ich angemessen«, antwortete ich. »Ich bin dir dankbar, glaub mir. Hoffentlich bringst du dich nicht selbst in Gefahr.«

»Ich tue es für deine Mutter. Annuschkas Herz würde es nicht überstehen, wenn du in Schwierigkeiten gerietest. Außerdem lasse ich mich bald pensionieren. Eventuell trete ich bei Neste in den Dienst, als Sicherheitsberater für St. Petersburg«, verriet mir Olavi, und ich bildete mir ein, in seiner Stimme eine gewisse Müdigkeit zu hören.

»Ich mach jetzt Schluss. Erledige du die Sache mit den Mikrofilmen, ich kümmere mich um den Rest. Und setz dich auf keinen Fall direkt mit mir in Verbindung. Solltest du noch mal Probleme bekommen, bitte deine Mutter, mich zu informieren. Alles Gute, Viktor!«

ZWEIUNDZWANZIG

Am Abend fuhr ich wieder zu Larssons Haus, doch diesmal blieben alle Fenster dunkel. Nachdem ich eine halbe Stunde lang die leere Straße observiert hatte, machte ich mich auf den Heimweg.

Am nächsten Morgen ging ich zu Larssons Antiquariat. Ich rüttelte an der Tür, doch sie war fest verschlossen. Mit der Schaufensterdekoration hatte Larsson sich keine besondere Mühe gegeben.

Ausgestellt waren nur einige Bücher – aus dem harmloseren Teil seines Sortiments, wenn ich es richtig sah –, dazu einige Karten über die Operationen der finnischen Divisionen auf der Karelischen Landenge und Marschall Mannerheims Tagesbefehl im Holzrahmen. Drinnen herrschte Zwielicht. Ich legte eine Hand an die Scheibe und spähte in den Laden, sah aber nichts außer der türkis leuchtenden Ziffernreihe 00.00 an der Kasse.

Ich ging zum Haustor und drückte der Reihe nach auf die Klingelknöpfe, bis ein Vertrauensseliger mich einließ. An der Hintertür des Geschäfts kniete ich mich hin und spähte durch den Briefschlitz, sah aber nur das Handelsblatt und zwei braune Briefumschläge. Ich schnupperte, doch außer dem Geruch alter Bücher, einer Spur Pfeifentabak und dem Zitrusaroma des Bohnerwachses stieg mir nichts in die Nase.

Ich ließ die Briefklappe zufallen, stand auf, drehte mich

um – und starrte direkt in die vorwurfsvollen Augen einer älteren Dame. Statt irgendwelche Erklärungen für meine Aktivitäten abzugeben, stiefelte ich wortlos hinaus. Kurz bevor die Haustür zufiel, hörte ich die Frau auf Schwedisch loszetern.

Wieder fuhr ich nach Pakila, doch das Haus wirkte verlassen und auf mein Klingeln wurde nicht geöffnet. Ich rief Larsson zu Hause und auf dem Handy an, aber er meldete sich nicht. Am Handy wurde ich zur Mailbox weitergeleitet: »Aarne Larsson. Ich kann Ihren Anruf zurzeit nicht annehmen, bitte hinterlassen Sie eine Nachricht.« Meine Suchaktion schien gründlich schiefzulaufen: Zuerst fand ich keine Spur von der Person, die ich suchen sollte, und dann verlor ich auch noch meinen Auftraggeber.

Am Abend hockte ich wieder auf meinem Beobachtungsposten. Diesmal gab ich mir keine Mühe, unbemerkt zu bleiben. Eher hoffte ich, dass irgendwer mich sah und wiedererkannte und mir etwas Neues und Erhellendes erzählte. Doch es kam niemand.

Ich ging ein paarmal um das Haus herum. Als es dunkler wurde, entdeckte ich, dass im Erdgeschoss Licht brannte. Ein schwacher Schein drang durch die dicken Vorhänge in Aarne Larssons Arbeitszimmer und durch die großen Wohnzimmerfenster auf der anderen Seite; offenbar brannte die Lampe im Arbeitszimmer und die Tür stand einen Spaltbreit offen.

Ich klingelte beim Nachbarhaus. Marjatta Nyqvist, die mir öffnete, sah aus, als sei sie im Begriff, ihren Hund auszuführen. Mit den Viechern muss man jeden Tag raus, dachte ich und überlegte, ob Marjatta Nyqvist eigentlich berufstätig war. Sie schien immer zu Hause zu sein, wenn ich vorbeikam.

»Schau an, der … Ermittler. Guten Abend. Ich bin gerade von der Arbeit gekommen und wollte mit Julius joggen gehen.«

Sie bat mich ins Haus und ich setzte mich aufs Sofa, wie bei meinem letzten Besuch. Marjatta Nyqvist lehnte sich an eine Sessellehne, in einer Position, die ihre Vorzüge zur Geltung brachte. Ich überlegte mir, dass sie vermutlich einen Ehemann hatte, der sich eine Spur zu jugendlich kleidete, vor dem Spiegel seine schlaffen Bauchmuskeln anspannte und Golf spielte. Und der die ganze Zeit befürchtete, dass seine Frau ihn eines Tages betrügen würde. Und die Frau wusste von dieser Befürchtung und flirtete gerade heftig genug, um die Angst ihres Mannes zu schüren.

Bevor ich in meiner Zweierbeziehungsfantasie bis zum Herzinfarkt des Mannes gekommen war, eröffnete Marjatta Nyqvist das Gespräch: »Eine merkwürdige Sache. Ich habe vor einigen Tagen mit Aarne Larsson gesprochen und nebenbei erwähnt, dass der Ermittler, der Sirje sucht, bei mir war. Ich hielt es für richtig, offen zu sein. Er reagierte ganz sachlich, aber mir scheint, dass er Sie unter einem anderen Namen kennt. Auf der Karte, die Sie mir gezeigt haben, stand Kesonen.«

Sie lächelte, wie nur Frauen zu lächeln verstehen, und ich fing ihr süßliches Parfum auf.

»Ich dachte mir, Kesonen wirkt vertrauenswürdiger als V. Kärppä. Es tut mir leid, dass ich Sie irregeführt habe«, versuchte ich in leichtem Ton die Wahrheit zu sagen und gleichzeitig schwermütig dreinzuschauen.

»Eigentlich hatte ich erwartet, dass Sie noch einmal vorbeikämen. Möchten Sie einen Kaffee oder irgendetwas anderes …« Mit der entspannten Gelassenheit einer reifen Frau zögerte sie die Vergebung hinaus.

»Danke, nein, ich fürchte, ich habe wenig Zeit.« Ich bemühte mich, an Sirje Larsson und an die Anspielungen ihres Mannes auf die russische Faulheit zu denken, obwohl ich mir ohne Weiteres ›irgendetwas‹ vorstellen konnte, das Marjatta Nyqvist mir hätte anbieten können. »Ich versuche nämlich schon seit zwei Tagen, Aarne Larsson zu erreichen, aber es gelingt mir nicht. Sein Laden ist geschlossen, aber an der Tür hängt kein Schild. Man sollte meinen, dass er seine Kunden irgendwie informiert, wenn er verreist …«

»… zum Beispiel zur Traditionsbuchmesse in Johannisburg«, lächelte meine Gastgeberin vielsagend. »Ich weiß, wofür sich mein Nachbar interessiert. Aber das stört mich nicht weiter. Ich habe ihn eine Weile nicht gesehen, aber da ich in letzter Zeit Überstunden gemacht habe, bin ich spät nach Hause gekommen. Leider kann ich Ihnen nicht sagen, ob er verreist ist oder wo er steckt.«

Ich zwang mich, von dem bequemen Sofa aufzustehen, verabschiedete mich, ging noch einmal rund um Larssons Haus und setzte mich dann wieder in meinen Volvo. Mir war nicht besonders wohl zumute. Ich wusste, dass ich in Larssons Haus musste, und der Gedanke behagte mir gar nicht. Ich hatte Angst, das Haus zu betreten, aber noch mehr Angst hatte ich davor, dass ich meiner Furcht nachgeben würde.

Ich musste hinein. Aber vorher rief ich Mutter an.

Sie klang fröhlich, erzählte fast euphorisch von den Zugvögeln und berichtete, wie brav und emsig Karpows Handlanger seien. »Ich weiß natürlich, dass sie Gauner sind. Aber höflich zu alten Frauen«, lobte sie. »Und weißt du was? Der Arkadi Makarow, der Valeri so oft chauffiert, das ist der Sohn von Swetlana Michailjewna, der Hauptviehpflegerin auf der Sowchose in Helylä, wo ich Buchhalterin war.«

Wenigstens in Sortavala schien also alles in Ordnung zu sein. Ich wartete bis kurz vor Mitternacht im Wagen. Es schien mir klüger, an Ort und Stelle zu bleiben, als hin und her zu fahren. Sollte die Polizei nach dem Einbrecher suchen, würden sich auf jeden Fall Zeugen melden, die meinen Volvo gesehen hatten. Also war es vermutlich besser, wenn er den ganzen Abend lang gut sichtbar am Straßenrand gestanden hatte.

Meine segensreiche Schultertasche hatte ich schon im Voraus aus dem Kofferraum geholt und auf den Beifahrersitz gelegt. Ich konnte mich nicht erinnern, an den Türen oder Fenstern Anzeichen für eine Alarmanlage gesehen zu haben. Am einfachsten würde ich durch die Garage ins Haus kommen, schätzte ich. Ich suchte mir das Werkzeug heraus; ich war zwar kein Schlosser, aber alte Abloy- und Boda-Schlösser konnte ich knacken. Notfalls musste ich mit dem Diamantmesser ein Fenster aufschneiden.

Ich schlich zum Garagentor, streifte dünne Handschuhe über und meisterte das Schloss in zehn Minuten. Der Saab stand an seinem Platz. Die Garage roch sauber, nach trockenem Keller. Kein Ölgestank. Aarne Larsson war sicher kein Do-it-yourself-Automechaniker. Ich hatte vorgehabt, von der Garage durch den Heizungskeller in den Bastelraum zu gehen, doch die Stahltür bewegte sich keinen Millimeter. Sie hatte kein Schloss, sondern war von innen verriegelt, und zwar offenbar mit einem soliden Haken.

Vorsichtig ging ich zurück auf den Hof, schob die Garagentür zu und schlich zum Hintereingang, der zum Gästezimmer führte. Ich musste lange mit dem Schloss kämpfen und war kurz davor aufzugeben, als sich die Falle bewegte. Am Türstock blieben Spuren zurück, für die sich ein Profi geschämt hätte.

Ich drückte die Tür einen Spaltbreit auf und schlüpfte in den Windfang. Vor der Innentür stand ein Stuhl, der sich jedoch verrücken ließ, sodass ich in das ehemalige Dienstbotenzimmer vordringen konnte, das immer noch bereitstand, nicht existierende Gäste aufzunehmen.

Ich versuchte, gleichmäßig und mit dem ganzen Fuß aufzutreten, damit meine Kreppsohlen möglichst wenig Lärm machten. Wenn ich nicht so furchtsam gewesen wäre, hätte ich wahrscheinlich über meine Vorsicht gelacht. Immerhin hatte ich das Haus tagelang observiert und keine lebende Seele entdeckt.

Aber vor den Lebenden hatte ich ja auch keine Angst.

Zu Hause hatte ich immer wieder zu hören bekommen, der Körper des Menschen sei nur Materie, Stoff. Meine Großeltern waren vor meiner Geburt gestorben und mein Vater war ohne große Zeremonie beerdigt worden. Ich hatte jedoch an vielen rechtgläubigen Begräbnissen teilgenommen, wo der Sarg offen stand und die Trauergäste sich von dem Toten verabschiedeten, ihn zum letzten Mal berührten, küssten.

Mir graute es vor den Toten.

Ich hatte mit Mördern in der Sauna gesessen, gesoffen, Sport getrieben und gearbeitet. Sie trugen Knasttätowierungen an den Armen, Symbole für ihre Bluttaten, doch ich hatte mich nicht gefürchtet. Nicht die gefährlichen Killer machten mir Angst, sondern ungefährliche Leichen.

Durch Larssons Haus schwebte der Tod. Vielleicht war es ein Geruch – wie derjenige, der sich bei Beerdigungen hinter dem süßlichen Blumenduft verbirgt – oder ein anderer Sinneseindruck.

Tiere spüren den Tod instinktiv. Und ich glaube nicht, dass der Mensch diese vor höchster Gefahr warnende Sensibilität restlos verloren hat, nur weil er seit ein paar Generationen in geheizten Räumen lebt.

Vorsichtig inspizierte ich das Erdgeschoss im Licht meiner kleinen Taschenlampe. Die Küche war leer und klinisch sauber. Das Wohnzimmer schien sich seit meinem ersten Besuch nicht verändert zu haben. Die Tür zum Arbeitszimmer war nur angelehnt, ein schwacher Lichtschein drang durch den Spalt. Ich schob die Tür langsam auf. Die Stehlampe neben dem Lesesessel war an, sie verströmte Wärme und den Geruch verbrannter Staubflöckchen. In dem Raum herrschte vollkommene Stille, nicht einmal die Uhr auf dem Schreibtisch tickte. Vermutlich war sie stehen geblieben. Die Feder hält das Uhrwerk ein oder zwei Tage in Gang, vielleicht lässt sich daraus etwas schließen, versuchte ich meine Panik durch vernünftige Überlegungen abzuwehren.

Das Obergeschoss war leer. »Wie das Grab Jesu an Ostern«, entfuhr es mir. Der Spruch stammte von dem Kriminalbeamten Korhonen und ich bereute meine Gotteslästerung sofort; *Gospodin* – ich überlegte, in welcher Reihenfolge man das Kreuz schlug.

Ich holte tief Luft, spähte zwischen den Vorhängen hindurch in den Garten, doch es war niemand zu sehen. Ich ging hinunter in den Keller. Da ich mich erinnerte, dass der Bastelraum kein Fenster hatte, knipste ich das Licht an. Aarne Larsson sah mir direkt in die Augen.

Genauer gesagt, Aarne Larsson schien mich anzusehen. Sein Blick folgte mir nicht und auch seine Lider blieben reglos, als ich erschrocken zur Seite sprang. Larsson konnte allerhöchstens noch Sky Channel sehen. Er war tot.

Seine Leiche saß aufrecht auf einem Stuhl, der einen Meter vom Arbeitstisch entfernt stand. Ich ging vorsichtig um den Toten herum. In seinen Hals hatte sich ein dünnes Drahtseil eingeschnitten, das hinten verknotet war; die Enden waren säuberlich um die Regulierungsknöpfe an der Rückenlehne gewickelt.

Larssons Hände lagen entspannt auf den Oberschenkeln, auf seinem Gesicht lag ein leicht überraschter Ausdruck und seine Haut schimmerte in einem ins Violett spielenden Rot. Er sah so lebendig aus wie auf einem Polaroid-Passfoto. Larsson trug eine dunkelgraue Hose und die lederbesetzte Strickjacke, die ich schon kannte. Seine Arbeitszimmerbrille war auf den Boden gefallen. Seine Pantoffeln wirkten unpassend, auf beleidigende Weise despektierlich im Angesicht des Todes. Man hätte den Mann im Freien töten sollen, und wenigstens in Halbschuhen, nicht in abgetretenen Schlappen.

Ich durchsuchte den Raum, obwohl ich ahnte, dass ich nichts finden würde. Larssons Mörder waren Profis. Auf dem Tisch lag ein Buch zum Einbinden bereit. Mit den *Kirchen im verlorenen Karelien* war Larsson nicht mehr fertig geworden.

DREIUNDZWANZIG

Erst im Auto zog ich die Handschuhe aus und rief Korhonen an. Es klingelte lange, dann meldete sich der Anrufbeantworter. »Teppo Korhonen, hallo. Bitte hinterlassen Sie eine Nachricht. This is Teppo Korhonen, please leave a message after the peep.« Ich drückte auf die Taste mit dem roten Hörer und gleich anschließend auf die mit dem grünen. Mein Nokia rief erneut bei Korhonen an.

Diesmal meldete er sich. Es klang, als hätte ich ihn aus dem Schlaf gerissen.

»Bei Mubarak, Hosni am Apparat. Ich hoffe für dich, dass die Sache wichtig ist, Kärppä!«

»Ist sie«, gab ich zurück. »So wichtig, dass ich keine Nachricht ›after the peep‹ hinterlassen wollte. Lernt man die Art von Englisch auf der Polizeischule? Fahr zu Larssons Haus. Larsson liegt drin, abgemurkst. Aarne Larsson, nicht Sirje.«

Korhonen schwieg einen Moment, dann sagte er mit deutlich wacherer Stimme: »Erzähl mal kurz. Und zwar alles. Und ohne zu lügen.«

Ich berichtete, dass ich im Fall Sirje nicht vom Fleck gekommen war, dass ich mehr über Aarne und Sirje Larsson und ihr Verhältnis zueinander hatte erfahren wollen und dass mir, als auch Aarne verschwand, keine andere Wahl geblieben war, als bei ihm einzubrechen.

»Ich bin ziemlich sauber reingegangen und noch sauberer wieder rausgekommen. Halt mich aus der Sache raus«, bat ich.

»Womöglich hast du selbst ihm die Luft abgelassen. Oder seine Frau, diese Sirje, beerbt den alten Knacker, und du hast ihr geholfen. Und vögelst sie in irgendeinem Liebesnest, du Wüstling«, sagte Korhonen misstrauisch. »Du verdammter karelischer Gigolo, man weiß doch, was man von euch Schemeikkas zu erwarten hat.«

»Nein, verflucht noch mal. Es ist exakt genau so, wie ich's gesagt habe. Außerdem hat dem keiner die Luft abgelassen, es war eher so, dass die Luft weder rein- noch rauskonnte. Er ist mit Draht erwürgt worden, ein Profijob. Ich war das nicht. Im Töten bin ich ein totaler Amateur. Ich schätze, Lillepuu hat seinen Schwager umgelegt«, erklärte ich und erzählte ihm von Lillepuus Andeutungen und von der Beschattungsoperation.

»Egal, ob du Amateur oder Liebhaber bist, tun wir mal so, als ob ich dir vorläufig teilweise glaube«, entgegnete Korhonen. »Kann sein, dass ich dich raushalte. Aber dafür schuldest du mir massenweise Gefälligkeiten.«

»Meinst du wirklich? Ich würde sagen, unser Saldo steht schwer zu meinen Gunsten. Ich hab dir gerade eine frische Leiche geliefert und einen Verdächtigen gleich dazu. Es wäre viel unangenehmer für dich geworden, wenn der Kadaver noch ein paar Wochen abgehangen hätte.«

Ich musste mannhaft Wodka trinken, bevor ich wie ein Baby in den Schlaf fiel. Ich träumte unruhig: Aarne Larsson spielte Golf, Sirje stand auf der Treppe eines Hauses und rief die Leute zum Kaffee herein, sie hielt eine Kanne in der Hand, Mutter saß mit Marja Takala am Kaffeetisch, das Tischtuch war vornehm weiß und auf dem Tisch stand ein angeschnittener Hefekranz. »Aber sicher, zur Beerdigung muss es Hefekranz geben«, sagte Mutter.

Ich bekam die Traumfragmente nicht zu fassen oder sie entwickelten sich nicht zu einer Geschichte. Kurz nach neun erwachte ich müde und verschwitzt. Ich zwang mich, aktiv zu werden, brachte mit Liegestützen und Sit-ups Leben in meine Muskeln. Auf dem Weg zur Dusche sah ich im Spiegel, dass meine Augenlider geschwollen waren. Mein Gesicht war rot, fast violett, wie bei einem Blutdruckpatienten – oder bei Aarne Larssons Leiche.

Ich rief Marja an, doch sie war offenbar schon zur Universität gegangen und hatte das Handy im Lese- oder Hörsaal ausgeschaltet. Mir blieb nichts übrig als abzuwarten, was als Nächstes geschehen würde.

Ich ging in mein Büro, steckte meine chinesische Pistole in ein Gürtelhalfter und legte die kurzläufige Smith & Wesson in die halb geöffnete Schreibtischschublade. Dann setzte ich mich an den Schreibtisch und las ein Buch, das ich im benachbarten Antiquariat erstanden hatte: Stephen Hawkings *Eine kurze Geschichte der Zeit*. Ich bildete mir ein, lange Passagen zu verstehen, obwohl ich mich nicht recht konzentrieren konnte, weil ich den Blick immer wieder prüfend über die Straße und den Markt schweifen ließ. Ich wollte für estnische Besucher besser gerüstet sein als Aarne Larsson.

Ich schaffte es, den Hawking auszulesen, und machte mich über ein neues Opus her: *Entstanden aus dem Vakuum*, eine Abhandlung finnischer Physiker über die Struktur des Universums.

Mein Handy piepte und ich ließ mir die SMS anzeigen. Sie kam von Karpow. *Zigaretten und Gulasch bezahlt. Zum selben Preis.*

Normalerweise hätte ich über Waleris Geheimsprache gelächelt, aber diesmal musste ich Gewissheit haben. Ich schloss das Büro ab, drehte eine Runde um den Markt, kaufte am Kiosk eine neue Telefonkarte und rief von der Zelle aus Karpow an.

»Der Nachbar aus dem Süden ist also erledigt?«, fragte ich ohne Umschweife.

»Ja...aa«, machte Karpow gedehnt.

»Wo ist er zu finden oder befindet er sich an mehreren Stellen? Es wäre nämlich verdammt gut, wenn er jetzt sofort entdeckt würde.«

»Er holt Ersatzteile für seinen BMW«, antwortete Karpow rasch.

»Aha, schon kapiert«, sagte ich.

Ich legte auf, ging auf den Marktplatz und tippte Korhonens Nummer in mein Handy ein.

»Boots- und Lokomotivverleih Korhonen«, knurrte er.

»Kärppä hier, hallo«, begann ich, doch Korhonen unterbrach mich sofort.

»Na, na, mal nicht so eilig. Christus kommt, in Kerava hat man ihn schon gesehen. Warst du übrigens schon in dem neuen Kultfilm, *Christus kam nur bis E-Bay?* Menschenskind, Kärppä, ich bin beim Mittagessen! Ist die Sache so dringend?«

»Nicht direkt. Ich dachte nur, es würde dich vielleicht interessieren, dass Jaak Lillepuu auf dem Parkplatz vor Biltema zu finden ist, in einem schwarzen oder dunkelblauen BMW. Er wartet da und geht mit Sicherheit nicht weg«, sagte ich und gab Korhonen keine Chance, mich zu unterbrechen. »Ich hab ihn nicht erledigt, ich meine, auch ihn nicht. Aber du erinnerst dich wohl an die Zigarettengeschichte – es gibt eine Menge Leute, die nicht gut auf Jaak zu sprechen waren.«

173

Korhonen sagte, er werde gleich nach dem Essen zu dem Ersatzteilhandel fahren und einen Leichenwagen mitnehmen. Er hoffe aber, ich würde ihm nicht mehr allzu viele Leichen servieren.

»Obwohl das natürlich auch eine Methode ist, die Verbrechensrate zu senken«, seufzte er.

Ryschkow wartete in seinem Mercedes, als ich zurückkam. Er folgte mir mit ernster Miene in mein Büro und zündete sich als Erstes eine Zigarette an.

»Ich komme gerade aus Pasila, die Polizei hat mich den ganzen Morgen vernommen.« Er reckte sich. »Dein Freund Korhonen hat mich aus dem Bett geholt. Mitten im schönsten Schlaf. Er wollte mir den Mord an Aarne Larsson anhängen. Dabei habe ich den Mann gar nicht gekannt und seine Frau auch nicht. Habe ich das etwa dir zu verdanken? Hast du mir das eingebrockt?«

»Absolut nicht! Ich habe Korhonen erklärt, dass die Esten Larsson umgelegt haben. Vielleicht glaubt er, ich hätte ihn angelogen und Larsson selbst erledigt, womöglich mit dir zusammen. Oder er will zeigen, dass er den Fall untersucht, obwohl er genau weiß, wer der Täter ist. Allerdings wird er Lillepuu nicht vor den Richter kriegen. Beweise wird er bestimmt nicht finden, und außerdem habe ich gerade erfahren, dass Lillepuu abgeschlachtet worden ist. Korhonen ist schon unterwegs, um den Kadaver zu holen, auf dem Parkplatz vor Biltema liegt er«, berichtete ich.

Zu meiner Überraschung lächelte Ryschkow. Sein goldener Eckzahn blinkte. »Weiß ich doch. Deshalb war ich ja so erschrocken über Korhonens Auftritt. Wir haben Lillepuu gestern Abend besucht. Ich, einer von Karpows Männern und einer von meinen. Wir sind zu dritt hin.«

Mir fehlten die Worte, ich konnte nicht einmal meiner Bewunderung über die schnelle, effektive Aktion Ausdruck verleihen.

Ryschkow fuhr fort: »Ein tolles Haus im Westend. Von da ist man überraschend schnell im Zentrum, auf der Autobahn kommt man gut voran. Ein schickes Haus, wirklich, aber miserable Sicherheitsvorkehrungen ... für einen Mann in seiner Position. Wir haben ihn erschossen«, berichtete er in sachlichem Ton. »Dann haben wir die Leiche in ihrem eigenen BMW zu Biltema gebracht. Na ja, der Leiche gehört der BMW ja nicht, aber ... du verstehst schon. Wir haben bei Biltema Scheibenwischer und Zierfelgen gekauft und sind mit unserem eigenen Wagen weggefahren. Weißt du, wir dachten uns, dass bestimmt bald jemand den Wagen erkennt und die Leiche schnell gefunden wird. Auf dem Parkplatz sind ja ständig welche von den Unsrigen, und Esten auch.«

VIERUNDZWANZIG

Ein paar Tage lang waren die Morde an Larsson und Lillepuu Stadtgespräch. Die Boulevardblätter spekulierten über Verbindungen zwischen den beiden Fällen, doch Korhonen fütterte die Öffentlichkeit mit der Theorie, es handle sich um eine aus dem Ruder gelaufene Auseinandersetzung zwischen estnischen Kriminellen, in die Aarne Larsson, ein unschuldiger Verwandter und ehrbarer Patriot, versehentlich hineingezogen worden war.

Für kurze Zeit schrieben die Zeitungen auch genüsslich von der *verschwundenen estnischen Schönheit*. Das Foto der schüchternen Sirje Larsson prangte auf sämtlichen Titelseiten. Mein Name tauchte in den Berichten zum Glück nicht auf. Zu meiner Erleichterung fand sich ein Augenzeuge, ein Nachbar von gegenüber, der auf dem Balkon geraucht und dabei gesehen hatte, wie Lillepuu mit einem zweiten jungen Mann Larssons Haus betrat.

Dennoch kam Korhonen in mein Büro und fragte mich aus. Ich erklärte ihm, dass Lillepuus Killer aus Russland gekommen und längst nicht mehr in Finnland anzutreffen waren. »Saubere Arbeit, genau wie du es dir gewünscht hast.«

»Tja, so wird es wohl sein.« Korhonen pfiff durch die Zähne und tigerte unruhig durch mein Büro. Parjanne saß im Auto wie ein missmutiger Treibhund auf dem Parkplatz eines Einkaufsparadieses.

»Aber irgendetwas stört mich an der Sache. Die Leute sterben zu passend, die Bösen bringen sich kreuz und quer um, als wär das ein Kinderspiel. Dir habe ich auch nichts anhängen können und diese Sirje geistert immer noch rum«, schnaubte Korhonen und vollführte auf meinem alten Linoleum eine Absatzdrehung.

»Ich tappe doch selbst im Dunkeln«, versuchte ich ihn zu überzeugen. »Aarne Larsson hat mich beauftragt, seine Frau zu suchen, aber ich habe absolut nichts herausgefunden. Lillepuu hat angedeutet, Larsson wüsste mehr, als er sagt. Hat Larsson seine Frau etwa selbst ermordet und mich, den dummen Russen, nur zur Tarnung angeheuert? In dem Fall hätte er genau gewusst, dass ich nichts finden würde. Aber warum sollte er seine Frau kaltmachen? Ich meine, verrückt war er ja, aber so verrückt nun auch wieder nicht.«

Korhonen tigerte zwischen Fenster und Aktenschrank hin und her.

»Das hab ich mir auch schon überlegt. Nehmen wir mal an, Larsson war von seiner Frau enttäuscht. Vielleicht hatte sie ein romantisches Abenteuer oder sie war doch nicht das rassenreine Elitewesen, das er in ihr gesehen hatte. Womöglich entsprach ihre Intelligenz nicht seinen Anforderungen. Obwohl es die meisten Männer nicht weiter stört, wenn ihre Alte dumm ist ... Kennst du den Unterschied zwischen einer Ehefrau und einem Hund? Dem Hund kannst du am Telefon keinen Bären aufbinden«, philosophierte Korhonen, ohne seine besorgte Miene auch nur für eine Sekunde abzulegen. »Ich habe nach Hinweisen auf einen Seitensprung gesucht, aber keine gefunden. Du wohl auch nicht?«, fragte er.

Ich schüttelte den Kopf. »Aber ich habe von mehreren Seiten gehört, dass Larsson häufig wütend auf seine Frau war und sie wüst beschimpft hat, als dummes Flittchen – mit der Betonung auf dumm – oder als Russenbalg oder Sowjetweib«, sagte ich. »Vielleicht hat Sirje bei der Präsidentschaftswahl für Tarja Halonen gestimmt. Wie ich Larsson kenne, wäre das ein hinreichender Grund für ein Todesurteil gewesen.«

»Solange die Leiche nicht gefunden wird, können wir nur spekulieren. Aber wenn Sirje noch lebt, wird sie irgendwann wieder auftauchen«, meinte Korhonen.

»Ich glaube, sie ist tot«, orakelte ich. »Vielleicht bin ich tatsächlich nur zur Tarnung angeheuert worden, oder Larsson wollte, dass ich Sirje finde und ihn entlarve. Nur ist mir Lillepuu mit der Urteilsvollstreckung zuvorgekommen.«

Maja bereitete sich auf die letzten Prüfungen des Semesters vor, aber wir fanden Zeit, zusammen ins Kino zu gehen oder auf ein Bierchen in die Kneipe. Dabei mag ich eigentlich kein Bier. Ich raffte mich zu langen Joggingrunden auf, wenn Marja neben mir herradelte.

»Du bist ein seltsamer Typ oder ein außergewöhnlicher. Oder … na ja, schwer zu sagen, was du bist«, sinnierte Marja. Sie saß in meinem Bett, lehnte sich ans Kopfende und umarmte ihre angezogenen Knie unter der Decke.

»Aha.« Ich lag auf dem Bauch, ein Kissen unter dem Hals, die Augen geschlossen. »Eine hochwissenschaftliche Analyse«, lächelte ich.

»Irgendwie passt du dich ständig deiner Umgebung an. Du handelst so, wie die anderen es deiner Vermutung nach von dir erwarten. Oder du versuchst, ihnen etwas vorzuspielen, damit sie dich so einschätzen, wie du es möchtest«, sagte sie nachdenklich.

Ich überlegte eine Weile. »Tun wir das nicht alle? Jeder

wird doch von anderen definiert und das wirkt sich immer in beiden Richtungen aus.«

»Sicher«, räumte Marja ein. »Aber ich meine jetzt nicht diese Basiskommunikation, diese animalischen Verhaltensmuster, die ganz tief in uns allen sitzen. Jeder gibt den anderen Signale über sein Wesen und seine Absichten, so wie ein Hund eben mit dem Schwanz wedelt. Aber du machst es quasi doppelt: Du überlegst, ob du mit dem Schwanz wedeln sollst, und du überlegst dir immer ganz genau, was die anderen von dem Schwanzwedeln und von dir halten.«

Ich drehte mich auf die Seite und starrte an die Wand. Ich dachte daran, wie schön es gewesen war, als Kind abends die Astlöcher in den lackierten Deckenplatten zu betrachten und sich auszumalen, es wären Tiere. Wir lagen auf einem ausziehbaren Holzsofa in der Stube. Aleksej schlief immer als Erster ein und sprach im Schlaf. Ich lag geschützt auf der Wandseite, blieb noch lange wach und dachte nach, obwohl ich der Jüngere war. Ich wusste, dass Marja meine Geschichte gemocht hätte, doch ich erzählte sie ihr nicht.

Sie fuhr mir mit der Hand durch die Haare. »Sei nicht traurig. Der richtige Viktor ist unter oder zwischen all dem zu sehen, du kannst nicht alles kontrollieren, so gern du das auch tätest. Und das, was du verbirgst, ist am faszinierendsten. Aber du könntest ruhig ein bisschen mehr du selbst sein, die Kontrolle lockern, dir und den anderen vertrauen. Du selbst bist gut genug.«

Marja wickelte meine Haare um ihre Finger. Ich hielt die Augen geschlossen und versuchte, entspannt dazuliegen, einfach zuzuhören, was Marja erzählte: »Humphrey Bogart war mal auf einer Party, und irgendwer pflaumte ihn an, in Wahrheit wäre er gar kein harter Kerl, den würde er nur mimen. Bogart sagte kein Wort, er biss ein Stück von seinem

Grogglas ab, schluckte es hinunter, und dann aß er das ganze Glas.« Sie machte eine kurze Pause und erklärte dann: »Meiner Meinung nach war das eine total überflüssige, idiotische Protzgebärde – und garantiert an die anwesenden Frauen gerichtet. Er wollte demonstrieren, wie maskulin er war, ein richtig harter Mann. Dabei ist die Sensibilität, das Weiche, das man Bogart auch ansieht, viel interessanter.«

»Wir hatten bei der Armee einen Uzbeken, der Glas gegessen hat, wenn wir ihm Geld gaben. Wir haben so dreißig, vierzig Rubel gesammelt und dann legte er los. Der war auch sonst ein bisschen beschränkt. Aber wer ist Humphrey Bogart?«, fragte ich unschuldig.

Marja sah mich ungläubig an, und als ich lachte, warf sie mir ein Kissen an den Kopf und schimpfte, ich sei ein hinterhältiges Hermelin.

FÜNFUNDZWANZIG

Ich war überrascht, als Helena Larsson in meinem Büro erschien.

»Ich regle Aarnes Nachlass. Er hat so gut wie keine Verwandten, und da Sirje nicht aufzutreiben ist ... Wir veranstalten kein großes Begräbnis, nur einen Trauergottesdienst hier in Helsinki, und dann die Einäscherung. Kimmo will es auch so und er ist immerhin Aarnes Sohn.«

Die Exfrau meines Auftraggebers kaute auf der Lippe und schien zu überlegen. Dann gab sie sich einen Ruck. »Ich wollte fragen, ob Sie etwas über Sirjes Verschwinden herausgefunden haben. Und ob noch etwas offensteht. Unter Aarnes Rechnungen war nämlich ein Überweisungsauftrag über zehntausend Mark an Sie mit dem Vermerk ›S. Larsson, Endabrechnung‹. Ich habe das aus seinem Nachlass bezahlt. Aber der Stichtag wäre letzte Woche gewesen, die Zahlung ist also verspätet.« Wieder legte sie eine Pause ein. »Es wäre wirklich gut, wenn der Fall geklärt würde. Es ist mir peinlich, über materielle Dinge zu sprechen, aber Kimmo beerbt seinen Vater und wir brauchen irgendwelche Informationen über Sirje. Vermutlich muss sie rechtskräftig für vermisst oder tot erklärt werden. Um ein riesiges Vermögen geht es zwar nicht, denn das Haus hat uns beiden zur Hälfte gehört, Sirje hatte keinen Anteil daran. Aber das Geschäft und das Sommerhaus ... Das ist alles ziemlich kompliziert.«

Ich hatte mich bereits an den Gedanken gewöhnt, dass der Fall Sirje Larsson ungelöst bleiben würde. Ob Sirje in irgendeiner schwedischen Kleinstadt ihre Ölbilder malte oder irgendwo in Finnland im Graben verscharrt lag, für mich war die Akte geschlossen und der Ordner im Aktenschrank verstaut.

Ich seufzte und bat Helena Larsson, mir den Hausschlüssel dazulassen. Ich musste das Haus in Pakila noch einmal durchsuchen. Aarne Larsson hatte gewollt, dass ich die Sache zu Ende brachte. Und er hatte dafür bezahlt.

Mutter hörte sofort, dass mir etwas auf der Seele lag. »Na, mein Junge, was ist denn?«, drängte sie.

Ich erzählte ihr, dass ich Tote nicht mochte und in letzter Zeit über zu viele gestolpert war, beteuerte aber, dass ich mit den Bluttaten nichts zu tun hatte.

»Natürlich nicht, das weiß ich. Aber pass auf dich auf. Ich fürchte mich nicht mehr vor dem Tod, das ist ganz klar«, sagte Mutter so beiläufig, dass ich erschrak. »Aber ich glaube nicht, dass ich in nächster Zeit sterbe. Ach, wie warm es jetzt ist! Hast du vor, mal wieder herzukommen? Es ist natürlich eine lange Fahrt. Die Vögel singen so wunderschön ...« Sie plauderte drauflos, ohne eine Antwort zu erwarten.

Ich beendete das Gespräch mit guten Wünschen, schloss mein Büro ab und fuhr wieder zu Larssons Haus.

Es war ein merkwürdiges Gefühl, ganz offiziell vorzufahren und einfach aufzuschließen. Obwohl niemand da war, bewegte ich mich absichtlich geräuschvoll. Ich hatte vor, das ganze Haus gründlich zu inspizieren, jede Schublade aufzuziehen und noch den hintersten Winkel zu untersuchen.

Nach zweistündiger Arbeit war ich um ein paar Informationsbröckchen reicher. Der Arzneischrank hatte mir die geringfügigen Wehwehchen der Hausbewohner enthüllt. Sirje hatte eine Pollenallergie; im Schrank lagen Tabletten und Augentropfen, dem Verfallsdatum nach im letzten Frühjahr gekauft. Aarne hatte seinen Blutdruck mit Medikamenten unter Kontrolle gehalten, aber sonst war das Ehepaar mit handelsüblichen Schmerztabletten ausgekommen. Antibabypillen hatte ich nirgends gefunden, dafür lag in der Nachttischschublade des Hausherrn eine angebrochene Packung Kondome, Marke Sultan. Ich schmähte den Verblichenen mit dem Gedanken, dass die hausbackene Marke zu ihm passte. Man hätte wahrhaftig nicht erwartet, dass er seine Partnerin mit Parisern in unterschiedlichen Geschmacksrichtungen oder mit Noppen und dergleichen verwöhnte.

Im Barschrank fing eine Auswahl von Whisky-, Kognak- und Wodkaflaschen Staub. Die meisten waren noch ungeöffnet. Das Ehepaar Larsson schien gesund und abstinent gelebt zu haben.

Ich saß lange in Aarne Larssons Lesesessel, unter dem Hakenkreuzpropeller, blätterte in Büchern und Geschäftsunterlagen. Larsson hatte mit seinem Antiquariat rund eine Million Jahresumsatz gemacht: Er hatte Bücher verkauft, die Werke mir unbekannter europäischer Denker für seine Publikationsreihe ›Bibliothek der Freiheit‹ übersetzen lassen und verlegt und sich selbst ein Monatsgehalt von fünfzehntausend Finnmark gezahlt. Allem Anschein nach hatte er sein Geschäft ehrlich und ohne schwarze Kassen geführt.

Auch über den Privathaushalt hatte Larsson penibel Buch geführt. Er hatte seiner Exfrau Miete für das Haus gezahlt, aber ansonsten waren die Ausgaben erstaunlich niedrig. Die kleine Familie hatte nicht nur gesund, sondern auch preiswert gelebt. Die Quittungen vermittelten allerdings nicht den Eindruck, dass Aarne und Sirje gedarbt hatten; Lebensmittel und Kleider waren meist im eher teuren Kaufhaus Stockmann gekauft worden, das Ehepaar war gelegentlich in den Süden und in verschiedene europäische Städte gereist und hatte sonntags im Restaurant gegessen. Insgesamt war ihr Lebensstil jedoch bescheiden gewesen.

Ich lag auf dem Doppelbett der Larssons, starrte an die Decke und versuchte, mir vorzustellen, was Sirje empfunden hatte, wenn sie schlafen ging. Aarne, der in seinem Pyjama dastand, den altmodischen Wecker aufzog, raks-raks-raks, und, plim!, die Weckzeit einstellte, sich dann neben seine Frau legte. Worüber hatten sie gesprochen, wie hatte Sirje ihm gezeigt, dass sie Lust hatte, hatte sie überhaupt Lust gehabt? Ich zog den Bettüberwurf zurück, legte mir das Kissen aufs Gesicht und fing eine Spur von Sirjes Duft auf.

Dann setzte ich mich vor den Fernseher und überprüfte die Videos. Die wenigen bespielten Kassetten enthielten genau das, was die handgeschriebenen Titel versprachen: einen Dokumentarfilm über die Berliner Luftbrücke, *Stirb langsam 2*, *Das dreckige Dutzend*. Die Larssons hatten sich kein privates Filmarchiv angelegt, aber auch keine Pornos unter fingierten Etiketten versteckt.

Von einem einfachen, gesunden Leben zeugten auch die Speiseschränke. Haferflocken, keine exotischen Gewürze, Rapsöl, keine schwarzen Oliven, eine Serie teuer aussehender Bratpfannen, aber keinen Wok.

Ich drehte den Wasserhahn auf und wartete, bis das Wasser kalt genug zum Trinken war. Dabei rekapitulierte ich den Grundriss des Hauses: Das Kellergeschoss musste ich mir noch ansehen, dann hatte ich das Gebäude von oben bis unten durchsucht, vom Dach bis zum Sockel. Da ging mir plötzlich auf, dass das Haus ein Schrägdach hatte. Folglich musste über dem Obergeschoss noch reichlich Platz sein, ein Dachboden mit Stauraum. Ich lief wieder hinauf und sah mich um. Sämtliche Zimmerdecken waren vertäfelt, nirgendwo gab es eine Luke zum Dachboden.

Im begehbaren Kleiderschrank schob ich die Kleiderbügel mit Sirjes Hosen und Blusen beiseite, kletterte auf einen Stuhl und nahm die Kartons vom oberen Regalbrett. Bingo! In der Decke befand sich eine Luke, die von zwei Riegeln gehalten wurde.

Ich holte eine Trittleiter aus der Küche, öffnete die Luke, die wärmeisoliert und überraschend dick war, und kletterte hinauf. Ich musste auf dem obersten Tritt auf den Zehenspitzen balancieren, um mich mit dem Oberkörper auf den Dachboden hieven zu können. Es roch nach Holz und Sägemehl, kühle Luft strich mir um den schweißnassen Kopf.

Dort oben war es dunkel. Mühsam das Gleichgewicht haltend, fingerte ich nach der Taschenlampe. Ich richtete den schmalen gelben Lichtkeil systematisch in jeden Winkel des Dachbodens. Das Haus war schätzungsweise in den Dreißigerjahren gebaut, aber vor nicht allzu langer Zeit renoviert worden. Auf der Zwischendecke lag Sägemehl, darüber Glaswolle. Der Dachstuhl war aus solidem, altem Holz, auch die Verschalung wirkte alt, aber gut erhalten.

Ich lächelte über mich selbst. Was hatte ich eigentlich erwartet? Die Luke war so schmal und so schwierig zu erreichen, dass Sirje selbst auf den Dachboden hätte klettern müssen. Als Leiche hätte Aarne Larsson sie nicht hochschaffen können, zumindest nicht ohne Helfer. Ich schloss die Luke sorgfältig und schob die Kleider an ihren Platz zurück.

Das Werk *Die Kirchen im verlorenen Karelien* lag immer noch in der Buchbinderpresse im Bastelkeller und wartete auf einen neuen Lederrücken. Das Werkzeug war penibel geordnet, wie offenbar alles in diesem Haus. Selbst die alten Zeitungen, die auf den Transport zum Altpapiercontainer warteten, waren zu handlichen Paketen verschnürt.

Im Heizungskeller fand ich nichts als eine grüne Ölheizung und zwei Paar Gummistiefel, die größeren schwarz und die kleineren rot. Der moderne Öltank war in einem separaten Verschlag untergebracht. Die Garage war so sauber wie bei meinem vorigen Besuch. An der Tür standen Schneeschaufel und Straßenbesen. Abgesehen von den Sommerreifen, die an Haken hingen, waren die Wände leer. Der Saab war nicht abgeschlossen, ich setzte mich ans Steuer. Der Wagen roch neu. Der Tacho stand auf 44 359 km; in Gedanken sah ich ein Inserat vor mir: Nachlassverkauf, lückenloses Inspektionsheft.

Im Handschuhfach lagen der Kfz-Brief, Werkstattrechnungen, eine Sonnenbrille und eine Dose Fruchtdrops. Ich nahm eins mit Zitronengeschmack, aber als mir bewusst wurde, dass ich das Bonbon eines Toten im Mund hatte, schmeckte es mir plötzlich nicht mehr. Im Kofferraum fand ich eine Schneeschaufel aus Aluminium, eine grüne Plane, einen Werkzeugkasten und eine Motorsäge.

Ich setzte mich auf Larssons Arbeitsstuhl im Bastelraum, obwohl ich immer wieder daran denken musste, wie er dort gesessen hatte mit starren Augen und blaurotem Gesicht, das Drahtseil fest um den Hals.

Aarne Larsson hatte Zeit gehabt zu begreifen, was geschah, und seinen Mörder zu erkennen. Vielleicht hatten sie miteinander gesprochen, Jaak Lillepuu hatte seinen Urteilsspruch verkündet und Aarne Larsson war zu stolz gewesen, um Gnade zu flehen, malte ich mir aus. Er hatte sich nicht gewehrt, als Lillepuus Handlanger hinter ihn getreten war, ihm die Drahtschlinge um den Hals gelegt und zugezogen hatte. Larsson und Lillepuu hatten sich in die Augen geschaut, und dann hatte Lillepuu gesehen, wie der Blick seines Schwagers erlosch.

Meine Fantasiebilder kühlten den Keller dermaßen ab, dass ich fröstelte. Ich stand auf, ging zu den Hängeregalen, lehnte mich auf die Kühltruhe und las die Buchtitel und die Aufschriften auf den Ordnern. Auf dem Deckel der Kühltruhe klebte ein Zettel, auf dem der Inhalt aufgelistet war: Erdbeeren à 500 g, 15. 7., neben dem Datum eine Reihe Striche, die vermutlich für die Anzahl der Packungen standen. Einige waren quer durchgestrichen, aber ich sah, dass noch kiloweise Erdbeeren übrig sein mussten. Auf der Liste standen auch Elchfleisch, Fisch und Brot. Wahrscheinlich wäre die Truhe allerdings auch ohne Inventarliste in vorbildlicher Ordnung gewesen.

Ich öffnete den Deckel, die Innenbeleuchtung ging an und ich wunderte mich über die Menge des Gefrierguts. Ich schob Erdbeerdosen und Brotbeutel zur Seite. Darunter lagen weitere Gefrierbeutel; durch den milchigen Kunststoff schimmerte mit Eisblumen bedecktes Fleisch. Als ich die Beutel anhob, sah ich ganz unten hubbelige Fleischstücke in Plastiktüten.

Auf der Inventarliste waren keine Hammelkeulen eingetragen und für Elchfleisch waren die Stücke zu groß. Ich riss die Klebstreifen ab und öffnete einen der Beutel. Meine Finger stießen an etwas Weiches. Ich wunderte mich, wieso der Brocken nicht hart gefroren war. Im selben Moment sah ich, dass ich dunkle Haare in den Fingern hielt. Ich zwang mich, noch einmal hinzusehen, dann knallte ich den Deckel zu und kotzte auf den Teppich des Hobbykellers.

Ich hatte Sirje gefunden.

SECHSUNDZWANZIG

Ich verbrachte die Nacht bei Marja. Wir stritten uns nicht, aber wir meckerten, motzten und klagten. Am Morgen trank ich meinen Tee und erklärte, dass ich im Lauf des Tages nach Mikkeli fahren würde. Marja wandte mir den Rücken zu und rührte Müsli unter ihren Joghurt. Unter ihrem kurzen Nachthemd blitzte der Slip hervor, als sie sich an die Spüle lehnte und das eine Bein um das andere schlang.

Marja bat mich nicht, mitfahren zu dürfen, und ich fragte sie nicht, was sie an diesem Tag vorhatte. Sie mochte keine neugierigen Fragen. »Ich bin, wie ich bin, und du musst mir vertrauen und mich akzeptieren«, hatte sie in einem Ton gesagt, der mir klarmachte, dass dieser Punkt nicht zur Verhandlung stand. Sie hatte mich darauf hingewiesen, dass ein Mann mit meiner Vergangenheit keine Madonna erwarten durfte.

Verwundert stellte ich fest, dass mein etwas lichtscheuer Auftrag mich nicht nervös machte, während diese Frau mich aus der Ruhe brachte. Man kann nicht alles kontrollieren, wiederholte ich in Gedanken Marjas Worte. Wie ich den Job in Mikkeli erledigte, hing allein von mir ab, auf Marja dagegen hatte ich keinen Einfluss.

Korhonen wartete vor meinem Büro. Er ließ Parjanne im Auto zurück, blieb an der Tür stehen, wippte auf den Fußsohlen und schnippte Asche auf den Boden.

»Hat dich deine Mutter nicht zur Sauberkeit erzogen? Da fragt man sich doch, wie es mit der persönlichen Hygiene aussieht«, frotzelte ich und pochte mit dem Aschenbecher auf den Tisch. »Bist übrigens früh auf den Beinen.«

»Du hast in letzter Zeit keine Leichen mehr gefunden«, gab Korhonen zurück. »Mehrere Tage ohne Kadaver. Offenbar leidest du unter Entzugserscheinungen.«

»Hör bloß auf. Ich bin ein sensibler Kerl. Es tut mir nicht gut, an Sirje zu denken.«

»Sensibel, dass ich nicht lache! Ich dachte mir, es würde dich vielleicht interessieren, dass das Frauengulasch in der Tiefkühltruhe mit hundertprozentiger Sicherheit Sirje Larsson ist. DNA und alles andere stimmen überein. In Estland haben sich Röntgenaufnahmen von ihren Zähnen gefunden und bei Jaaks Obduktion wurden Zellproben entnommen. Die beiden Leichen sind Geschwister. Außerdem hat der Herr Papa sie identifiziert, am Kopf. Schwer zu sagen, wessen Lächeln steifer war«, dröhnte Korhonen, doch ich sah, dass ihm der Schweiß auf der Stirn stand und die Zigarette zwischen den Fingern zitterte.

»Wie ist sie getötet worden?«, brachte ich heraus und zwang mich, Korhonens Bericht anzuhören.

»Erstickt, wahrscheinlich mit einem Kissen. Mit letzter Sicherheit lässt es sich nicht feststellen, dafür reichen die Fasern nicht aus. Und dann wurde die Leiche in der Garage mit einer elektrischen Säge zerteilt. Wahrscheinlich hat Larsson sie zuerst über dem Abfluss ausbluten lassen und anschließend zur Black & Decker gegriffen«, gab sich Korhonen weiterhin grobklotzig. »Er hat den Fußboden, die Plane und die Säge abgewaschen, aber irgendwelche Spuren bleiben ja immer zurück. Eine ekelhafte Geschichte, verdammt noch mal!«

»Was ist eigentlich aus Jaaks Leiche geworden? Ich meine, wo hat man ihn begraben?«

»Der Vater war gerade da gewesen, um ihn zu identifizieren, und hat ihn im Sarg mitgenommen. Ich habe die Leiche übergeben, es musste ja jemand von der Polizei dabei sein. Jaaks Gesicht war auch ziemlich lädiert, war nicht angenehm, den alten Mann um die Identifizierung zu bitten. Er hat sich große Mühe gegeben, die Fassung zu bewahren, aber es ist ihm ganz schön schwergefallen«, seufzte Korhonen. »Und gleich darauf musste er seine Tochter identifizieren und den zweiten Sarg nach Estland überführen.«

Eine Weile schwiegen wir beide, als erwiesen wir den Toten unseren Respekt. Ich überlegte, wie Mutter Lillepuu mit dem Verlust ihrer beiden Kinder fertig wurde. Der bloße Gedanke war mir unerträglich. Korhonen beendete die Schweigeminute. Er stand auf, als sei es ihm plötzlich zu blöd, in meinem Büro herumzuhängen, brummte etwas vor sich hin und ging.

Fünf Minuten später kam Ryschkow.

»Was wollte denn der Bulle von dir?«, erkundigte er sich grußlos.

»Er hat mir nur gesagt, dass sie die Leiche identifiziert haben. Es ist Sirje.«

»Sonst nichts? Gut.«

Ryschkow lächelte, seine Augen und sein Goldzahn blinkten um die Wette.

»Viktor, ein eiliger Auftrag, in Tallinn. Wir holen ein bisschen Ware, bringen zwei Autos nach Finnland.«

»Ich müsste aber nach Mikkeli, ich hab einen anderen Auftrag«, versuchte ich einzuwenden.

Ryschkow sah mir in die Augen, trat dicht an mich heran,

den Blick unverwandt auf meine Augen gerichtet, sodass es mir vorkam, als wäre jeder Wimpernschlag eine Beleidigung. Er legte den Kopf schief und zwickte mich in die Wange wie ein Kind.

»Vitja, Vitja«, sagte er mahnend, ließ meine Wange los und legte mir die Hand auf den Kopf.

»Wenn ich dir sage, du musst nach Tallinn, dann gibt es keinen anderen Job. Ich habe dich immer gern gehabt, Vitja, du hast etwas Sanftes und Angenehmes an dir. Man merkt, dass du bei Frauen aufgewachsen bist. Aber manchmal muss man dich herumkommandieren wie ein Kind.«

Ryschkow brachte ungewöhnlich lange Sätze zustande, sprach mit weicher Stimme wie ein Psychoanalytiker im Fernsehen und zog die Hand langsam zurück, wobei er mir die Haare zerzauste. Mir lief es kalt den Rücken hinunter. Ich musste an einen Hund denken, den sein Herrchen streichelt und mit netten Worten bedenkt, bevor er ihn erschießt.

»Nimm deinen Pass mit, mehr brauchst du nicht. Wir kommen heute Abend auf der Meloodia zurück.«

Ryschkow ging zur Tür. Ich zog meine Jacke an und nahm Geld und Pass aus der Schublade. Und meine chinesische Pistole.

Der Mercedes Diesel stand ratternd vor dem Büro. Der Chauffeur war ein Handlanger Ryschkows, den ich bisher noch nicht kannte, ein Klon seiner Kollegen: etwa eins zweiundachtzig, fünfundachtzig Kilo plus/minus zwei, kurze Haare, saubere, dunkelbraune Lederjacke und etwas hellere Hose.

Als ich hinten einsteigen wollte, stellte ich zu meiner Überraschung fest, dass dort schon jemand saß, eine zierliche schwarzhaarige Frau, die mich aus dunklen Augen neugierig ansah. Sie rutschte in die Mitte, worauf das Mädchen, das auf der anderen Seite saß, ein übertriebenes »Autsch!« hören ließ und auf Russisch zu lamentieren begann. Sie beklagte sich über die Enge und die Eile und darüber, wie blöd überhaupt alles sei. Sie sah aus wie zwölf oder vierzehn oder sechzehn, trug eine Brille und sorgfältig verwuscheltes Haar, helle Jeans und einen Steppanorak.

»Meine Frau bringt die Kleine vom Hafen zur Schule«, fasste Ryschkow die Vorstellung und die Antwort auf meine noch gar nicht gestellte Frage zusammen.

Ich gab der Frau die Hand und stellte mich auf Russisch vor. Jelena Ryschkowa plauderte sofort drauflos, während ihre Tochter Oksana nur eine halbwegs höfliche Begrüßung murmelte. Ich sah eine Zahnspange zwischen ihren Lippen aufblitzen, doch dann wandte Oksana das Gesicht ab und schaltete ihren Walkman wieder ein. Der pochende Rhythmus war gedämpft und leicht verschwommen zu hören, als ob unter der Rückbank ein Grillenschwarm hockte, der aus dem Takt gekommen war.

Wir sprachen über Jelenas Verwandte in der Nähe von St. Petersburg und über den Erfolg ihrer Tochter an der russischen Schule in Helsinki. Oksana habe die siebte Klasse bald hinter sich, sei gut in Fremdsprachen, interessiere sich aber auch für Musik und müsse für das Frühjahrsfest ein Flötenstück einüben. Sie sei musikalisch begabt, das habe sie zweifellos von ihrem Vater geerbt, aber den Ballettunterricht habe sie aufgegeben.

Ryschkow seufzte schwer, schien aber damit beschäftigt, den morgendlichen Verkehr zu beobachten. An jeder Straßenecke drehte er den Kopf in dieselbe Richtung und im selben Takt wie der Fahrer. Die Bewegung war so synchron, als wären die beiden durch irgendwelche Seilzüge miteinander verbunden. In das Gespräch über familiäre Dinge mischte er sich nicht ein. Er war nicht der Typ Mann, der Fotos von seinen Kindern in der Brieftasche bei sich trug.

Vor dem Eingang zum Schiffsterminal stiegen Ryschkow und ich aus. Ryschkow verabschiedete sich knapp, ich tat es ihm gleich, wünschte den Damen aber zudem noch einen schönen Tag, was in Oksanas Fall allerdings verlorene Mühe war, denn sie sah weiterhin stur zum Fenster hinaus. Ryschkow holte eine Diadora-Tasche, die mir bekannt vorkam, aus dem Kofferraum und marschierte ins Abfertigungsgebäude. Ich folgte ihm. Das Schnellboot hatte die meisten Passagiere bereits eingesogen, sodass Ryschkow ohne Wartezeit zur Passkontrolle gehen konnte. Ich trottete hinterdrein wie ein kleiner Junge, es fehlte nur noch, dass ich mich an seinem Jackenzipfel festgehalten hätte.

Das Schiff war voll. Ryschkow entdeckte zwei freie Plätze, die sich schräg gegenüberlagen, ließ sich auf den einen Sitz fallen, schloss die Augen und begann zu schlummern.

Ich saß da und dachte nach. Gleichzeitig beobachtete ich Ryschkow. Zwischen Ober- und Unterlid war ein schmaler Streifen von seinem Auge zu sehen, weiß und braun, und ich argwöhnte, dass er mich beobachtete. Er atmete tief und gleichmäßig, schnarchte fast. Aus seiner Kehle drangen seltsame Geräusche, wenn er Schleim schluckte und wieder hochwürgte. Auch ich streckte mich aus, so gut es ging, schloss die Augen und versuchte, mich zu entspannen. Der Pistolenlauf drückte im Kreuz, doch ich konnte es nicht wagen, die Waffe zurechtzurücken.

Im Tallinner Hafen erwartete uns wieder ein Mercedes, diesmal eine fast neue Ministerkarosse der S-Klasse in fröhlichem Schwarz. Ryschkow stieg vorn ein, ich hinten. Der

Fahrer begrüßte uns leise auf Russisch, stellte keine Fragen, sondern fuhr sofort los. Er war klein. Das Lenkrad ragte vor ihm auf wie ein Schiffssteuer; man hatte den Eindruck, dass er sich recken musste, um auf die Straße schauen zu können. Er hatte schütteres schwarzes Haar, einen glatten schwarzen Bart und schwarze Augen, seine Haut war gelbbraun. Ich schätzte, dass er aus dem Kaukasus oder aus Zentralasien stammte, fragte aber nicht nach.

Wir fuhren zuerst in Richtung Narva, doch nach einer Weile begann der Fahrer, kreuz und quer durch das Straßenlabyrinth zu kurven, sodass ich die Orientierung verlor. Schließlich landeten wir in einem Industriegebiet mit neuen Stahlträgerhallen, leeren Grundstücken und flachen, alten Fabrikgebäuden.

Der Mercedes fuhr auf einen länglichen Hof. Der Kiesboden war mit runden Pfützen übersät, als hätte man ihn mit einer riesigen Stricknadel durchlöchert. Das Grundstück wurde von einem Zaun eingefasst, der sicher noch zur Sowjetzeit in der Kirow-Fabrik in Leningrad geschweißt worden war. *Kirowski Zawoda*, erinnerte ich mich an die scheppernde Lautsprecherdurchsage; ich hatte in der Nähe der riesigen Fabrik und ihrer Metrostation gewohnt. Der Zaun bestand aus Gitterstäben mit verbogenen Spitzen, auf den Toren zeichneten sich Sonnenmuster ab. Das längliche Gebäude, vor dem wir hielten, war aus grauem Ziegelstein gemauert und hatte viele Eingänge: moderne Kipptore aus Aluminium, durch die Lkws hineinfahren konnten, und schmale blaue Holztüren, die in unregelmäßigen Abständen die Fassade durchbrachen. Die wenigen Fenster waren grau vor Schmutz.

Auf dem Hof lagen sauber in Plastik verpackte Badezimmerschränke, haufenweise verrostete Rohre und Flachstahl und mannshohe Stapel von abgefahrenen Autoreifen. Ein magerer Mann in einem verblichenen Overall reparierte einen alten Scania. Er kroch unter dem Laster hervor, reckte seine steifen Glieder und schien sich über das Kardangelenk zu wundern, das er gerade ausgebaut hatte. Er nickte uns zu, nahm dann aber keine Notiz mehr von uns.

Ryschkow ging durch eine der unmarkierten Türen hinein, ich folgte ihm. Das Treppenhaus war überraschend sauber. Die glatten Wände waren frisch gestrichen, Milchglastüren führten auf irgendwelche Gänge. Ryschkow öffnete eine. Auf dem Schild an der Tür stand *AutoTransBaltica.*

»Hier sind Bekannte von dir, die du allerdings noch nicht alle persönlich kennengelernt hast«, sagte Ryschkow mit schiefem Lächeln und hielt mir mit übertriebener Höflichkeit die Tür auf. Ich sah mich um und stellte fest, dass die Halle überaus sauber war. In ihr befanden sich ein weißer VW-Kleintransporter und ein kleiner Mitsubishi-Laster, Paletten über Paletten mit Handypackungen von Nokia, Packmaschinen, an der Wand aufgereihte Fässer und weiter seitlich Arbeitstische, Adidas-Trainingsanzüge in Plastikhüllen und Computer und Büromaterial ...

Ich versuchte zwanghaft, mich auf alles andere zu konzentrieren als auf die beiden Menschen am Schreibtisch, einen großen, schlanken Mann, der an dem Tisch lehnte und ins Handy sprach, und eine dunkelhaarige, fast schön zu nennende Frau, deren Ähnlichkeit mit dem Mann unverkennbar war und die entspannt auf dem Bürostuhl saß. Jaak und Sirje Lillepuu waren ungemein lebendig.

SIEBENUNDZWANZIG

Bei der Armee hatte man mir gesagt: »Kornostajew, Sie sehen aus wie ein Killer.« Ich selbst fand eher, dass ich sympathisch und nett aussah, aber bei der Armee wird ja meist unverständliches Zeug geredet.

Später begriff ich, was die Offiziere gemeint hatten. Viele Menschen sind in Stresssituationen wie gelähmt oder geraten in Panik und das ist ihnen am Gesicht abzulesen. Bei mir verhält es sich anders. Ich spüre den Adrenalinstoß und die Furcht und den Gedankenwirbel in meinem Kopf, aber gleichzeitig beginne ich, irgendwie klarer und schärfer und schneller zu denken – und mein Gesicht wird starr und ausdruckslos.

Als Oberst Wikulow mir mitteilte, dass ich mit einer Spezialeinheit nach Afghanistan müsse, hörte ich ihm zu, ohne eine Miene zu verziehen, und fixierte einen nicht existierenden Punkt an der grauen Wand, knapp über dem Kopf des Genossen Oberst. Ich weinte und klagte nicht, zuckte mit keiner Wimper, sondern sagte nur, man müsse dem Vaterland da dienen, wo einen das Vaterland am dringendsten brauche. Wikulow trat dicht an mich heran, umklammerte sein Teeglas, starrte mich aus drei Zentimeter Entfernung an und lachte plötzlich auf: »Zum Teufel, Kornostajew, Sie schicken wir nicht als Kanonenfutter in dieses verdammte Gebirge! Da würde Lenin sich ja im Grab umdrehen! Wir bilden Sie zum Skitrainer aus, der in der Lage ist, im Ausland mehr zu beobachten als die Struktur der Schneekristalle.«

Damals hatte Oberst Wikulow mich gerettet, aber jetzt war ich auf mich allein gestellt, noch dazu in der falschen Armee. Ich hielt meine Gesichtszüge unter Kontrolle, meine Gedanken konnten sich ohnehin nicht verwirren, denn ich hatte nur einen einzigen im Kopf. Aber dieser eine dröhnte umso lauter: Man hat mich beschissen, und das nicht nur einmal.

»Fang an einzuladen. Die Handyschachteln auf den Laster. In den VW kommt andere Ware«, kommandierte Ryschkow und begann ebenfalls, mit Plastikfolie gebündelte Schachteln zum Mitsubishi zu tragen.

Ich hob das Zeug in den Wagen. Jeweils zehn der ziegelsteingroßen Nokiaschachteln waren zu einer Partie gebündelt. Durch die Folie hindurch waren auch die Styroporschalen zu sehen, die die Telefone vor Stößen schützten. Ich sah, dass Jaak Lillepuu sein Gespräch beendete und sich auf den Schreibtisch setzte, mit den Beinen baumelte und etwas zu seiner Schwester sagte. Sirje saß still und erwartungsvoll da, hörte Jaak zu und gab nur gelegentlich eine kurze Antwort. Sie sprachen Estnisch, sodass ich das wenige, was ich aufschnappte, nicht genau verstand. Ich gab mir alle Mühe, die beiden nicht anzustarren, obwohl ich selten zwei so springlebendige Tote gesehen hatte.

»Erklär mir mal, was da abgelaufen ist! Wen hast du umgebracht? Und was ist mit Aarne Larsson, hat der überhaupt jemanden kaltgemacht? Wo kamen die Leichen her?«, fragte ich Ryschkow mit gedämpfter Stimme, während ich unermüdlich Schachteln auflud.

»So viele Fragen auf einmal … Also, die Toten sind ein Geschwisterpaar aus Moldawien. Das war eine verdammte

Sucherei, bis wir welche aufgetrieben hatten, die Jaak und Sirje halbwegs ähnlich sahen«, erklärte Ryschkow ungerührt. »Dem Mädchen mussten wir die Haare färben. Sie war eine Hure und ihr Bruder war nicht ganz helle im Kopf. Wir haben die beiden angestellt, aber ihre Karriere war ziemlich bald zu Ende.«

Ich hörte zu. Ich versuchte zu begreifen und nicht daran zu denken, dass auch die beiden Moldawier Namen gehabt hatten und Eltern, die irgendwo auf sie warteten. Ich konzentrierte mich, um Ryschkows Bericht sofort zu verstehen.

»Die finnische Polizei hat DNA-Tests gemacht und die Identität der Leichen nachgewiesen. Das heißt, eigentlich haben sie nur festgestellt, dass die beiden Geschwister waren. Und die Tallinner Polizei hat die passenden Gebissaufnahmen geliefert.«

Ryschkow stellte sein Paket ab, reckte sich und sah mir in die Augen, fast gütig, mit schief gelegtem Kopf. Er redete so viel wie sonst in einem ganzen Monat nicht.

»Vitja, du bist intelligent, hast Sprachkenntnisse, du bist kein normaler, einfältiger Ganove. Ich auch nicht. Und die Männer hier genauso wenig. Es lohnt sich, bei ihnen mitzumachen. Durch sie kommen wir an die ganz großen Geschäfte ran. Ich habe für dich gebürgt. Du bist schon lange im Spiel. Es war nämlich kein Zufall, dass Aarne Larsson dich ausgesucht hat. Sirje hatte die Nase voll von ihrem verrückten Mann und ist abgehauen und Jaak hat seinem Schwager den Tipp gegeben, du wärst der Richtige, um sie zu suchen. Aber dann hat Aarne Verdacht geschöpft, gegen seinen Schwiegervater wahrscheinlich, also musste er eliminiert werden.«

Ryschkow wurde in seinem Monolog unterbrochen, als das Tor zur Halle aufflog. Die beiden jungen Männer, dem

Aussehen nach Esten, die Trainingsanzüge in den VW luden, unterbrachen ihre Tätigkeit und nahmen Haltung an. Jaak Lillepuu sprang vom Schreibtisch und auch Ryschkow machte eine stramme Kehrtwendung wie ein Offizier vor dem General.

Ich begriff, dass der Oberbefehlshaber eingetroffen war. Vater Lillepuu betrat die Halle.

Paul Lillepuu machte die Runde, als hätte er eine Rekrutenstube zu inspizieren. Er hielt hier und da an, stand eine Weile da, hoch aufgerichtet, die Hände auf dem Rücken, ging dann ein paar Meter weiter und sagte etwas. Ich fing einige russische und estnische Wörter auf.

Schließlich blieb Lillepuu senior auch bei uns stehen. Er musste zu mir aufschauen, was ihn jedoch weniger zu stören schien als mich.

»Aha, aha. Willkommen im Team. Gut, gut. Ryschkow hat dich sehr gelobt. Vergiss nicht, dass wir dir vertrauen.« Lillepuu sprach mit tiefer, betont männlicher Stimme und wartete nicht ab, ob ich etwas zu sagen hatte. Er rief, wir sollten uns beeilen, und ging.

Ich hob weitere Partien auf die Ladefläche, kletterte hinauf und schob die Fracht enger zusammen.

»Sind das Raubkopien?«

»Nein, die Handys sind echt. Wir transportieren sie bloß.«

Ryschkow lehnte sich an die Hebebühne, überlegte und entschloss sich dann, mir alles zu erklären.

»Die Handys sind einwandfrei. Aber die Transportrahmen sind unser eigenes Patent. Der Stoff wird in Aluminiumdosen verpackt und die Dosen legen wir in eine Gießform, die wir mit Styropor ausgießen. Dann packen wir die Handyschachteln dazwischen und wickeln Folie drum herum. Riecht nicht, zerfällt nicht, ist nicht zu sehen. Eine saubere Sache.«

»Was für Stoff?«, fragte ich, obwohl ich die Antwort ahnte.

»Eine kleine Lieferung Heroin, für circa drei Millionen Mark. Kommt auf die Nachfrage an. Im eigenen Labor veredelt.«

Ryschkow nickte stolz zur hinteren Wand der Halle. Ich sah nur leere Regale.

»Das Labor ist nebenan«, erklärte er. Ich nickte und wandte ihm den Rücken zu, um die Stapel in den vorderen Teil des Lasters zu schieben. Wenn Oberst Wikulow mich jetzt sehen könnte, würde er mich geradewegs nach Tschetschenien schicken, dachte ich. Ich war sicher, dass mir Erstaunen und Furcht ins Gesicht geschrieben standen. Und zugleich wunderte ich mich darüber, wie gut mir das Lob von Ryschkow und Lillepuu getan hatte.

ACHTUNDZWANZIG

Wir fuhren zum Hafen. Ryschkow saß im VW auf dem Beifahrersitz; das Steuer hatte einer von Lillepuus Männern, ein
gewisser Kardo, übernommen. Die beiden sollten direkt vor
mir aufs Schiff und in Finnland genauso wieder hinunterfah-
ren. Der VW hatte in Estland produzierte Adidas-Trainingsanzüge und CDs geladen. Die Ware war legal, wirkte
aber verdächtig. Wenn die Zollbeamten besonders eifrig sein
wollten, würden sie sich auf einen Mann wie Ryschkow und
seinen schäbigen Kleintransporter stürzen. Und ich würde
nach ihm vom Schiff fahren, mit meinem ehrlichen finnischen Gesicht, einem finnischen Pass und einem sauberen
Wagen. Man würde mich anstandslos durchwinken.

Der zweite Este, Mart, fuhr mit mir zum Hafen, sollte
aber in Finnland das Schiff zu Fuß verlassen. Ich fuhr hinter
dem VW durch unbekannte Straßen, hielt das Lenkrad um-
klammert und spürte, wie meine Hände feucht wurden.
Denk nach, Viktor, denk nach, befahl ich mir.

Im Hafen hatte sich eine Schlange gebildet, weil viele
Lkws auf die Meloodia dirigiert werden mussten.

»Ob die Weiber mich wohl vermisst haben? Mal sehen, ob
SMS gekommen sind«, warf ich locker hin und dachte, dass
meine Worte garantiert furchtbar gekünstelt klangen. Ich
fummelte an meinem Handy herum und steckte es dann mit
entsperrter Tastatur in die linke Jackentasche. Mart bedachte

mich mit einem langen Blick. Entweder überwachte er mich oder er hielt mich für bescheuert.

Ryschkow stieg aus und kam zu uns.

Ich kurbelte das Fenster herunter. Er steckte den Kopf in den Wagen.

»Unter dem Sitz liegt eine Pistole, für alle Fälle. Probier mal, ob du sie findest.«

Ich tastete unter dem Sitz, bis ich den kalten Stahl und die geriffelten Kunststoffplatten am Griff fühlte, und holte die Waffe so weit hervor, dass ich sie sehen konnte. Es war eine stark gebläute FN 9 Millimeter. Ich nickte stumm und schob die Pistole sorgfältig an ihren Platz.

»Viktor, diese Ladung müssen wir durchbringen«, sagte Ryschkow eindringlich, drückte mir den Arm und ging zurück zu seinem VW. Ich schloss das Fenster.

Dann stellte ich das Radio an. Mart saß neben mir und starrte nach vorn. Ich steckte die linke Hand in die Tasche und konzentrierte mich auf die Tasten. Zuerst *Menü*, ich drückte die Taste mit dem Daumen, *Mitteilungen*, dann wieder die Taste *Wählen*, das bringt mich zu *Mitteilungseingang*, zweimal den Pfeil, dann müsste auf dem Display *Mitteilung verfassen* stehen.

Ich wiederholte die einzelnen Schritte halblaut, versuchte sie im Takt der Musik zu trällern, damit Mart keinen Verdacht schöpfte.

Wieder drückte ich *Wählen*. Meiner Berechnung nach konnte ich nun eine SMS schreiben. Ich erkundete die Anordnung der Tasten mit dem Daumen und bemühte mich, nach jedem Tastendruck lange genug zu warten. Dabei fluchte ich innerlich: Jeder mickrige Pennäler wäre längst fertig gewesen.

Ruhig bleiben!, ermahnte ich mich.

SCHLIMME SACHE. MELOODIA UM 6. ALARMIER KORHONEN. GANZ BÖSE.

Und dann wieder mit dem Daumen *Wählen*, das Handy schlägt *Senden* vor, also wieder *OK*. Als Nächstes wird nach der Nummer gefragt und ich nehme die erste in meiner alphabetischen Liste: Marjas Handynummer ist unter *AAA-Liebe* gespeichert. Dann *OK,* das Handy zeigt die Nummer an, wieder *OK,* und dann steht auf dem Display *Mitteilung gesendet.*

Als Nächstes drückte ich die Löschtaste, wartete eine Weile, bis aus der Lösch- die Zurücktaste wurde, drückte zweimal und glaubte wieder beim Hauptmenü angekommen zu sein. Ein scheinbar beiläufiger Blick zeigte mir jedoch, dass auf dem Display *Suchen – Neuer Eintrag – Speichern – Löschen* stand. An irgendeiner Stelle hatte meine Mathematik versagt, doch ich hatte keine Ahnung, an welcher.

Im selben Moment durchzuckte mich ein böser Verdacht, schmerzhaft wie ein greller Lichtstrahl: Wenn Ryschkow und Lillepuu es geschafft hatten, mich nach Belieben an der Nase herumzuführen, war Marja vielleicht auch nicht das, was sie vorgab.

Ryschkow hatte für die Überfahrt eine Kabine gemietet und erklärte kurz und bündig, wir würden dort bleiben, bis das Schiff in Helsinki anlegte. Ich witzelte nicht, ich wolle aber ins Tax-free, doch ich lächelte. Zeig ein fröhliches Gesicht, auch wenn dein Herz weint, hatte Mutter immer gesagt. Mutter. Auf einmal war mir nicht mehr zum Lachen.

Wir saßen auf den unteren Betten in der schäbigen Kabine. Der Teppichboden verströmte einen miefigen Geruch. Das obligatorische Schwofen tausender Passagiere und schlampiges Putzen hatten dafür gesorgt, dass er verschlissen und fleckig war. Ryschkow und Kardo rauchten, Mart und ich fläzten uns auf den Betten. Als mein Handy piepte, erstarrten wir alle vier.

Ich nahm das Ding aus der Tasche. »Ich hab eine SMS bekommen«, sagte ich einfältig.

»Zeig her!« Ryschkow riss mir das Handy weg und reichte es Mart. »Sag mir, was da steht!«

Mart las, lächelte und übersetzte dann ins Russische: »Hier steht: *Glaub ja nicht, dass ich dich abhole.* Der Absender ist *AAA-Liebe.*«

Ich zuckte die Schultern und bemühte mich zu erröten. »Ich habe Marja eine SMS geschickt, als wir in Tallinn angekommen sind. Heute früh hatte ich ihr gesagt, ich führe nach Mikkeli. Anscheinend hat sie das in den falschen Hals gekriegt.«

Ryschkow sah mich prüfend an, nahm Mart das Handy ab und gab es mir zurück. Dann hob er seine Diadora-Tasche aufs Bett und packte den Proviant aus. Der kleine Tisch füllte sich mit Brot, Käse, Wurst, Fleischkonserven, Salatgurken und Salzgurken, Bier- und Limodosen, vier Gläsern und einer Flasche Wodka. Ryschkow schraubte den Verschluss auf, goss Wodka ein und reichte uns die Gläser. Er sah der Reihe nach jedem in die Augen, als er das Glas hob: »Nasdarowje!«

Wir aßen und tranken.

NEUNUNDZWANZIG

Das Autodeck füllte sich mit bläulichem Abgas, als rumänische, bulgarische, lettische, litauische ... kurz und gut: sämtliche Brummifahrer die Motoren anließen. Die Schiffsarbeiter winkten eine Autoreihe nach der anderen von Bord. Ich sah, dass Ryschkow den VW-Transporter startete; das Rücklicht flammte auf. Nach kurzem Vorglühen setzte sich auch der Dieselmotor des Mitsubishi in Gang und ich fuhr hinter Ryschkow her. Ich saß allein im Wagen und hatte meine innere Ruhe wiedergefunden. Sobald ich das Bugtor passiert hatte, rollte ich das Seitenfenster herunter und holte tief Luft.

Die Schlange rückte langsam vorwärts. Ich bewegte den Kopf nicht, ließ aber die Augen vom einen Rand des Blickfelds zum anderen streifen, langsam von rechts nach links und im gleichen Tempo zurück. Ich sah keine Polizisten, keine Zollbeamten, keinen der Leute, die ich gern gesehen hätte.

Wir näherten uns der Passkontrolle und dem Zoll. Ein Grenzschützer nahm Ryschkows Papiere, ging zu seinem Schalter und überprüfte den Pass, kam aber bald wieder zurück, salutierte und reichte Ryschkow die Dokumente. Als ich meinen finnischen Pass hochhielt, nickte der Beamte nur. Wir fuhren weiter. Die Lkws waren auf dem engen Gelände schwer zu manövrieren. Ich sah, wie ein Zollbeamter einen Anhänger öffnete, der von einem alten Scania gezogen wurde.

Der VW vor mir beschleunigte. Ich gab Gas und fluchte. So leicht war es also, Heroin einzuschmuggeln! Doch dann sah ich Blaulicht, die Bremslichter des Kleintransporters flammten auf, der Wagen stellte sich quer und Ryschkow sprang heraus.

Er lief gebückt auf meinen Wagen zu. Ich sah, dass er die rechte Hand in seine Wildlederjacke geschoben hatte. Hinter dem VW standen zwei Polizeifahrzeuge mit flackerndem Blaulicht, Männer in blauen Uniformen gingen hinter den Betonpfeilern in Deckung. Sie waren mit Maschinenpistolen und Sturmgewehren ausgerüstet.

Ich zog die Pistole aus dem Hosenbund. Als Ryschkow die Tür aufriss, starrte er direkt in die Mündung.

»Ach Viktor, Viktor, wie kindisch du bist. Was hast du nur angestellt?«, klagte er, doch seine Stimme wurde allmählich zu einem Zischen. Sie war ein Gemisch aus Hass, Schmerz, Ärger, aber auch Triumph, fast Hohn.

»Du bist derjenige, der hier in der Scheiße sitzt. Ich verdrück mich unauffällig«, lächelte Ryschkow. Ich sah den Goldzahn aufblitzen.

»Du kannst mich natürlich auch abknallen …« Nun lachte er schon beinahe. »Allerdings war mein Vertrauen in dich nicht so groß, dass ich dir eine geladene Pistole gegeben hätte.«

Ich hob meine chinesische Kopie mit beiden Händen und zielte auf Ryschkows Stirn.

»Ich wiederum verlasse mich nie auf fremde Waffen«, sagte ich und sah, wie das Lächeln aus Ryschkows Gesicht verschwand.

Das Heulen und Winseln der Sirenen, das Brummen der

Motoren und das Pfeifen der Druckluftbremsen, die abge-
hackten Rufe der Polizisten – alle Geräusche verschmolzen
zu einer unbegreiflichen Kakophonie, die sich wie ein Sack
über meinen Kopf legte.

Am Rand meines Blickfelds sah ich, wie die Lichter zuck-
ten und Polizisten in dunkelblauen Overalls herumliefen
und Brummifahrer hinter den Doppelreifen ihrer Lastzüge
in Deckung gingen. Aber all diese Eindrücke waren un-
scharf. Ich fixierte den Punkt zwischen Ryschkows Augen,
blickte über den Lauf und hielt Kimme und Korn in einer
exakten Linie, die oberhalb von Ryschkows Nase endete, da,
wo sich die Stirn in Falten legte und die Augenbrauen anei-
nanderstießen.

Ich zielte wie ein Olympiaschütze, obwohl das auf einen
halben Meter Entfernung gar nicht nötig war. Die 9-
Millimeter-Kugel würde ein scharfkantiges, sauberes Loch in
die Stirn bohren, sich ausdehnen und ihre Bewegungsenergie
konsumieren, indem sie Gewebe zerriss und zerquetschte,
und beim Austritt würde sie die Hälfte des Hinterkopfs
mitnehmen. Und die Hälfte von Gennadi Ryschkows Gehirn. Und seine Gedanken, sein Bewusstsein und seine ganze Seele, falls er eine hatte.

Ich dachte über Gennadi Petrowitsch Ryschkow nach,
meinen Arbeitgeber und Kumpel. Ich dachte an unsere ge-
meinsamen Fahrten. Es war gemütlich gewesen im warmen
Auto, ich hatte mich irgendwie wichtig und bedeutsam gefühlt, wenn wir dieses und jenes erledigt hatten, das man
nicht unbedingt als Arbeit bezeichnen konnte. Meist hatte
ich das Reden übernommen, Gennadi hatte nur gelächelt
und leise zugestimmt, selten widersprochen; selbst wenn er
mir Befehle erteilte, war er nie laut geworden. Und ich dachte an Jelena Ryschkowa und an die Tochter, die noch vor

Kurzem eine schmächtige Ballettschülerin mit braven Zöpfen gewesen war und die nur diesen einen Vater hatte. Man hatte mich weder nach Afghanistan geschickt noch irgendwohin, wo ich hätte töten müssen. Ich hatte nie getötet, nicht einmal von Weitem einen unbekannten Feind in einem gerechten Krieg und auf einen Befehl, der meine Bedenken zum Schweigen gebracht hätte.

Ryschkows Blick wanderte zwischen dem schwarzen Auge der Pistole und meinem Gesicht hin und her. Er hatte Angst, kniff die Augen zusammen, als könne er sie dadurch schützen. Sein Mund stand halb offen, er leckte sich über die trockenen Lippen. Doch dann öffneten sich die Augen, die Gesichtsmuskeln entspannten sich. Ryschkow sah mich an, zuerst erleichtert, dann triumphierend und spöttisch.

»Geladen oder nicht, egal. Du kannst nicht abdrücken.« Mit den Speicheltröpfchen sprühte mir sein Hohn ins Gesicht. »Steht in deinen Papieren. Intelligenzstruktur, Emotionskontrolle und Stressresistenz gut, heißt es da, aber mangelnde Bereitschaft zu extremen Maßnahmen. Dabei siehst du aus wie ein Killer! Scheiß drauf, du kannst es nicht.«

Der Lauf meiner Pistole war abgesackt und zeigte nun auf Ryschkows Adamsapfel. Ich richtete ihn wieder auf den Punkt zwischen den geringschätzig und hasserfüllt blickenden Augen, umklammerte den Griff, zog den Drücker bis zum Anschlag.

Der Schuss dröhnte, als hätte ein Zerstörer am Himmel die Schallmauer durchbrochen. Dann wurde der Knall von den Betonwänden des Terminals zurückgeworfen und öffnete mir die Ohren, sodass ich den allgemeinen Lärm, die Rufe, das Quietschen der Gummisohlen auf dem Asphalt wieder hörte. Das erschrockene Kreischen eines davonfliegenden Vogels schien irgendwie deplatziert.

Verblüfft starrte ich auf meine herabsinkende Pistole. Ich erwartete, Rauch zu sehen, und wollte gerade erklären, der Abzug sei falsch eingestellt, der Schuss habe sich vorzeitig gelöst, als mir aufging, dass jemand anders geschossen hatte. Ich sicherte die Waffe und steckte sie sorgfältig in den Gürtel. Dann stieg ich mit halb erhobenen Händen aus.

Ryschkow lag auf der Seite, mit vorgewölbtem Bauch, wie eine riesige Robbe. Sein Mund stand offen. Ich konnte nicht erkennen, wo die Kugel ihn getroffen hatte, doch unter seinem Kopf breitete sich eine Blutlache aus und schwärzte den grauen Asphalt.

Um Ryschkows Leiche liefen Polizisten in dunkelblauen Overalls herum. Ein roter Golf bremste mit quietschenden Reifen neben mir, von vorn kam ein grauer Mercedes, der unmittelbar vor dem anderen Wagen anhielt.

Aus dem Golf stieg ein etwa dreißigjähriger Mann, der seinem Körper alles Fett abtrainiert hatte. Seine Haare waren über der Stirn modisch zerzaust. Er erinnerte mich an einen britischen Fußballer. Für einen Polizisten war er recht klein, bestimmt hatte er sich recken und bis zum letzten Millimeter strecken müssen, um die Größenanforderung der Polizeischule zu erfüllen. Der Mann sah mich vorwurfsvoll, fast mit Abscheu an.

»Piirainen von der Sicherheitspolizei, Tag. Setz dich in Bewegung, Semjonow! Ab nach Russland mit dir.«

Piirainen schenkte sich den Händedruck und erwartete keine Antwort von mir. Er trat von einem Bein aufs andere und rang die Hände, als ob er sie einseifte.

»Okay, Arkadi, Sie haben uns einen Dienst erwiesen. Aber beim nächsten Mal erledigen wir unsere Arbeit selbst. Das ist in Finnland heutzutage üblich«, dozierte Piirainen.

Mit einiger Verzögerung begriff ich, dass er nicht mit mir sprach, sondern mit dem Mann, der aus dem grauen Mercedes gestiegen war. Nun sah ich auch, dass das Auto CD-Schilder hatte und dass der Mann robust gebaut war; er hatte seinen Pelzmantel mit einer Lederjacke vertauscht, trug aber dieselben Halbschuhe wie damals, als er mich im Kaufhaus abgefangen hatte.

»Ich weiß ja, dass ich wieder mal umsonst rede. Ihr macht sowieso, was ihr wollt. Aber jetzt schaff den Russen weg, Arkadi«, fuhr Piirainen fort.

Arkadi nickte nur, als habe er es mit einem quengelnden Kind zu tun, das man vertröstet: Ja, ja, nächstes Mal vielleicht, ich werde es mir überlegen. Er hielt zwei rote Pässe in der Hand, schlug sie auf und reichte mir den einen. Es war ein Diplomatenpass mit meinem Foto und den Personalangaben, die ich von meiner Reise nach Sortavala kannte: Semjonow, Igor Sergejewitsch, geboren 4. 2. 1963 in Wologda.

Ich lehnte mich an den Wagen und beobachtete, wie Arkadi den zweiten Pass einem Mann reichte, der leise zu uns getreten war. Es war Mart, Lillepuus estnischer Mitarbeiter – das hatte ich bisher jedenfalls gedacht. Jetzt hörte ich ihn mit Arkadi Russisch sprechen und lachen. Piirainen schüttelte Mart die Hand und der Polizistenring um Ryschkow öffnete sich und nahm Haltung an wie eine Ehrenwache.

Mart rauchte gierig. Sein Gesicht war gerötet. Er trug einen kleinen Holzkoffer in der Hand, und ich wusste, dass der Koffer mit Kunststoff ausgepolstert war, der passende Vertiefungen für eine langläufige Pistole, eine Munitionsschachtel, ein Reservemagazin und Putzwerkzeug aufwies. Ich wusste auch, dass es Mart war, der Ryschkow erschossen hatte.

Arkadi ging zum Mercedes, öffnete die Tür zum Fond

und bedeutete Mart und mir einzusteigen. Er streckte auffordernd die Hand aus und ich gab ihm meine Pistole. Das Auto roch, als sei es nagelneu. Mart setzte sich neben mich und trommelte mit den Fingerspitzen auf die glänzende Oberfläche seines Koffers.

Als wir abfuhren, erhaschte ich noch einen Blick auf die blauen Uniformen um Ryschkows Leiche und auf einen Drogenspürhund, der gerade schwanzwedelnd auf die Ladefläche des Mitsubishi sprang. Und ein wenig abseits sah ich Korhonen und Parjanne, die sich an ihren Golf lehnten. Korhonen hatte die Hände in den Taschen vergraben; er war wieder barhäuptig und eine Spur zu gut gekleidet. Mit seinem langen dunkelblauen Mantel und dem gelben Schal glich er eher einem Börsenmakler als einem Polizisten. Er folgte uns mit dem Blick, verzog den Mund und schüttelte unmerklich den Kopf. Er signalisierte lautlose Enttäuschung, aber ich wusste nicht, ob sie mir galt oder der Tatsache, dass er die Ereignisse verfolgen musste, ohne eingreifen zu können.

Ich hatte keine Kraft mehr nachzudenken. Arkadi fuhr in Richtung Ruoholahti, ich legte den Kopf an die Nackenstütze und schloss die Augen.

DREISSIG

Wir fuhren schweigend nach Töölö, über die Mechelinin-
katu, am Friedhof vorbei, an der Kaserne, an den weißen
Birken im Sibeliuspark, über die Topeliuksenkatu auf die
Nordenskiöldinkatu. Dort hielten wir vor dem Russischen
Wissenschafts- und Kulturzentrum. Arkadi stieg aus. Ein
blonder, etwa dreißigjähriger Mann mit finnischem Aussehen nahm seinen Platz hinter dem Steuer ein. Seine Haare
waren sorgfältig geschnitten, trotzten aber sowohl den An-
strengungen des Friseurs als auch den Kämmversuchen ihres
Besitzers. Im Nacken blühten rötliche Pickel.

»Grigori Myschkin ist unser Technologiesekretär«, sagte
Arkadi durch den Türspalt und beantwortete gleich darauf
meine unausgesprochene Frage: »Er bringt euch nach Zelenogorsk, wo ihr euch ein paar Tage ausruhen könnt. Ich
komme dann selbst nach und hole Viktor zurück.«

Myschkin nickte uns zu, begrüßte uns auf Russisch und
fuhr los.

Er machte den Mund erst wieder auf, als wir in Vaalimaa
anhielten. »Grenzübergang«, sagte er lakonisch. Die finnischen Beamten kontrollierten unsere Diplomatenpässe
rasch, mit einer Miene, in der sich Respekt, Furcht und
heimlicher Spott mischten. Wir fuhren sofort weiter.
Myschkin nahm sein Handy, rief irgendwen an, fuhr und
schaltete, während er mit schräg gelegtem Kopf sprach, das

Handy zwischen Wange und Schulter eingeklemmt. Auf der russischen Seite des Grenzübergangs wurde die Schranke für uns geöffnet, die Grenzwächter winkten uns mit ihren Stablampen an der Warteschlange vorbei.

Myschkin fuhr zum Tax-free-Kiosk, ließ den Motor laufen und tätigte ein paar Einkäufe. Er reichte Mart und mir eine Plastiktüte. Auf den glatten Straßen in Finnland hatten wir vor uns hin gedöst, nun holperten wir in völliger Dunkelheit durch Schlaglöcher in Richtung Wiburg, tranken Bier und aßen Pfefferminzschokolade. Ich wechselte einige Worte mit Mart, auf Russisch, wurde mir aber nicht klar darüber, ob er ein Estlandrusse oder Russlandeste war oder supranational. Fragen wollte ich ihn nicht.

Myschkin fuhr gekonnt, erahnte die spärlich beleuchteten Pkw, die überraschend hinter einer Kurve auftauchten, und wich auf den schlammigen Randstreifen aus, wenn uns schwere Laster entgegenkamen, die die ganze Fahrbahn für sich beanspruchten. Die Straße war mir so vertraut, dass ich trotz der Dunkelheit genau wusste, wo wir gerade waren. »Zelenogorsk«, las ich laut, und mein finnisches Ich wusste, dass wir nach Terijoki abbogen. Wir hielten nicht an, sondern fuhren auf der Straße, die sich am Finnischen Meerbusen entlangwand, weiter in Richtung St. Petersburg.

In Komarowo ging Myschkin vom Gas, wäre in der Dunkelheit fast auf das falsche Grundstück gefahren, sagte dann in steifem Finnisch: »Hier ist es, Kellomäki.«

Er fuhr durch ein schmales Tor auf den Hof und hielt vor einem zweistöckigen verputzten Haus. Es war weit nach Mitternacht. Der Mond war fast voll, die Luft trocken und beißend kalt. Ein paar Glühbirnen an der Hauswand leuchteten matt, doch die Dunkelheit schien ihr Licht aufzusaugen: Der Mond beherrschte den Himmel.

Ich dehnte meine Rückenmuskeln und lockerte die verspannten Schultern, sog die frische Luft ein. Auf dem Hof sah ich Klettergerüste, halb vergrabene Holzeisenbahnen, Spielzeugautos, Bälle und umgekippte Kegel.

Aus dem Haus kam eine alte Frau, mit Kopftuch und Brille, in Steppmantel und Pantoffeln, sie begrüßte uns und hieß uns willkommen, bat uns einzutreten. Sie werde uns unsere Zimmer zeigen und uns ein Abendbrot servieren. Mart und ich gingen hinein. Durch die Haustür gelangte man in eine geräumige Eingangshalle, deren Mosaikparkett dereinst der ganze Stolz eines Handwerksmeisters gewesen war, jetzt aber Blasen warf. Mit roten Läufern ausgelegte Treppen führten ins Obergeschoss, wo man durch Glastüren auf Gänge zu den beiden Giebelseiten des Hauses kam.

Myschkin brachte uns Reisetaschen, darin sei alles, was wir brauchten. Die alte Frau schloss unsere Zimmer auf, die Nummer acht für Mart und die elf für mich. Mein Zimmer war kühl und feucht, obwohl der Heizkörper glühte. Auf dem Bett lagen eine dicke, unförmige Matratze, ein strahlend weißes, nach Waschpulver riechendes Laken und eine Decke aus Kunstfaser. Das Zimmer wirkte im Verhältnis zu Länge und Breite überhoch, auch das Fenster schien zu hoch zu liegen. Auf dem Schreibtisch stand ein großer Fernseher und ein beträchtlicher Teil der wenigen Quadratmeter wurde von einem braun glänzenden Kleiderschrank in Anspruch genommen.

Die Frau kam an die Tür, schwenkte ihren Schlüsselbund und bat zum Essen. Sie führte uns in einen kalten Speisesaal und trug Roggenbrot und wässrige Butter auf, fetten Wurstaufschnitt, gekochte Eier und Salzgurken und Tee. Auch Myschkin setzte sich zu uns, er sagte, er werde am nächsten Tag zurückfahren.

Wir aßen, wünschten uns eine Gute Nacht und gingen schlafen.

Im Bett versuchte ich, nicht an Marja zu denken, auch nicht an das Geld auf meinem Bankkonto und den Reserve-fonds im linken Lautsprecher meiner Stereoanlage und an mein Auto und mein Büro und meinen finnischen Pass, den Arkadi an sich genommen hatte, als er sagte, er werde mich nach Finnland zurückbringen, unter meinem eigenen Namen.

Und auch nicht an Mutter. O weh, wir Kinder aus Sorta-vala, hatte sie immer auf Finnisch gesagt, wenn ein Unglück zu groß war, um es zu betrauern.

Als ich am Morgen aufwachte, kam es mir vor, als hätte ich geschlafen, ohne mich zu bewegen, und als wäre auch mein Kopf bewusstlos gewesen, ohne Gedanken und Träume. Ich lag auf dem Rücken, zwei Decken übereinander bis ans Kinn hochgezogen. Das harte Laken war faltenlos geblieben.

In der Tasche, die Myschkin mir gegeben hatte, lagen Un-terhosen, Sportsocken, T-Shirts, ein Outdoor-Anzug von Umbro, Mütze und Skihandschuhe und Turnschuhe der Marke Nike. Der Ausstattungsdienst der russischen Bot-schaft hatte die Größenangaben in meiner Akte richtig gele-sen. Oder vielleicht holte man sich die Informationen heut-zutage aus Dokumenten im Zentralserver des elektronischen Netzes, vielleicht schleuderten die Bits aus Moskau wichtige Nullen und Einser nach Helsinki, wo sie ein Botschaftsange-stellter entschlüsselte: Nike-Schuhe in Größe 43 mit hohem Spann.

Ich frühstückte allein und ging dann nach draußen. Nie-mand stellte mir Fragen oder kontrollierte mich. Ich wan-derte durch einen trockenen Fichtenwald, der sacht zum Ufer des Finnischen Meerbusens abfiel. Unsere Wirtin hatte erzählt, dass unsere Herberge früher als Sommerheim für die Kinder von Fabrikarbeitern gedient hatte, jetzt aber von St. Petersburger Schriftstellern genutzt wurde, für Kongresse, Feste, als Ferienwohnung und zum Schreiben. In der Nachbarschaft standen viele ähnliche Häuser, verputzt oder holzgetäfelt, außerdem kleine, verfallene Datschen und größere Ferienheime und Sanatorien.

Ich joggte ans Ufer. Der helle Sandstrand schien sich zu beiden Seiten kilometerweit zu erstrecken, im Südosten entdeckte ich die hohen Gebäude der Insel Kronstadt und die Umrisse von St. Petersburg. Das Meer hatte eine polnische Shampooflasche, ein dickes Hanftau, Fischnetzmarkierungen aus Styropor, Plastikkanister mit unleserlicher Aufschrift und schön gemaserte Bretter und Balken ans Ufer gespült.

Ich machte kehrt, überquerte die Landstraße und schlug den Schotterweg ein, der an der Bahnstrecke entlangführte. Eine grüne Elektrischka fuhr mit kreischenden Rädern vorbei. Hinter den schmutzigen Fenstern sah ich die ausdruckslosen Gesichter von Pendlern auf dem Weg zur Arbeit. Ich vermutete, dass der Regionalzug im Winter zum Bersten voll war von dick vermummten Eislochanglern, deren Rucksäcke vollgestopft waren mit Mormyschka-Angelruten und Köderdosen voller Maden und in Butterpapier gewickelten Broten und Wodkaflaschen. Und am Abend würden die Männer in die Vororte von St. Petersburg zurückfahren, halb oder ganz betrunken, mit kleinen Barschen, aus denen sich Fischsuppe kochen ließ.

Zwischen alten Villen und verlassenen, verwilderten Grundstücken standen einige neue oder halb fertige Häuser. Hier waren die Gärten von zwei Meter hohen Mauern umgeben, an den schmiedeeisernen Toren sah man Tasten für

den Code der elektrischen Verriegelung, Überwachungka-
meras und Sprechanlagen für unsichtbare Wächter. Von den
Häusern selbst waren nur geheimnisvolle Erker und Türme
zu sehen, steile Dächer und düstere Fenster. Gangstergotik.
So hatte irgendwer diese Stilrichtung genannt.

Der mutmaßliche Beruf der Hausbesitzer lenkte meine
Gedanken zu Ryschkow, und sofort bemühte ich mich, wie
ein harmloser und an nichts interessierter Spaziergänger
auszusehen. Ich wollte nicht, dass durch eins der Tore ein
Kerl in Lederjacke trat und mich ansprach: »He, du kommst
mir bekannt vor. Für wen arbeitest du? Und was zum Teufel
hast du hier zu suchen?«

Im Schriftstellerhaus stand das Mittagessen bereit: zähes
Hühnerfleisch und klebriger, verklumpter Reis, zum Nach-
tisch Kompott. Ich aß allein. Myschkin und der Botschafts-
mercedes waren am Morgen bereits nicht mehr da gewesen.
Nach dem Essen klopfte ich bei Mart. Ich hörte ein auffor-
derndes Brummen und öffnete die Tür. Mart lag angekleidet
auf dem Bett, rauchte und trank Wodka. Er war erst bei der
ersten Flasche, doch die war schon halb leer. Er sah mich aus
verhangenen Augen an. Ich sagte, ich wolle ihn nicht stören,
und ging.

Arkadi erschien bereits am nächsten Morgen, zur Abwechs-
lung in einem Audi mit russischem Kennzeichen. Er klopfte
kurz, trat in mein Zimmer und redete sofort los.

»Viktor, ich habe Anweisung aus Moskau, dich zu deakti-
vieren. Du hast einen Gönner oder Freund, ganz oben.
Schade, schade, für mich jedenfalls. Ich hatte eigentlich gedacht, dass du uns noch von Nutzen sein könntest. Obwohl
die Ryschkow-Mission etwas überraschend kam, zumindest
für dich.«

Arkadi wurde mitteilsam. »Anfangs hatten wir nur einen Mann in Lillepuus Organisation, und mit den Finnen war vereinbart, dass wir Lillepuu bei passender Gelegenheit auffliegen lassen, wenn er eine größere Lieferung nach Finnland bringt. Aber dann hat Ryschkow dich mitgenommen, du bist in Panik geraten und hast deiner Freundin eine SMS geschickt, sie hat deinen Kumpel bei der Polizei informiert, die Sicherheitspolizei hat davon Wind bekommen und so mussten Piirainen und ich die Operation schon jetzt durchziehen.« Er betete die Litanei herunter wie das Kinderlied, in dem der Großvater eine Farm hat, auf der allerlei Tiere leben. Die Melodie wollte mir ums Verrecken nicht einfallen.

»Also, hier sind deine Papiere, etwas Geld und eine Zugfahrkarte. Pack deine Sachen zusammen, den Anzug kannst du behalten.« Arkadi lächelte über seine Großzügigkeit. »In einer halben Stunde kommt ein Toyota, der Fahrer bringt dich nach Wiburg, heute Abend bist du schon zu Hause. Und vergiss nicht: Den Auftrag in Mikkeli musst du noch erledigen.«

Er reichte mir ein Bündel, das von einem Gummiband zusammengehalten wurde. Es enthielt gut einen Tausender in Finnmark, zerknitterte Rubelscheine, eine Rückfahrkarte Helsinki–Wiburg–Helsinki, auf der die Hinfahrt abgestempelt war. Es überraschte mich nicht, meinen eigenen Pass wiederzufinden, mit einem Stempel, der besagte, dass ich vor zwei Tagen die Grenze überschritten hatte.

»Danke … trotz allem«, brachte ich heraus. Arkadi winkte ab und ging zum Zimmer von Mart, falls das tatsächlich der Name des anderen Mannes war. Er sagte, er würde mit ihm am Schwarzen Meer Urlaub machen.

EINUNDDREISSIG

Korhonen saß rücklings auf meinem Besucherstuhl, das heißt, eigentlich stand der Stuhl rücklings und er saß mit dem Gesicht zu mir. Er stellte mir Fragen, vergewisserte sich immer wieder, dass er richtig verstanden hatte. Zwischendurch stand er auf, machte ein paar Schritte zum Fenster und wieder zurück und rauchte. Der Qualm schwebte in schönen Mustern durch mein Büro, das nur von der Schreibtischlampe beleuchtet wurde. Dann setzte er sich wieder auf den Stuhl, mit gespreizten Beinen, und stützte das Kinn auf die Fäuste, die er auf die Rücklehne gelegt hatte.

Und ich erklärte, versuchte offen und überzeugend zu berichten, dass ich nur auf Ryschkows Gehaltsliste gestanden, aber von Lillepuu und seinem Drogengeschäft nichts gewusst hatte. Außerdem versuchte ich, Korhonen klarzumachen, dass ich für Arkadi nur ein Gelegenheitshelfer gewesen war, kein regulärer Agent.

»Einigen wir uns darauf, dass ich dir glaube. Aber wenn ich den Eindruck gewinne, dass die Logik hinkt, komm ich zurück, und dann nehmen wir sämtliche Prozesse und Ketten und Organisationsmuster gründlich unter die Lupe. Dann werden wir sehen, wem der Arsch auf Grundeis geht«, drohte Korhonen und rollte das R vor lauter Eifer doppelt stark. »Und vergiss nicht, Kärppä, dass wir jetzt noch engere Kumpel sind, jedenfalls von deiner Seite. Piirainen von der

Sicherheitspolizei kriegt einen Orgasmus, wenn ich ihm den Tipp gebe, dass hier in Hakaniemi ein Doppelbürger wohnt. Dich auszuweisen wäre so leicht wie Heu mähen. Lass dir am besten einen Schnurrbart wachsen und deine Locken könntest du dir zur Technofrisur schneiden lassen.«

Korhonen stand auf. Seine Lippen waren ein dünner Strich, doch seine Augen lachten. Plötzlich sagte er in überraschend gutem Englisch: »This could be the beginning of a beautiful friendship.«

Er nickte und lauschte seinen Worten nach. An der Tür drehte er sich noch einmal um: »Hör mal, was ganz Privates: Könntest du mir wohl so ein Nachtfernglas der russischen Armee besorgen, zum Freundschaftspreis? Ich brauch ein Konfirmationsgeschenk für meinen Sohn.«

»Wie viele willst du?«, fragte ich und holte den Karton aus dem Aktenschrank.

Marjas Umzug war leicht zu bewerkstelligen. Der Kleintransporter, den ich mir von Ruuskanen geliehen hatte, wurde nur zur Hälfte voll. Bett, Stühle und Tisch aus der Wohnung in der Sallinkatu passten ohne Weiteres zu Marjas Öko-Armuts-Stil. Die Lundia-Regale, der PC samt Tisch und der Bürostuhl waren die größten Traglasten. Bücher, Kleider, Geschirr und sonstiger Krimskrams füllten ein halbes Dutzend Pappkartons. Innerhalb von ein paar Stunden war der ganze Umzug erledigt.

Als angeblicher Assistent eines Rechtsanwalts hatte ich vorsichtig Erkundungen über Ryschkows Nachlass eingezogen. Der größte Teil seiner Geschäftstätigkeit war über Firmen gelaufen, die offiziell nicht ihm gehörten oder bei denen seine Teilhaberschaft in einer derart komplizierten Kette von Tochterfirmen verborgen war, dass sie nicht im

Nachlassverzeichnis auftauchte. Die Einzimmerwohnung in der Sallinkatu war überraschenderweise auf Karpows Namen eingetragen, der nichts dagegen hatte, dass ich ihm eine neue Mieterin besorgte. Natürlich kündigte er an, er werde die Miete in natura eintreiben, und ich erwiderte, dass ich ihn in diesem Fall an den Eiern aufhängen würde, und zwar gleich über der Haustür.

Karpow beschwerte sich über meine altmodischen, verklemmten Moralvorstellungen, sagte aber, als kluger Mann werde er sich fügen. Auch seine neue geschäftliche Situation hatte er innerhalb eines halben Tages akzeptiert. Inzwischen sprach er bereits mit Feuereifer davon, in Karelien einen Lokalsender zu gründen, und entwickelte Visionen von einem eigenen Fernsehsender und Zeitungen, von einem kompletten Medienimperium.

Nachdem ich Marjas Umzugsgut in die Wohnung gebracht hatte, sagte ich, sie solle jetzt in Ruhe ihre Kissenbezüge falten. Ich müsse noch ins Büro; am Abend wolle ich früh schlafen gehen und am nächsten Morgen nach Mikkeli fahren, wo ich ja immer noch einen kleinen Auftrag zu erfüllen hatte.

»Aha, na dann geb ich dir das hier im Voraus«, sagte Marja und holte ein hübsch eingewickeltes Päckchen aus der Tasche. »Dein Geburtstag ist zwar erst morgen, aber ich gratuliere schon jetzt.«

Sie umarmte mich und gab mir einen flüchtigen Kuss. Ich packte das Geschenk aus. Es war ein Buch: *Das französische Testament* von Andreï Makine.

»Es handelt von einem Mann, der irgendwo im tiefsten Russland aufwächst, aber dann nach Frankreich zieht ... von der Kollision der Kulturen und ... ach, lies es selbst, ich glaube, es wird dir gefallen.«

Ich versuchte, ihr ernst und liebevoll zugleich in die Augen zu sehen, und sagte, ihr Geschenk bedeute mir sehr viel.

Ich saß in meinem Büro und wollte gerade Mutter anrufen, als einer von Karpows Handlangern hereinstapfte, ein Paket unter dem Arm. Er gab mir höflich die Hand und erzählte lang und breit, er komme gerade aus Sortavala und werde am nächsten Morgen einen neuen Chevrolet-Jeep für seinen Boss am Hafen abholen.

»Ihre Mutter schickt Ihnen dieses Paket und lässt ausrichten, dass es ihr gut geht. Sie lässt Ihnen zum Geburtstag Glück und Erfolg wünschen«, sagte der Mann seinen Spruch auf wie ein kleiner Junge. Nur den Diener zum Schluss ließ er aus.

Ich bedankte mich und Karpows Kurier ging. Vorsichtig öffnete ich die in braunes Packpapier gewickelte und mit Papierbindfaden verschnürte Schachtel. Darin lagen karelische Piroggen, aufeinandergestapelt und in Butterbrotpapier eingeschlagen. Sie strahlten noch ein wenig Wärme von Mutters Backofen aus.

Wieder nahm ich den Hörer auf und wählte Mutters Nummer.

Viktor Kärppäs zweiter Fall

Matti Rönkä
Bruderland
Kriminalroman. Deutsche Erstausgabe April 2008
Aus dem Finnischen von Gabriele Schrey-Vasara
Gebunden mit Schutzumschlag
ISBN 978-3-89425-656-2

Viktor Kärppä führt sein kleines Detektivbüro nur noch nebenbei.
Doch er hat sein Auskommen: Er arbeitet als Subunternehmer
für verschiedene Helsinkier Baufirmen, verkauft auf dem grauen
Markt in Russland Haushaltsgeräte und betreibt einen Kiosk auf
einem Autobahnrastplatz.
Mit dem ruhigen Leben ist es vorbei, als in Helsinki ein Jugendlicher
an verunreinigtem Heroin stirbt und weitere Tote folgen. Sowohl die
finnische Polizei als auch frühere Auftraggeber setzen Kärppä unter
Druck, seine Kontakte nach Russland spielen zu lassen. Wer ist der
Kopf der Bande, die das Superheroin nach Helsinki bringt?
Dass zeitgleich Kärppäs Bruder Aleksej aus St. Petersburg anreist,
um sich in Helsinki niederzulassen, macht die Sache für Kärppä
nicht einfacher, denn einige Leute glauben, dass Aleksej seine Finger
im Spiel hat. Ehe er sich versieht, wandelt Viktor Kärppä einmal
mehr zwischen den Welten von Gut und Böse und muss sich
vorsehen, nicht selbst in die Schusslinie von Mafia oder Polizei zu
geraten.

Matti Rönkä, ausgezeichnet mit dem finnischen Krimipreis 2006,
dem ›Nordischen Krimipreis 2007‹ und dem ›Deutschen Krimi
Preis 2008‹, schickt Privatdetektiv Viktor Kärppä erneut zwischen
alle Fronten.

grafit

Krimis von Pentti Kirstilä

Tage ohne Ende
ISBN 978-3-89425-537-4

»Der finnische Autor führt den Leser in seinem Krimi ›Tage ohne Ende‹ nach allen Regeln der Kunst aufs Glatteis.« Ruhr Nachrichten

»Ein kleines Juwel unter den Neuerscheinungen« Darmstädter Echo

»Ein derart raffiniertes Strickmuster für eine Geschichte gibt es tatsächlich nur selten. ... Autor Kirstilä setzt auf den großen Bluff – und der Rest ist Staunen.« Westdeutsche Zeitung

Nachtschatten
ISBN 978-3-89425-548-0

»Unglaublich spannend!« Neue Luzerner Zeitung

»Unbedingt lesenswert« Heilbronner Stimme

»Ein kühnes Konstrukt, zynisch, bissig, packend. ... Ein spannendes Buch, eine gewagte, aber gelungene Romankonstruktion.« Titel Magazin

»Fesselnd!« Lübecker Nachrichten

»›Nachtschatten‹ entwickelt sich in kurzer Zeit zu einem so spannenden Buch, dass man es kaum aus der Hand legen mag.« Associated Press – Susanne Gabriel

»Nichts zum Nörgeln gibt es bei ›Nachtschatten‹ von Pentti Kirstilä.« Thomas Wörtche, kaliber .38

Schwarzer Frühling
Hardcover, ISBN 978-3-89425-651-7
Paperback, ISBN 978-3-89425-558-9

»Ein großartiger Roman, der raffiniert konstruiert ist.« Ulrich Noller, WDR Funkhaus Europa

»Was er uns da erzählt, wie er es uns erzählt und mit welchen Personen, das tippelt elegant auf der schmalen Linie zwischen Wirklichkeit und Wahnsinn. Sofort zugreifen.« Dieter Paul Rudolph, Watching the detectives

»So wird aus dem Kriminalfall eine Tragikkomödie, ein Roman über die Sehnsucht nach Einsamkeit und das Verrücktwerden jener, die sich ihren Wunsch allzu lange erfüllen.« Thomas Klingenmaier, Stuttgarter Zeitung / Tages-Anzeiger (Zürich)

Klirrender Frost
Hardcover, ISBN 978-3-89425-655-5

»Autor Pentti Kirstilä komponiert seine Geschichte mit meisterhaftem Gespür für überraschende Wendungen ... Aus dem Familienepos entwickelt sich eine ... schlägt in groteskes ...«